Jeaniene Frost vit en Floride. Elle n'est pas une vampire, même si elle admet qu'elle a la peau pâle, une prédilection pour les vêtements noirs et qu'elle aime faire la grasse matinée dès qu'elle en a l'occasion. Elle adore aussi visiter les vieux cimetières.

Du même auteur, chez Milady, en poche :

Chasseuse de la nuit :
1. *Au bord de la tombe*
2. *Un pied dans la tombe*
3. *Froid comme une tombe*
4. *Creuser sa tombe*
5. *Réunis dans la tombe*
6. *D'outre-tombe*

Le Monde de la chasseuse de la nuit :
(À lire entre les tomes 4 et 5 de *Chasseuse de la nuit*.)
1. *La Première Goutte de sang*
2. *L'Étreinte des ténèbres*

Le Prince des ténèbres :
1. *La Mort dans l'âme*
2. *À l'article de la mort*

Cat & Bones

Aux éditions Bragelonne, en grand format :

Le Prince des ténèbres :
1. *La Mort dans l'âme*
2. *À l'article de la mort*

Jeaniene Frost

À l'article de la mort

Le Prince des ténèbres – 2

Traduit de l'anglais (États-Unis) par Frédéric Grut

Bragelonne

Milady est un label des éditions Bragelonne

Cet ouvrage a été originellement publié en France par Bragelonne

Titre original : *Twice Tempted*

ISBN : 978-2-8112-1203-2

Bragelonne – Milady
60-62, rue d'Hauteville – 75010 Paris

E-mail : info@milady.fr
Site Internet : www.milady.fr

À Tage, Kimberly, Candace et Carol,
pour tout ce que vous faites,
et tout ce que vous êtes.

Remerciements

En premier lieu, je tiens à remercier le Seigneur. À part Ta grâce, Jésus, je n'ai rien. Mes autres remerciements s'adressent à mes bienfaiteurs habituels : mon excellente éditrice, Erika Tsang, et tous ses formidables collègues d'Avon Books ; Nancy Yost, mon agent qui se tue à la tâche pour moi ; Matthew, mon merveilleux mari ; ma famille, pour toute son affection ; mes amis, pour leur indéfectible soutien ; et enfin, le dernier élément de ma liste, mais non le moindre, tous les fabuleux lecteurs de la série *Le Prince des ténèbres*. Je ne pourrais rien faire sans vous !

Prologue

Ce n'était pas la première fois que je reprenais conscience après avoir été enlevée. Ni même la deuxième. Décidément, j'avais de quoi me demander si mon mode de vie était vraiment sain.

L'expérience m'avait appris à ne pas ouvrir brutalement les yeux et à ne pas changer le rythme de ma respiration. Tout en continuant de feindre l'inconscience, j'entamai un examen complet. Ma migraine était prévisible, mais à part cela, je me sentais bien. J'avais les bras attachés derrière le dos. Des gants épais me recouvraient les mains, et mes chevilles étaient immobilisées elles aussi. Et bien entendu, un bâillon me bloquait désagréablement la bouche.

Une fois rassurée sur mon état de santé, j'étudiai mon environnement. Le roulis qui me faisait tanguer était de toute évidence causé par des vagues, ce qui voulait dire que j'étais sur un bateau. Plusieurs de mes ravisseurs se trouvaient sur le pont si je me fiais à leurs voix, mais l'un d'entre eux était dans la même pièce que moi. Il n'avait pas dit un seul mot, mais après avoir vécu des années avec un vampire, j'étais passée experte dans l'art de repérer le moindre petit bruit perceptible.

Lorsque j'ouvris les yeux, mon regard se posa donc directement sur l'inconnu aux cheveux noirs. Il cligna des yeux, mais ne montra pas d'autre signe de surprise.

— Je pensais pas que tu te réveillerais si vite, déclara-t-il.

Je regardai mon bâillon, puis reportai les yeux sur lui en arquant un sourcil.

Il comprit parfaitement ce message silencieux.

— Est-ce que je dois vraiment te dire qu'il est inutile de crier ?

Je levai les yeux au ciel. J'étais tombée sur des amateurs, ou quoi ? Il sourit, puis se leva de sa couchette.

— C'est bien ce que je me disais.

Au cours des quelques secondes qu'il lui fallut pour traverser la pièce et ôter mon bâillon, je l'observai avec attention. Il semblait avoir à peu près le même âge que moi, mais sa peau vierge de toute cicatrice, ses cheveux coupés court, son visage rasé de près et sa carrure moyenne m'apprenaient qu'il avait moins de cent ans, en années de morts-vivants. Les vampires plus âgés avaient généralement plus de balafres, et ils avaient les coupes modernes en horreur. Mais ce qui trahissait le plus sa jeunesse, c'étaient ses yeux. Les vampires vraiment âgés avaient une sorte de… gravité dans le regard, comme si les siècles qui passaient avaient imprimé une marque tangible. Ce n'était pas le cas de mon ravisseur anonyme et, si la chance était avec moi, d'aucun de ses autres complices.

Les jeunes vampires étaient plus faciles à tuer.

— De l'eau, croassai-je lorsqu'il eut ôté mon bâillon.

Entre ce dernier et le contrecoup du somnifère qu'on m'avait administré, ma bouche était si sèche que j'avais l'impression d'avoir une boule de ouate à la place de la langue.

Le vampire disparut, puis revint avec une canette de Coca, qu'il pencha sur mes lèvres. J'avalai le liquide à grosses gorgées et poussai un long rot une fois la canette vide. Il lui arriva en plein visage, mais ce n'était pas vraiment ma faute. J'étais pieds et poings liés, après tout.

— Charmant, dit-il sèchement.

— Ma bonne éducation s'est envolée quand je vous ai vus canarder mon ami avec des balles en argent liquide, répondis-je calmement. Et à ce propos, je veux le voir.

Mon interlocuteur fit la moue.

— Tu n'es pas vraiment en mesure d'exiger quoi que ce soit, mais il est toujours en vie, si c'est ce que tu veux savoir.

— Tu ne veux pas que je le voie, très bien, rétorquai-je en réfléchissant rapidement. Je suppose que tu sais que je peux obtenir des images psychiques par simple contact de la main, alors ôte-moi ces gants et laisse-moi te toucher. Comme ça, je saurai si tu dis la vérité.

Le vampire ricana, et un éclat vert envahit le noir charbon de ses yeux.

— Me toucher ? Tu n'aurais pas plutôt l'intention d'utiliser l'espèce de fouet électrique que tu peux générer pour me couper en deux ?

Je me figeai. Comment était-il au courant ? La plupart de ceux qui m'avaient vue faire usage de ce pouvoir étaient morts.

— C'est pour ça qu'on a fixé tes gants en caoutchouc avec du ruban adhésif, continua-t-il, impassible. Au cas où.

— Tu t'appelles comment, déjà ? demandai-je sur un ton aussi nonchalant que possible.

Son sourire s'élargit encore.

— Tu peux m'appeler Hannibal.

Je lui souris en retour.

— Bon, Hannibal, qu'est-ce que tu attends de moi ? Que je me serve de mes pouvoirs pour localiser l'un de tes ennemis ? Que je te dise s'il y a un traître parmi tes hommes ? Ou bien que je lise dans le passé à partir d'un objet ?

Le vampire éclata de rire, et même si cela rappelait plus le Docteur Denfer que Méphisto, j'en éprouvai un pressentiment effrayant.

— Oh, mais je n'attends rien du tout de toi, mon bel oiseau des îles. Moi, je ne m'occupe que de la livraison. Je ne sais même pas à qui je dois t'amener. Tout ce que je sais, c'est que tu vaux trois fois plus vivante que morte, mais si tu tentes quoi que ce soit, ton cadavre me rapportera quand même une belle somme.

Hannibal m'adressa un salut enjoué et quitta la pièce. Je ne dis rien et cherchai un moyen de me sortir de ce mauvais pas. Il était hors de question que je me laisse livrer comme un vulgaire colis à un adversaire inconnu. Je trouverais une solution, même si cela devait me tuer.

Chapitre premier

Quatre semaines plus tôt

J'étais au centre d'une cascade de flammes. Des éclats vermillon et dorés explosaient autour de moi, se mêlant à mes cheveux, se séparant en minces filets le long de mon corps avant de glisser entre mes doigts et de tomber à mes pieds. Les flammes étaient si denses que je ne voyais pas à travers, ce qui réduisait mon champ de vision à un cercle de teintes ensoleillées. En toute logique, le feu aurait dû me tuer, mais j'étais indemne. Je n'avais même pas peur. Au contraire, j'éprouvais une étrange sensation de désir. J'essayai plusieurs fois d'attraper une flamme, mais en vain. Le brasier me recouvrait de la tête aux pieds, mais il parvenait néanmoins à m'échapper.

— Leila, dit une voix trop faible pour que je discerne de qui il s'agissait. Pars avant qu'il soit trop tard.

La logique me conseillait de suivre ce conseil, mais je n'en avais pas envie. Les flammes ne semblaient pas vouloir elles non plus que je les quitte. Elles glissaient toujours sur moi et me caressaient la peau au lieu de me brûler. *Tu vois ?* pensai-je comme pour défier cette voix. Elles ne me feraient aucun mal.

— Leila, répéta la même voix, mais avec plus d'insistance. Pars !

— Non, répondis-je en essayant de nouveau de saisir les flammes.

Les bandes éclatantes échappèrent de nouveau à mes mains, mais cette fois-ci, leur couleur chatoyante s'assombrit. Lorsqu'elles tombèrent à mes pieds, elles ressemblaient à des rubans de goudron. Au-dessus de moi, la cascade disparut brusquement, et je me retrouvai, nue et frissonnante, dans l'obscurité écrasante.

La peur me glaça les entrailles. La voix avait raison. Il allait m'arriver malheur…

Avant que j'aie eu le temps de m'enfuir, les flammes illuminèrent à nouveau l'obscurité. Mais au lieu de s'écouler doucement autour de mon corps, elles se précipitèrent violemment sur moi de tous les côtés. En proie à une douleur insupportable, j'étais impuissante à résister à l'attaque du feu. Sa fureur dévastatrice carbonisait chaque centimètre carré de peau qu'il touchait.

— Pourquoi ? criai-je.

Le sentiment de trahison était presque aussi fort que la douleur.

— Je t'avais prévenue, répliqua la voix inconnue, bien à l'abri de l'autre côté du mur de flammes. Tu n'as pas voulu m'écouter.

Je n'entendis ensuite rien d'autre que mes propres hurlements alors que le feu m'annihilait impitoyablement.

— Non !

Dans ma tête, ce mot était un mugissement à la mesure de mon tourment ; en réalité, seul un murmure s'échappa de mes lèvres. Il suffit néanmoins à me réveiller, et je me redressai violemment, horrifiée, avant de me rendre compte que j'étais recouverte de draps et non de flammes. Le seul feu aux alentours était celui de l'âtre de l'autre côté de la chambre.

Il me fallut plusieurs grandes respirations pour effacer le contrecoup de mon cauchemar. Au bout d'une minute, mon cœur cessa de tambouriner et reprit un rythme normal. Avec désarroi, je vis alors que le lit était vide. Je n'aurais pas à avouer que j'avais encore fait le même cauchemar, mais je n'appréciais pas le fait que, de plus en plus fréquemment, je me couchais et me réveillais seule.

Si j'avais été superstitieuse, j'aurais pu craindre que la répétition de ce rêve soit un mauvais présage, mais lorsque je recevais des avertissements concernant mon avenir, ils n'avaient pas la forme de vagues métaphores pendant mon sommeil. Non, autrefois, c'était des scènes entières qui m'apparaissaient avec une impitoyable profusion de détails… mais cela ne m'était plus arrivé depuis plusieurs semaines. Pendant des années, j'avais souhaité ne plus être capable de voir l'avenir – ou les images de péchés inavouables – par simple contact de la main, mais à présent que cette capacité m'aurait enfin été utile, elle s'était volatilisée.

Cette pensée me motiva à repousser mes draps. Je balançai les jambes hors du matelas et descendis de l'estrade qui rendait l'immense lit à baldaquin encore plus impressionnant. J'allai tout droit à la cheminée et m'agenouillai devant l'âtre. Presque toutes les flammes s'étaient éteintes durant la nuit, mais le feu couvait toujours sous ce qui restait des bûches. J'écartai la grille, avançai la main au-dessus du foyer, puis la plongeai directement dans le bois carbonisé.

Un éclair de douleur me coupa le souffle. Le soulagement m'envahit pendant une fraction de seconde, puis je me rendis compte que seul l'un de mes doigts me faisait mal. Le reste de ma main, pourtant enfouie jusqu'au poignet dans les braises rougeoyantes, ne ressentait rien du tout. J'attendis encore quelques secondes pour m'en assurer, puis la ressortis. À part une écharde plantée dans mon index et une cicatrice vieille de dix ans, ma main était indemne et ne portait pas la moindre trace de brûlure.

Bon sang. Six semaines s'étaient déjà écoulées, et l'effet ne s'était toujours pas dissipé.

Certains hommes transmettaient des maladies vénériennes à leur petite amie. Ce n'était rien par rapport à ce que j'avais hérité de mon compagnon : une immunité au feu qui, inexplicablement, bloquait également mes capacités à obtenir des informations par le toucher. Mais cela n'avait rien de surprenant, après tout. Je sortais avec le Prince des ténèbres officieux, et cela ne pouvait pas aller sans conséquences.

J'arrachai l'écharde et aspirai la plaie, même si j'étais l'une des rares personnes de la maisonnée à ne pas aimer le goût du sang. Je regardai ensuite autour de moi et ramassai une grande chemise d'homme dont le tissu était aussi doux que du cachemire. Elle coûtait probablement plus que ce que je gagnais autrefois en un mois au cirque, mais elle avait été jetée par terre avec une totale indifférence. Je ne voyais jamais personne faire le ménage de la pièce ; celle-ci était pourtant toujours immaculée. Les serviteurs devaient guetter mon départ pour la nettoyer.

Aujourd'hui, ils n'auraient pas à attendre longtemps. J'avais envie de faire pipi, et malgré toute leur splendeur, la chambre de mon petit ami et la salle de bains attenante ne comportaient pas de toilettes. Vampire vieux de plusieurs siècles, il n'en avait en effet aucune utilité, contrairement à moi.

J'enfilai la chemise. Elle était assez grande pour recouvrir mon débardeur et ma culotte en cas de rencontre impromptue, même si je n'avais jamais croisé personne entre sa chambre et celle qui était officiellement la mienne. L'élégant salon qui les séparait était strictement privatif, ce qui me permettait au moins de parcourir ces quelques mètres dans un semblant de dignité.

Une fois de retour dans ma chambre – une version moins sombre et plus petite de la somptueuse pièce vert foncé et acajou que je venais de quitter –, j'entrai droit dans la salle de bains.

— Lumière, dis-je.

L'éclat des ampoules m'aveugla.

— Tamisée, ajoutai-je précipitamment.

Une douce lueur ambrée éclaira le marbre couleur crème, mettant en valeur ses veines vertes et dorées. Une cabine de douche en verre de la taille d'une petite voiture s'illumina également, tout comme le lavabo. Au départ, j'avais été impressionnée par tout ce luxe, mais aujourd'hui, je me contentai de marmonner dans ma barbe alors que je me dépêchais d'atteindre le coin de la pièce, élégamment camouflé par une paroi.

— Un sprint de cinquante mètres tous les matins parce que Monsieur refuse d'installer des toilettes dans sa salle de bains. Quand tu vois la fortune qu'il dépense chaque soir pour un repas qu'il ne mange même pas…

Au fond de moi, je savais que ces ronchonnements ne servaient qu'à masquer le malaise causé par sa désertion de notre lit, mais ma vessie se crispa, comme pour marquer elle aussi sa désapprobation. Une fois mon affaire expédiée, j'entrai dans la douche en prenant bien soin de ne rien toucher de la main droite. Mon corps ne générait plus d'électricité ces temps-ci, mais il était inutile de risquer de griller la tuyauterie.

Une fois douchée et habillée, je descendis quatre étages pour me rendre au rez-de-chaussée. En bas de l'escalier, je débouchai dans un hall au plafond vertigineux, orné de piliers en pierre, d'anciens boucliers et de magnifiques fresques.

Seul le jardin d'hiver venait atténuer cette atmosphère de somptuosité gothique.

À l'autre bout du hall, j'aperçus mon petit ami de plus en plus intermittent, Vlad. Oui, ce Vlad-là… même si peu de gens commettaient l'erreur de l'appeler Dracula. Ses cheveux noirs étaient aussi sombres que sa barbe de trois jours. Ses sourcils arqués encadraient des yeux d'un vert cuivré, et son corps, endurci par des décennies de combat lorsqu'il était encore humain, était richement vêtu. Comme à son habitude, seuls son visage et ses mains étaient découverts. Il portait des bottes, un pantalon noir et une chemise gris foncé boutonnée jusqu'au cou. Contrairement à la plupart des hommes bien bâtis, Vlad ne laissait rien voir de ses muscles, mais ses vêtements sur mesure mettaient mieux son corps en valeur que ne l'aurait fait une tenue moulante.

Je stoppai net ces réflexions en voyant un manteau plié sur son bras. Il ne s'était pas contenté d'entrer et de sortir de notre lit alors que je dormais ; il s'apprêtait à sortir sans un mot.

Une nouvelle fois.

Vous n'avez jamais connu de moment où vous savez exactement ce que vous ne devez pas faire… et où vous le faites malgré tout ? Même privée de l'usage de mes capacités psychiques, je savais que lui demander sèchement où il allait tout en traversant le hall à grandes enjambées n'était pas la meilleure méthode pour régler ce problème, mais je le fis néanmoins.

Vlad était en train de parler à son lieutenant, Maximus, un vampire blond aux traits de Viking vengeur. À ma question, ils tournèrent leurs yeux vers moi, les premiers gris et soigneusement neutres, les seconds vert cuivré et sardoniques. Je me crispai et regrettai d'avoir parlé. Depuis quand étais-je devenue ce genre de mégère insupportable ?

Depuis que la raison pour laquelle Vlad s'est intéressé à toi a disparu, railla une petite voix intérieure. *Tu crois vraiment que c'est une coïncidence s'il a commencé à se montrer distant avec toi au moment où tu as perdu ta capacité à espionner ses ennemis par la pensée ?*

J'entonnai immédiatement dans ma tête *That's the Way* de KC and the Sunshine Band. Vlad était plus qu'un vampire extrêmement puissant dont la vie avait inspiré l'un des plus célèbres romans fantastiques du monde. Il pouvait aussi lire dans les pensées des humains. La plupart du temps.

Il retroussa les lèvres.

— J'espère qu'un de ces jours, tu accepteras au moins de chanter des choses qui me plaisent pour m'interdire l'accès à ton esprit.

Si je ne l'avais pas aussi bien connu, je n'aurais pas remarqué l'ironie sous-jacente qui teintait son accent subtil et donnait une certaine dureté à sa voix patricienne. Il était peu probable qu'il pardonne un jour au vampire qui m'avait enseigné comment lui bloquer mes pensées.

— Certaines personnes considèrent que cette chanson est un classique, répliquai-je en me reprochant ce qu'il aurait pu entendre si je ne l'en avais pas empêché.

— Ce qui prouve que le monde est peuplé d'imbéciles.

— Tu n'as pas répondu à ma question, ripostai-je.

Sans se départir de son petit sourire, Vlad enfila son manteau.

— C'était volontaire.

Le courant s'accumula dans mes mains, qui commencèrent à picoter. Suite à un accident avec une ligne à haute tension, mon corps générait de l'électricité, mais ce pouvoir s'exprimait surtout par ma main droite. Si je ne calmais pas ma mauvaise humeur, mes doigts ne tarderaient pas à lancer des étincelles.

— La prochaine fois que tu comptes me laisser en plan, fais-le comme un homme moderne, répondis-je d'une voix plus rugueuse que du papier de verre. Reste vague et dis que tu as des choses à faire. Ça aura l'air plus poli.

Son regard cuivré prit alors une couleur verte étincelante, preuve indéniable qu'il n'était pas humain.

— Je ne suis pas un homme moderne.

Je le savais bien, mais est-ce que ça l'aurait défrisé de se montrer un peu moins complexe, exaspérant et énigmatique ? De temps à autre, du moins ?

Après un regard furtif dans ma direction, Maximus reporta son attention sur Vlad.

— Tout sera prêt à votre retour, déclara-t-il.

Il s'inclina devant son maître et partit. Je mourais d'envie de demander ce qu'il entendait par là, mais je savais que je n'obtiendrais pas de réponse. Je ne comptais pas abdiquer pour autant. Je n'avais plus aucune intention de me torturer l'esprit en me demandant ce que les absences de plus en plus fréquentes de Vlad signifiaient pour notre relation. Si la disparition de mes capacités psychiques avait modifié ses sentiments pour moi, il devait me le dire. J'interrompis mon chant intérieur le temps de lui adresser une phrase :

— *Quand tu reviendras, on aura une petite discussion.*

Cette fois-ci, il écarta plus les lèvres et j'aperçus ses dents. Ses canines n'étaient pas sorties, mais son sourire n'en était pas moins sensuel et carnassier à la fois.

— J'ai hâte.

Puis il disparut soudainement. Seul le claquement de l'énorme porte d'entrée indiquait par où il était passé. Les vampires ne pouvaient pas se dématérialiser, mais les plus grands Maîtres vampires bougeaient si vite que l'effet était le même.

Je soupirai. Au cours des derniers mois, ma relation avec Vlad s'était révélée aussi tumultueuse et passionnée que ce que laissaient croire les films sur Dracula. J'espérais simplement que Hollywood s'était trompé sur le sort de toutes les femmes qui tombaient amoureuses du célèbre Prince des ténèbres.

Cette pensée était déprimante, mais il était hors de question que je la laisse me ronger. Pour me changer les idées, j'allais donc avoir recours à la plus vénérable et la plus efficace des tactiques féminines.

Je gravis les étages quatre à quatre et courus jusqu'à la chambre de ma sœur.

— Debout, Gretchen ! criai-je depuis le couloir. On va faire du shopping.

Chapitre 2

— Jusqu'ici, c'est bien le seul truc sympa qui nous soit arrivé en Roumanie, déclara ma sœur en posant une pile de vêtements devant la caissière.

Je fermai les yeux tout en me demandant à qui je devais présenter mes excuses en premier : à la caissière, à cause de la remarque désobligeante de Gretchen sur son pays, ou à Maximus, qui allait encore devoir ajouter quelques sacs à la demi-douzaine qu'il portait déjà. Voilà ce qui se produisait lorsqu'on lâchait ma sœur dans la nature avec la carte de crédit de quelqu'un d'autre. Vlad tenait absolument à ce que ses invités ne règlent rien de leurs propres deniers.

Il allait peut-être y réfléchir à deux fois lorsqu'il verrait la note. J'avais tenté de modérer les dépenses de Gretchen, mais en vain. Cela n'avait fait que l'agacer, au point de la pousser à acheter des choses sans même les essayer.

— Je suis fatiguée, on devrait rentrer, dis-je en changeant de tactique.

Gretchen fronça les sourcils.

— Pas question. Ça fait des semaines que je suis cloîtrée dans le château de ton petit copain. Son adversaire est forcément mort, sinon Marty et papa n'auraient jamais été autorisés à partir.

Je m'abstins de lui faire remarquer que notre père et Marty, mon meilleur ami, étaient légèrement plus responsables qu'elle. Si Szilágyi, l'ennemi ancestral de Vlad, était encore vivant, ce qui était en effet fort improbable, Gretchen était plus en sécurité avec nous. Comme elle venait de le démontrer de manière éclatante, la discrétion était loin d'être son fort. Je jetai un coup d'œil à la caissière, lui adressai un sourire forcé, et tirai Gretchen par la manche pour la rapprocher de moi.

— On ne parle pas de tu-sais-quoi en public, murmurai-je vivement.

— Pourquoi ? rétorqua-t-elle sur le même ton. Presque tous les habitants sont au courant de l'existence des vampires, vu que la ville appartient à Vlad, et qu'il se sert de certains d'entre eux pour apaiser ses petits creux. Et de toute façon, Maximus peut toujours les hypnotiser pour les forcer à oublier ce qu'ils ne savaient pas déjà.

Les yeux écarquillés, je regardai la caissière. Cette dernière leva la main à l'intention du vampire blond et dit quelques mots en roumain.

— Ne t'en fais pas, sa loyauté envers Vlad est sans faille, me résuma-t-il avant de tourner des yeux gris pleins de fureur vers ma sœur. Si vous ne faites pas un effort pour vous montrer plus discrète, la prochaine personne que j'hypnotiserai, ce sera vous.

— Tu n'oserais pas, s'insurgea-t-elle.

Maximus se redressa de tout son mètre quatre-vingt-dix-huit, comme si sa carrure de déménageur n'était pas assez impressionnante comme cela.

— J'ai fait bien pire pour protéger mon prince.

J'avais toujours envie d'assommer Gretchen, mais personne – pas même un ami tel que Maximus – n'avait le droit d'effrayer ma petite sœur.

— Elle a compris, dis-je froidement. Et si ce n'est pas le cas, c'est moi qui m'en occuperai.

Maximus regarda Gretchen, secoua presque imperceptiblement la tête, puis s'inclina très bas devant moi.

— À ta guise.

Le rouge me monta aux joues. Depuis que j'étais devenue la petite amie de Vlad, les vampires de sa lignée s'inclinaient devant moi comme ils le faisaient devant leur maître, à mon grand embarras.

— Arrête, s'il te plaît, j'ai horreur de ça.

Il se redressa, un soupçon de sourire au coin des lèvres.

— Oui, je sais.

Je croisai ses yeux pendant une fraction de seconde et je revis l'homme qui avait bondi sur l'occasion de sortir avec moi lorsque j'étais arrivée chez Vlad, réfugiée contre mon gré. Son regard reprit immédiatement sa neutralité habituelle, et il redevint le garde du corps formel que je connaissais.

— Vous avez une heure pour terminer votre shopping. Ensuite, il sera temps de rentrer.

— Pourquoi ? demandai-je, prenant Gretchen de vitesse.

— Parce qu'il faut que vous vous prépariez avant l'arrivée des invités de Vlad. Vous ne devez pas être en retard pour le dîner.

Cette fois-ci, Gretchen réagit plus vite que moi.

— Des invités ? Qui ça ? Pourquoi est-ce qu'on ne nous a pas prévenues ?

— En ce qui vous concerne, on ne vous a rien dit parce que votre présence est optionnelle, répondit Maximus, qui m'adressa ensuite un léger sourire. Et je ne t'en ai pas parlé plus tôt parce que je pensais que tu avais assez de soucis comme ça.

J'éprouvai un mélange d'embarras et de résignation. Est-ce que tout le monde était au courant de mes problèmes avec Vlad ? *Bien sûr que oui*, me répondis-je intérieurement.

Grâce à leur ouïe supersonique, tous les morts-vivants de la maisonnée devaient également savoir que nous n'avions pas fait l'amour depuis une semaine à cause de mes règles.

Je soupirai.

— Bon, on dirait que je vais devoir me trouver une robe, finalement.

Nous avions déjà visité plusieurs boutiques, mais je n'avais encore rien acheté pour ne pas alourdir davantage la facture.

Un sentiment indescriptible passa sur le visage de Maximus.

— Ce ne sera pas utile. Vlad a fait préparer ta robe dans ta chambre.

Il partait sans me dire où il allait, il invitait des gens à dîner sans me prévenir, il choisissait lui-même ma tenue… Je fronçai les sourcils. Qu'avait-il donc derrière la tête ?

— Tu n'as pas l'intention de me donner le moindre indice sur ce qui se passe, n'est-ce pas ? demandai-je à Maximus.

Il me répondit avec un sourire un peu trop crispé.

— Comme je viens de le dire, j'ai fait bien pire pour protéger mon prince.

Au premier coup d'œil à ma robe, je compris que les invités de ce dîner n'étaient pas de vieux copains de Vlad qui passaient à l'improviste. Il s'agissait d'un fourreau de soie noire, avec une petite traîne et un décolleté profond qui semblait serti de minuscules diamants noirs. Des escarpins et des gants assortis – doublés de caoutchouc isolant, bien entendu – montant jusqu'aux coudes et eux aussi parés de diamants complétaient cet ensemble aussi extravagant que séduisant. J'essayai la robe et constatai sans surprise qu'elle avait été coupée à mes mesures exactes. Elle parvenait même à me donner un décolleté, ce qui était un exploit pour ma petite poitrine.

Jamais je n'avais porté une aussi belle robe, mais je l'aurais volontiers échangée, elle et tous les autres cadeaux hors de prix que Vlad m'avait faits, pour combler le fossé qui ne cessait de se creuser entre nous. Je caressai le tissu soyeux, regrettant d'être toujours privée de mes capacités ; elles m'auraient permis de savoir si c'était le moyen qu'il avait choisi pour se faire pardonner la distance qu'il affectait ces dernières semaines, ou s'il voulait simplement que je sois digne de paraître à son bras ce soir. Connaissant Vlad, les deux possibilités étaient envisageables.

C'était pour cela que je devais le forcer à en discuter, quel qu'en soit le résultat. Je n'avais aucune envie de me pomponner, mais de toute évidence, il s'agissait d'une occasion formelle. Quelques dizaines de minutes plus tard, mes cheveux noirs, naturellement raides, cascadaient en boucles épaisses, et j'avais opté pour un maquillage discret, à part le rouge à lèvres pourpre qui offrait un superbe contraste avec ma robe noire et ma peau très pâle. Après toutes ces années passées dans l'univers du cirque, j'étais devenue une experte dans l'art du maquillage. Je savais également comment camoufler la cicatrice qui s'étendait de ma tempe à mes doigts. Une vague de cheveux brillants cachait cette partie de mon visage et descendait jusqu'à mon épaule droite. J'avais également tiré mes gants au maximum, de manière que la preuve de l'accident auquel je devais mes capacités inhabituelles n'apparaisse que sur quelques centimètres de mon bras.

Vlad avait neutralisé ces capacités lorsqu'il m'avait entourée de son aura ignifugée pour me protéger de l'explosion déclenchée par Szilágyi. Ce dernier avait cru me tuer en même temps que son ennemi de toujours, mais j'avais survécu à cet enfer de flammes. Visiblement, ma survie avait eu un prix. On n'échappait jamais gratuitement à son destin.

Je secouai la tête pour chasser ces souvenirs. Puis, d'une humeur tout sauf festive, je pris la direction du rez-de-chaussée.

Vlad m'attendait au pied de l'escalier. Son smoking, d'un noir strict, aurait dû lui donner une allure trop sévère, mais il avait plutôt l'air d'un ange de la mort sensuel. Lorsqu'il posa les yeux sur moi, je ne pus m'empêcher de frissonner. Une lueur émeraude passa furtivement dans son regard, et lorsqu'il me prit la main, je sentis la chaleur qui irradiait de lui malgré mes gants. Les vampires normaux étaient à température ambiante, mais pas Vlad. Son don de pyrokinésie, qui inspirait la crainte à ses semblables, le rendait également plus chaud que la plupart des humains lorsque son pouvoir, sa colère ou son désir se manifestaient.

— Tu es ravissante.

Ces mots, prononcés en un grognement sourd, me firent comprendre quelle émotion l'agitait sur le moment, et je frissonnai une nouvelle fois. J'avais beau douter de mes sentiments à son égard, mon corps, lui, ne s'encombrait d'aucune ambiguïté. Sans même m'en rendre compte, je m'étais rapprochée de lui, et mes tétons durcirent à la seconde où nos poitrines se touchèrent. Puis il m'effleura le cou des lèvres et mes entrailles se contractèrent au contact délicieux de sa barbe courte et drue contre ma peau.

Il inspira, et son souffle chatouilla la veine palpitante de mon cou comme le plus doux des baisers. Il referma alors les mains sur mes épaules avec une chaleur enivrante. D'un petit geste des doigts, il repoussa mes cheveux pour dégager ma nuque. J'eus le souffle coupé lorsqu'il baissa la tête et que je sentis deux canines dures et acérées sur ma peau. La sombre extase que me procurait sa morsure était presque aussi intense que ce que je ressentais lorsque nous faisions l'amour ; deux activités dont j'étais privée depuis quelque temps. Sans réfléchir, je lui agrippai la tête pour le rapprocher de moi avec un tremblement d'anticipation.

Il marmonna une phrase inintelligible et recula, le regard toujours illuminé de vert.

— Pas maintenant. Nos invités nous attendent.

Je m'en fiche ! pensai-je immédiatement, avant de me reprendre. *Mais qu'est-ce qui m'arrive ?* En effet, des gens nous attendaient, sans parler de tous les gardes qui stationnaient dans le hall. Et même s'il n'y avait rien eu de tout cela, j'avais des choses importantes à régler avec Vlad. Satisfaire ma libido aurait dû être le cadet de mes soucis.

— D'accord, dis-je.

Je le lâchai et reculai à mon tour. Sans le regarder, je replaçai mes cheveux sur mon épaule pour couvrir au maximum ma cicatrice. Je n'en avais pas honte, mais j'étais vraiment lasse des regards compatissants des gens qui la voyaient pour la première fois.

— Leila.

Le ton sur lequel il prononça mon nom me fit relever vivement la tête. Les yeux de Vlad avaient repris leur teinte cuivrée. Le seul vert qu'on y voyait encore venait du cercle naturel de ses iris.

— Ne te cache de personne, poursuivit-il en dégageant à nouveau mon épaule. Seuls les imbéciles prennent les survivants et leurs cicatrices en pitié. Laisse-les dire.

Il me tendit alors la main, ses propres cicatrices passées s'entrecroisant sur sa peau comme de minuscules rayures pâles.

— Viens.

J'acceptai son invitation et repoussai les émotions qui me comprimaient le cœur. Je commençai immédiatement à chanter dans ma tête pour masquer la plus dangereuse de mes pensées avant qu'elle l'atteigne.

C'est l'une des raisons pour lesquelles je t'aime. Tu ne cèdes devant personne.

Malheureusement, c'était aussi ce qui risquait de nous séparer.

Chapitre 3

Quelques visages m'étaient familiers, mais l'assemblée comportait également beaucoup d'inconnus. Maximus était assis à côté de Shrapnel, l'autre bras droit de Vlad, un homme massif au crâne rasé. Son voisin était Mencheres, le vampire égyptien aux cheveux longs que Vlad présentait comme son Maître honoraire, un titre dont je ne saisissais toujours pas toutes les implications. La femme blonde et mince aux côtés de Mencheres était Kira, son épouse. Gretchen était présente elle aussi, au bout de la table le plus éloigné des convives, et visiblement mécontente de cette place. Lorsque Vlad et moi entrâmes, tout le monde se leva, ce qui ajouta encore à l'ambiance étrange. Je n'étais pas en retard, alors pourquoi étaient-ils tous déjà à table ? Les hôtes n'étaient-ils pas censés accueillir leurs invités avant qu'ils s'assoient, plutôt que d'arriver les derniers et de forcer tout le monde à se mettre au garde-à-vous ?

Décidément, me dis-je pour la énième fois, *les vampires ont vraiment des mœurs bizarres.*

Vlad m'accompagna à ma place habituelle, à la tête de la table, ce qui me valut quelques regards discrets de la part d'invités que je ne connaissais pas. Je restai debout devant la chaise vide à sa droite sans savoir que faire ensuite. Devais-je m'asseoir directement ou attendre je ne sais quel signal ?

— Je suis heureux de vous voir tous réunis, déclara Vlad, sa voix de ténor résonnant puissamment dans la grande pièce. Je sais que certains d'entre vous viennent de très loin.

Je m'attendais à plus, peut-être un remerciement adressé à ces invités qui avaient fait tant de kilomètres pour venir, mais Vlad s'assit juste après ces mots. Avant de le rencontrer, je n'aurais jamais imaginé que le simple fait de s'asseoir puisse paraître aussi majestueux et intimidant, mais c'était pourtant le cas chaque fois.

Tout le monde s'assit alors, et je suivis le mouvement, regrettant amèrement qu'il n'existe pas un livre intitulé *L'Étiquette des morts-vivants pour les nuls*. Leurs mouvements trop fluides indiquaient qu'aucun de nos invités n'était humain. J'avais l'habitude de fréquenter des vampires dans des conditions décontractées – ou violentes – mais c'était là ma première soirée formelle.

— *Si je fais une boulette, ce sera ta faute*, pensai-je à l'intention de Vlad tout en lui adressant mon plus charmant sourire.

Il remua légèrement les lèvres, mais ce fut le seul signe indiquant qu'il m'avait entendue. Il fit un geste de la main gauche.

— Leila, tu connais déjà Maximus, Shrapnel, Mencheres et Kira. Je vais te présenter nos autres invités.

Je conservai mon sourire pendant toute la liste de noms. J'espérais que personne ne s'attendait à ce que je les retienne tous, car les vingt-huit places de l'immense table étaient prises. La première fois que j'avais vu la salle à manger avec ses cheminées occupant tout un mur, son plafond haut de trois étages et son lustre gargantuesque, j'avais pensé que l'endroit était démesurément surdimensionné, vu que seuls Vlad et moi y mangions. Mais ce soir, sa taille et sa splendeur trouvaient enfin toute leur utilité. S'il avait invité plus de gens, nous aurions eu besoin d'une autre table, et à en croire les bijoux des femmes et les magnifiques smokings des hommes, toutes les personnes présentes étaient habituées à vivre dans le luxe.

Ce n'était pas mon cas. Ni celui de Gretchen, qui semblait aussi mal à l'aise que moi. Notre père était officier de carrière, et nous avions grandi dans un cadre modeste qui avait changé fréquemment, au gré de ses affectations. En prenant mon indépendance, à dix-huit ans, j'avais cherché des emplois ne demandant ni usage de la technologie, ni contact avec autrui. Malheureusement, la plupart des postes offrant un salaire décent impliquaient l'un ou l'autre. Si je n'avais pas rencontré Marty et monté un numéro de cirque avec lui, j'aurais très bien pu finir sans-abri.

En tout cas, je ne me serais jamais retrouvée dans le château de Vlad, en train de sourire à des inconnus à travers une mer de verres en cristal que les serviteurs remplissaient d'un liquide rouge foncé trop épais pour être du vin. Ces mêmes serviteurs apportèrent ensuite des plats en quantité suffisante pour combler les plus gros mangeurs, même si Gretchen et moi étions les seules humaines présentes. La nervosité avait annihilé mon appétit, mais je fis de mon mieux pour faire honneur au repas en me demandant à quel moment Vlad dévoilerait le véritable motif de cette soirée. Il n'avait certainement pas invité toutes ces personnes pour le simple plaisir d'étaler sa fortune. Il avait beaucoup de défauts, mais la prétention n'en faisait pas partie.

C'est au dessert qu'il passa à l'action. Je venais de me servir une cuillerée de crème brûlée au caramel et au bourbon lorsque Vlad se leva. Toutes les conversations cessèrent net.

—Merci à tous d'être venus, dit-il dans le silence soudain. Si je vous ai réunis ici ce soir, vous, mes amis ou membres honorés de ma lignée, c'est pour que vous soyez témoins de ce que je m'apprête à faire.

Il se plaça derrière ma chaise et posa la main sur mon épaule. Je contins l'envie de me retourner pour le regarder.

— *Que se passe-t-il?* pensai-je nerveusement.

Il ignora ma question.

— Vous savez presque tous que Leila est ma maîtresse depuis quelques mois. De plus, elle a risqué sa vie pour sauver les miens et a fait preuve d'une loyauté sans faille à mon égard, même sous la torture. Elle a énormément de valeur à mes yeux. Je lui propose de nouer un lien éternel entre nous, si elle l'accepte.

Il se pencha vers moi et je sentis son souffle chaud sur mon cou alors qu'il me murmurait la suite.

— Tu te demandais si mes sentiments pour toi avaient changé depuis la disparition de tes capacités. Voici ma réponse.

D'un mouvement rapide de sa main balafrée, il déposa un petit écrin en velours devant moi. Mon cœur se mit à battre la chamade, et un mélange de surprise et de joie s'empara de moi. À l'autre bout de la table, j'entendis Gretchen hoqueter de surprise. J'avais imaginé un grand nombre de raisons pour ce dîner surprise, mais pas ça. Les choses avaient en effet changé entre nous, de la meilleure manière possible.

— Vlad, je…

Je ne pouvais plus parler ni même penser, mais j'étais encore capable de bouger. Les mains tremblant de joie, j'ouvris lentement la boîte.

Soudain, Gretchen bondit de sa chaise et se dirigea vers moi à grands pas. Des larmes de bonheur avaient dû me monter aux yeux, car le contenu de l'écrin m'apparaissait trouble. Je reconnus toutefois une bague. Je me sentis submergée par l'allégresse. Je compris alors à quel point j'aimais Vlad, et avec quelle ferveur j'avais espéré qu'il m'aime lui aussi. Je clignai des yeux pour évacuer les larmes et voir la bague plus clairement… puis une grande confusion vint tempérer mon euphorie.

Maximus saisit Gretchen par le bras avant qu'elle arrive près de moi, mais elle parvint tout de même à voir ce que contenait la boîte.

— Espèce de radin, c'est même pas un diamant ! déclara-t-elle avec son manque de tact habituel. Tu parles d'une bague de fiançailles !

Je m'étais interrogée sur son choix, moi aussi, car j'avais reconnu la reproduction de l'anneau que le père de Vlad lui avait transmis à sa mort. Cela n'avait d'ailleurs aucune importance : quelle que soit la bague qu'il pouvait m'offrir, elle aurait toujours une valeur incomparable à mes yeux. Peut-être était-ce la tradition des demandes en mariage dans la famille Dracula…

— Ce n'est pas une bague de fiançailles, répondit sèchement Vlad à la remarque de Gretchen. C'est le symbole de l'appartenance à ma lignée. Tous les vampires que j'ai créés en ont reçu une semblable.

À ces mots, mon flux de pensées incohérentes se cristallisa en une prise de conscience déchirante. *Il ne te demande pas en mariage. Il te propose seulement de te transformer en vampire !*

Vlad se redressa et ôta la main de mon épaule. Il avait entendu ce que je venais de penser. Vu la force avec laquelle ces deux phrases avaient éclaté dans mon esprit, même le plus faible des télépathes les aurait captées.

Je savais que j'aurais dû commencer à chanter pour l'empêcher d'entendre la suite, mais je n'arrivais pas à trouver le moindre couplet. Ma fierté m'ordonnait de continuer comme si de rien n'était, mais je gardai l'écrin entre les mains, impuissante, en sentant mon bonheur se transformer en cendres. Rien n'avait changé, si ce n'est que Vlad pensait qu'il était nécessaire que je devienne une vampire… et qu'il avait choisi de m'en informer devant une assemblée de morts-vivants en guise de témoins.

Je levai les yeux. Les regards des invités se détournèrent avec une fulgurance compatissante. Leur gêne apparente me disait que Vlad n'était pas le seul à avoir compris ma méprise. Si je n'avais pas eu l'impression qu'on venait de m'arracher le cœur pour le faire flamber sous mes yeux, j'aurais été morte de honte.

Gretchen brisa le silence pesant.

— Tu veux que Leila devienne une vampire ? C'est super flippant !

— Maximus, ordonna sèchement Vlad.

En une fraction de seconde, Gretchen se retrouva soulevée du sol, une main sur la bouche. En temps normal, je n'aurais pas supporté de voir ma sœur traitée de la sorte. Mais pour l'heure, j'étais trop occupée à essayer de me reprendre pour réagir.

— Leila…, commença Vlad.

— Arrête.

Ce mot claqua avec toute la violence de mes espoirs brisés. Je me levai si brutalement que je manquai de faire tomber ma chaise. Soit je sortais immédiatement de cette pièce, soit je fondais en larmes, et j'avais encore suffisamment de fierté pour ne pas me donner ainsi en spectacle devant tout le monde.

— J'ai besoin d'air, marmonnai-je.

Et de lames de rasoir pour finir le travail que tu as commencé à seize ans, ajouta ma détestable petite voix intérieure.

Sans lui prêter attention, j'entamai le premier air qui me vint à l'esprit pour couvrir mes pensées. C'était une marche funèbre.

Logique, en un sens.

Puis je m'enfuis aussi vite que me le permettaient mes hauts talons.

Chapitre 4

Je me rendis directement à la petite salle aux parois de caoutchouc que Vlad avait fait installer pour moi au sous-sol. Une fois la porte refermée, j'ôtai mon gant droit. Aussitôt, de l'électricité jaillit de ma main en lanières crépitantes qui étaient la manifestation des émotions que j'essayais de maîtriser. Je rassemblai ces courants en un seul, puis je le projetai, vibrant de puissance, en direction de la statue en pierre qui ornait la pièce.

La tête éclata. À l'éclair suivant, la statue perdit un bras. Puis l'autre. Puis le torse entier, sans que ma douleur, ma déception et mon humiliation diminuent le moins du monde. Au contraire, j'avais l'impression que j'allais exploser à tout moment.

Je m'acharnai sur la statue jusqu'à ce qu'il n'en reste que des dizaines de morceaux éparpillés sur le sol. Avant de rencontrer Vlad, j'avais seulement essayé de contenir cette puissance, comme j'avais tenté d'étouffer la solitude causée par mon inaptitude à toucher les gens sans leur faire de mal.

Vlad avait changé tout cela. Il m'avait appris à tirer profit de ces pouvoirs et avait éveillé en moi des sentiments que je n'aurais jamais cru connaître. Il était plus que mon premier amant. Il était aussi mon premier amour, mais mes sentiments étaient désormais trop profonds. Malgré tous les signes, je m'étais autorisée à penser qu'un jour, il ressentirait la même chose pour moi. Voilà où ces espoirs m'avaient menée : dans un sous-sol, à passer sur un objet inanimé la frustration générée par mes rêves brisés.

Je regardai les ruines de la statue et éprouvai un étrange sentiment de solidarité. Comme moi, elle avait été solide et entière. Désormais, toujours comme moi, elle était tellement ravagée par mes émotions destructrices qu'elle ne serait plus jamais la même.

— Sois maudit, murmurai-je sans savoir à qui s'adressait cette imprécation : à moi, ou au vampire dont j'étais si sottement tombée amoureuse.

Ma belle robe était maintenant imbibée de sueur, mais je m'en moquais. Je ne retournerais pas dans la salle à manger. Tout le monde avait deviné la raison de mon départ, mon absence prolongée s'expliquerait donc facilement. Sinon, ils pouvaient aller se faire foutre. Pas question que je continue à être l'attraction de la soirée.

Épuisée, je gravis les innombrables marches menant à l'étage où se trouvait ma chambre, soulagée de ne croiser personne. Avec un peu de chance, Vlad tiendrait compagnie à ses invités pendant toute la nuit, et je ne le reverrais que le lendemain. Cela me donnerait la solitude dont j'avais plus que jamais besoin.

Ce fut la raison pour laquelle je poussai un grognement en voyant que ma chambre n'était pas vide. Vlad se tenait près du canapé, les mains jointes derrière le dos. Par chance, il ne semblait pas avoir apporté son maudit écrin. D'un regard, il embrassa mon apparence débraillée et dégoulinante.

— Tu te sens mieux ? demanda-t-il avec sa brusquerie habituelle.

C'était loin d'être le cas. J'avais recouvré un peu de calme après ma séance de destruction, mais le simple fait de le voir suffit à démolir ce fragile équilibre.

— En pleine forme, rétorquai-je avec rudesse. D'ailleurs, outre le fait que je compte me soûler à mort, je ne me suis jamais sentie aussi bien.

Une émotion que je ne pus identifier brouilla furtivement son air impassible.

— Je regrette ce qui s'est passé ce soir. J'aurais dû discuter de cette proposition en privé avec toi, mais je n'aurais jamais cru que tu l'interpréterais de la sorte.

Je ne savais pas ce que j'avais voulu entendre après ce fiasco, mais une chose était sûre : il était très loin du compte. Son inoxydable self-control ne faisait que retourner le couteau dans la plaie. Je faisais de mon mieux pour ne pas m'effondrer, mais il semblait plus calme et plus froid que jamais. La colère vint s'ajouter au trouble de mes autres émotions.

— La robe, le dîner chic, toutes tes flatteries, et l'écrin pour couronner le tout…, énumérai-je sur mes doigts. Franchement, j'étais censée m'attendre à quoi ?

Il poussa un grognement qui me perça jusqu'au fond de l'âme.

— À tout sauf à ça. Cela ne fait que quelques mois que nous sommes ensemble. Sais-tu à quel point c'est insignifiant pour quelqu'un de mon âge ?

Je lui répondis sur un ton que la douleur renouvelée rendit acerbe.

— Oui, tu as presque six cents ans, mais dans le monde d'aujourd'hui, quand tu parles de « lien éternel » et que tu offres à ta copine un écrin d'alliance, c'est généralement ce qu'elle s'attend à trouver dedans !

— Depuis des siècles, tous les vampires que j'ai créés ont reçu une reproduction de mon anneau, comme preuve de leur appartenance à ma lignée. Cela peut s'avérer utile s'ils sont capturés par des alliés. Ou par des ennemis.

Je ne doutais pas de sa sincérité, mais cela n'atténuait en rien l'acide qui se déversait en continu sur mes émotions.

— Tu ne comprends pas, répondis-je sèchement. Même selon mes standards, nous ne sommes pas ensemble depuis longtemps, mais ton blocage face à la simple mention du mot « mariage » me prouve à quel point notre relation a moins de valeur à tes yeux qu'aux miens. C'est ça le vrai problème, et je ne peux plus l'ignorer.

Sa bouche se crispa et des flammes éclatèrent dans la cheminée alors que sa carapace se fendait et qu'il laissait libre cours à sa colère. Je m'en moquais. C'était moi qui avais subi une humiliation publique, et maintenant privée.

— Notre relation a beaucoup de valeur à mes yeux. Tu es la première personne avec qui je partage ma chambre…

— Mais tu ne prends même pas la peine de faire installer des toilettes, l'interrompis-je. C'est ta manière de me dire que tu n'as aucune intention d'aller plus loin avec moi.

Ses yeux étaient maintenant entièrement verts, sans plus aucune trace cuivrée.

— Ce soir, je t'ai proposé une autre solution à ce problème.

En effet, s'il me transformait en vampire, je ne serais plus jamais tracassée par ma vessie. Mais cela me forcerait également à passer le reste d'une vie anormalement longue à aimer un homme qui ne m'accorderait jamais entièrement son cœur. Vlad était réputé pour son caractère impitoyable, mais j'étais persuadée qu'il ne se rendait pas compte du sort cruel auquel il me condamnait si j'acceptais son offre.

C'était en partie ma faute. J'avais laissé cette situation durer trop longtemps parce que je ne voulais pas le perdre. Malheureusement, il n'avait jamais vraiment été à moi, comme les événements de la soirée me forçaient à le reconnaître. J'avais l'impression que mon cœur s'était détaché de moi, mais je soutins fermement son regard.

— Il ne t'est pas venu à l'esprit que je considérerais cet anneau comme une demande en mariage parce que tu n'as aucune intention de jamais t'engager de la sorte avec moi. À une époque, je m'en accommodais. Ce n'est plus le cas aujourd'hui.

— Tu ne comprends pas.

Malgré le ton calme de sa voix, les flammes grimpèrent encore plus haut dans l'âtre.

— Le divorce n'existe pas chez les vampires. Les gens changent énormément avec le temps, ce qui explique pourquoi peu d'entre nous décident de se marier. Les sentiments s'amenuisent, mais une union de vampires est inaltérable.

Il prit alors mon visage entre ses mains chaudes et fortes.

— Ce que je t'offre, c'est un véritable engagement... une place éternelle dans ma vie. Même si notre relation venait à se terminer, le lien qui nous unirait durerait à jamais. Laisse-moi te transformer en vampire, Leila, et regarde les décennies passer comme autant de jours à mes côtés.

J'avais envie de dire oui. Ce mot tremblait sur mes lèvres, mais je le ravalai avec une inspiration hachée. Il ne me proposait rien de véritablement différent, juste la version longue de ce que j'avais déjà. Si j'acceptais de renoncer à ma mortalité, comme on se débarrasse d'une vieille robe, ce serait la preuve indéniable que j'étais prête à tout pour Vlad, et pourtant, il refusait obstinément de me laisser accéder à son cœur.

Je ne pouvais pas vivre de cette manière, ni en tant qu'humaine, ni en tant que vampire. Si cela me faisait tant souffrir aujourd'hui, que ressentirais-je après des dizaines d'années passées à aimer un homme pour qui je n'étais qu'une maîtresse agréable ?

— J'accepte, mais à une seule condition.

Il me caressa le visage.

— Laquelle ?

Je le regardai droit dans les yeux.

— Puisque tu peux lire dans mes pensées, tu le sais déjà. Je t'aime, Vlad, alors plus que des liens de sang ou la perspective d'une vie éternelle, je veux que tu me dises toi aussi que tu m'aimes.

Il laissa retomber les mains et serra les poings.

— Nous en avons déjà parlé…

— Je m'en souviens, l'interrompis-je. La première nuit où nous avons couché ensemble, tu m'as dit que tu te montrerais passionné, honnête et fidèle, mais que tu ne me donnerais pas ton amour, parce que tu en es incapable. À l'époque, je t'ai cru, mais aujourd'hui, je dis que c'est n'importe quoi. Tu te rappelles la dernière chose que Szilágyi a dite avant de déclencher l'explosion ?

Je vis à la crispation de sa mâchoire qu'il s'en souvenait parfaitement, mais comme il ne faisait pas mine de le dire, je continuai.

— Il a expliqué qu'il voulait me tuer parce que cela te blesserait. Même ton pire ennemi a compris que j'étais plus qu'une simple maîtresse à tes yeux, mais tu persistes à refuser de m'offrir davantage. Tant que tu ne le feras pas, je ne…

Ma voix se brisa, et malgré toute ma résolution, deux larmes coulèrent sur mes joues. Je les essuyai rapidement et me forçai à continuer malgré l'émotion qui me serrait la gorge.

— … je ne pourrai plus vivre avec toi, terminai-je. Ça me fait trop mal d'être si proche de toi, mais continuellement repoussée.

Son visage prit une expression d'incrédulité.

— Tu me quittes ?

Le ton de sa voix trahissait plus la surprise que la douleur. Cela me fit l'effet d'un nouveau coup de massue, et d'autres larmes que je ne parvins pas à retenir coulèrent sur mon visage.

— Ai-je le choix ? Je sais comment tout cela va se terminer. Grâce à mes capacités, je l'ai vécu à travers je ne sais combien de couples. J'ai même vu ma mère tout sacrifier pour un homme qui lui préférait une autre femme, et je refuse de commettre la même erreur.

Je savais que chacun de ces mots était vrai, mais je ne pouvais retenir le flot de pensées qui me traversait l'esprit.

Dis-moi que tu m'aimes et je resterai. Non, dis-moi simplement que tu es prêt à envisager *de m'aimer et je resterai. Dis-moi tout ce que tu veux, mais ne me demande pas de me résigner à ce rôle de subalterne à cause de la froideur dont tu persistes à t'enrober le cœur.*

Vlad ne me répondit rien de tout cela.

— C'est dangereux. Nous avons fouillé la plus grande partie des ruines de son repaire, mais nous n'avons pas retrouvé les restes de Szilágyi. S'il a réussi à survivre, il s'en prendra à toi.

C'était donc ça qui l'inquiétait le plus ? Pas la fin de notre relation, mais que son adversaire m'utilise à nouveau contre lui ? L'espace d'un instant, j'eus le souffle coupé par la sauvagerie avec laquelle cette révélation me ravageait le cœur. J'avais cru être assez forte pour supporter qu'il me rejette. Je m'étais trompée dans les grandes largeurs.

— Szilágyi est mort, parvins-je à articuler d'une voix rauque. Et même s'il a survécu, mes capacités ont disparu. Si je ne peux plus localiser les gens dans le présent ou voir l'avenir, je n'ai aucune utilité pour lui.

Dis-moi que ce n'est pas la seule raison pour laquelle tu veux que je reste ! pensai-je avec toute la véhémence d'un dernier espoir.

Seuls mes derniers lambeaux de volonté me retenaient de le dire à voix haute.

Vlad se contenta de me regarder. Ses yeux prirent furtivement une lueur émeraude, puis revinrent à leur teinte cuivrée habituelle tandis que les flammes se déchaînaient dans l'âtre. Le silence se prolongeait et les larmes que je ne parvenais pas à retenir dévalaient mes joues.

Puis, chacun de ses mouvements cisaillant mes émotions comme des lames de rasoir, il se dirigea vers la sortie. Lorsqu'il arriva devant la porte, il s'arrêta un instant, la main au-dessus de la poignée.

Ne fais pas ça ! avais-je envie de hurler. *Je t'aime ; tu ne veux même pas essayer de t'autoriser à m'aimer toi aussi ?*

Les flammes montèrent si haut qu'elles dépassèrent la grille et vinrent lécher le mur, mais Vlad garda le silence. Lorsque le feu atteignit le plafond, j'avançai vers lui, mue par le besoin instinctif de l'éteindre, mais les flammes s'évanouirent subitement, ne laissant derrière elles que de la fumée.

Lorsque je me retournai, Vlad avait disparu.

Chapitre 5

La voiture se gara dans le hangar de l'aérodrome. J'ouvris immédiatement la portière car je ne voulais pas que Maximus ou Shrapnel le fassent pour moi. Une dizaine de mètres plus loin, un jet resplendissant couleur ivoire nous attendait. Malgré mon chagrin, je me dis qu'il valait mieux pour moi que j'emprunte l'avion privé de Vlad pour rentrer aux États-Unis. Sans parler de mes problèmes électriques, mon air renfrogné m'aurait garanti d'être sélectionnée par les douaniers pour une fouille au corps.

Un jeune homme roux attendait sur la passerelle menant à l'appareil, mais il se dépêcha d'en descendre lorsqu'il m'aperçut.

— Où sont vos bagages, mademoiselle ? demanda-t-il avec un fort accent.

— Je n'en ai pas.

— Si, elle en a, me contredit Maximus tout en s'extirpant du siège du conducteur. Ils sont dans le coffre.

Seule la présence de Gretchen me retint d'exploser.

— Je t'ai dit que je ne voulais rien. Je ne suis arrivée avec rien d'autre que les vêtements que je portais, et c'est comme ça que je compte repartir.

— Tu les emportes, ordre de Vlad, répliqua Maximus sur un ton qui incita le rouquin à se dépêcher d'aller jusqu'au coffre de la limousine. Ce que tu en feras une fois arrivée, ça ne regarde que toi.

Vlad ne devait pas vouloir que des objets m'ayant appartenu encombrent son château. Il m'avait dit un jour que si jamais je voulais mettre un terme à notre relation, il me laisserait partir sans essayer de me retenir. J'étais bien forcée de reconnaître qu'il avait tenu parole sur ce point. Il n'avait pas discuté ma décision et je ne l'avais pas revu depuis le moment où il avait quitté ma chambre. Il n'était même pas venu nous dire « au revoir » lorsque nous étions parties pour l'aéroport.

J'avais beau essayer de me persuader que tout cela était pour le mieux, jamais je n'avais connu une telle souffrance.

— Très bien, répondis-je en me forçant à sourire pour Gretchen.

Ma sœur, si caustique habituellement, se montrait très protectrice depuis quelques jours. Cela me rappelait combien nous avions été proches avant l'accident qui avait coûté la vie à notre mère et qui m'avait imposé mes capacités hors du commun. Comme je n'arrêtais pas de lui dire que tout allait bien, je ne pouvais pas tout gâcher en expliquant à Maximus que je préférais me promener toute nue plutôt que de me torturer en gardant les vêtements que Vlad m'avait offerts.

De plus, il avait raison. Je pouvais toujours m'en débarrasser plus tard.

— Bon… au revoir, dis-je lorsque Maximus et le steward eurent terminé d'installer nos bagages dans l'appareil.

Le vampire blond m'adressa un léger sourire.

— Pas encore. Je pars avec vous pour m'assurer que tu sois livrée saine et sauve à Marty.

« Livrée », comme un vulgaire paquet. Je me mordis une nouvelle fois la langue pour me contenir devant ma sœur.

Cette dernière se manifesta immédiatement.

— Et moi alors ? Tout le monde se fiche de savoir si je rentre chez moi en un seul morceau ?

Maximus désigna de la tête le grand vampire noir au crâne rasé qui sortit alors de la limousine.

— Shrapnel s'en chargera.

Ce dernier sourit de toutes ses dents immaculées.

— On s'est dit que Marty n'aurait pas très envie de me revoir.

Vu que Shrapnel l'avait un jour torturé, c'était probablement vrai. D'un autre côté, Marty ne sauterait peut-être pas de joie en me voyant débarquer. Mon meilleur ami, et accessoirement partenaire dans notre numéro de cirque, m'avait avertie de ne pas entamer de relation avec Vlad. De toute évidence, je lui devais des excuses. Je les lui ferais, d'ailleurs, certainement en lui tombant dans les bras et en fondant en larmes. Je m'étais interdit de pleurer depuis le soir où Vlad était parti. Mais avec Marty, je pourrais cesser de prétendre que je n'étais pas dévastée par notre rupture. Il avait toujours été là pour moi et j'avais plus que jamais besoin de lui.

Je regardai une dernière fois autour de moi, honteuse d'espérer voir Vlad arriver à la dernière minute pour m'avouer tout ce qu'il avait refusé de me dire jusque-là. Je souris à Gretchen en me demandant quand je pourrais à nouveau le faire sans avoir l'impression de la mystifier.

— Bon, petite sœur, rentrons chez nous.

Dix-huit heures plus tard, Maximus et moi étions à Gibsonton, en Floride. La chaleur et l'humidité me sautèrent à la gorge dès que je sortis de la voiture. Nous n'étions qu'au mois de mai, mais la température devait dépasser les trente-cinq degrés. Maximus sortit à son tour et regarda les maisons, alignées comme des monticules de pâte sur la chaîne d'une boulangerie industrielle.

— C'est bien du crottin d'éléphant que je sens ?

—C'est Betsy, répondis-je en lui indiquant un mobil-home gris. Ses maîtres lui ont installé un enclos dans leur jardin…

Ma phrase resta en suspens alors que je regardais la rangée de maisons. D'où j'étais, j'aurais dû apercevoir la caravane de Marty, car nous étions sur le chemin le plus court menant à la zone réservée aux camping-cars, mais l'emplacement de son Winnebago 1982 était vide.

—Oh non, gémis-je.

Maximus se mit immédiatement en alerte, un couteau en argent dans la main.

—Qu'y a-t-il ?

—Rien qui nécessite l'utilisation d'un couteau, répondis-je en jurant en moi-même. Pour une fois, Marty a dû décider de partir tôt en tournée.

Maximus arqua ses sourcils dorés.

—Il n'est pas là ?

—Non.

J'aurais dû l'appeler au préalable, mais jamais Marty ne commençait ses saisons aussi tôt. De plus, j'avais voulu tout lui raconter les yeux dans les yeux.

Maximus rengaina son couteau et me tendit un téléphone portable.

—Appelle-le. Demande-lui où il est.

Je lui répondis avec un regard blasé.

—Tu ne connais pas Marty quand il est en tournée. C'est déjà un miracle quand il n'oublie pas d'emporter son téléphone, alors le recharger ou y répondre… Mais ne t'en fais pas. Je connais un autre moyen de savoir où il est parti.

Après quelques minutes passées à discuter avec quelques-uns des forains, Maximus et moi reprîmes la route. Au moins, Gretchen et Shrapnel avaient continué leur périple en avion après nous avoir déposés en Floride.

Si j'avais eu le moindre espoir de convaincre Maximus de me laisser partir en bus, j'aurais tenté ma chance, mais je savais qu'il ne me quitterait pas tant qu'il n'aurait pas rempli à la lettre les instructions de son Maître.

Plusieurs heures plus tard, sur le parking d'un cirque dans le nord de la Géorgie, j'aperçus le camping-car, avec les noms « Marty le Merveilleux » et « Frankie la Fantastique » peints sur son flanc.

— Là, dis-je en le montrant du doigt.

Maximus se gara aussi près que possible. L'aube était proche, et à une telle heure, le silence régnait sur le quartier des forains. Je sortis de la voiture. J'étais si fatiguée que je titubais presque en passant devant les véhicules, les tentes et les cages qui me séparaient du camping-car, mais j'éprouvais aussi un grand soulagement. Je retrouvais mon ancienne existence, et j'allais pouvoir reprendre la route avec Marty pour présenter notre numéro. Dans quelques mois, avec un peu de chance, ce que j'avais vécu avec Vlad ne serait plus qu'une sorte de rêve étrange et distant, et je ne souffrirais plus autant. Motivée par cette pensée, je tambourinai à la porte de la caravane.

— Marty, ouvre, c'est moi !

La porte s'ouvrit si vite qu'elle me percuta. J'entraperçus une tignasse noire, puis Marty me rattrapa juste avant que je parte à la renverse. Il me prit ensuite par la taille et me serra violemment contre lui. Je me penchai pour me mettre à la hauteur de son mètre vingt-cinq et le serrai à mon tour si fort qu'une décharge électrique lui fit pousser un petit glapissement.

— Désolée, dis-je, le souffle court.

Il rit.

— C'est ma faute. J'ai oublié l'effet que tu faisais aux gens.

Marty recula alors pour me regarder de la tête aux pieds. Il inspira, puis je vis sa bouche se durcir et ses yeux noisette s'envelopper de vert.

— Tu as une de ces odeurs, petite… Que t'est-il arrivé ?

Je savais qu'il ne voulait pas parler des vingt-quatre heures qui s'étaient écoulées depuis ma dernière douche. L'odorat des vampires leur permettait de déceler les émotions, et la douleur profonde que je ressentais devait empester à cent mètres.

— Ce dont tu m'avais avertie, répondis-je en feignant la nonchalance, mais sans aucun succès. Faut croire que je suis de celles qui n'apprennent que par la manière forte.

Marty soupira, me serra à nouveau dans ses bras, puis me relâcha en me tapotant dans le dos.

— Personne n'est jamais mort d'avoir eu le cœur brisé, tu t'en remettras. Entre, on dirait que tu es à deux doigts de t'écrouler.

C'était ce que je ressentais. Marty fronça alors les sourcils en regardant derrière moi.

— Qu'est-ce qu'il fait ici, celui-là ?

— Comment elle est venue jusqu'ici, à ton avis ? répondit tranquillement Maximus. Aide-moi à porter ses bagages.

Je m'apprêtais à rétorquer que je n'en voulais pas lorsqu'une quatrième personne apparut dans la caravane derrière Marty.

— Qui est-ce ? demanda une voix féminine endormie.

Si la lune n'avait pas percé les nuages au même moment, je n'aurais pas pu voir l'air penaud de Marty. Il ne me fallut qu'une fraction de seconde pour comprendre pourquoi. Une jeune femme élancée aux longs cheveux noirs nous regardait, les paupières lourdes de sommeil. Elle devait avoir à peine la vingtaine.

— Marty, tu as cent trente-huit ans ! m'exclamai-je avant de me rendre compte de l'hypocrisie de ma remarque.

— Ce n'est pas ce que vous croyez, nous travaillons ensemble, répondit la fille avec un sourire hésitant. Je suis la nouvelle Frankie la Fantastique.

Chapitre 6

Maximus proposa de me conduire chez Gretchen, à quelques centaines de kilomètres de là. Marty refusa en disant que nous allions trouver une solution. Je ne savais pas comment j'allais m'en sortir, mais je refusais d'impliquer davantage Maximus dans mes histoires. Je le serrai dans mes bras et lui assurai que tout irait bien. C'était de plus en plus facile à dire. Bientôt, j'arriverais même peut-être à y croire.

Marty attendit que Dawn – le vrai nom de la nouvelle Frankie la Fantastique – retourne se coucher dans mon ancienne chambre avant de me dire ce qu'il avait en tête.

— Je vais lui dire qu'elle peut finir cette tournée, mais qu'elle devra ensuite se trouver un nouveau partenaire. Bill l'homme-scarabée cherche justement une assistante...

— Tu ne peux pas faire ça, l'interrompis-je d'une voix que l'épuisement rendait cassante. Artiste de cirque, c'est rarement une vocation. Dawn est fauchée et désespérée, n'est-ce pas ?

Il hocha gravement la tête.

— Oui, et en plus, elle est recherchée par la police pour plusieurs petits larcins. Les gens semblent oublier que la nourriture n'est pas gratuite. Si on l'attrape, elle risque de faire de la prison ferme.

C'était du Marty tout craché : il était venu à la rescousse de cette fille en lui offrant un emploi, un logis et en hypnotisant tous les flics un peu trop curieux. Il avait fait la même chose pour moi au même âge, alors que j'étais à peu près dans la même situation que Dawn. Je ne pouvais pas priver cette jeune femme de la chance qui se présentait à elle, quels que soient mes propres ennuis.

Je souris en espérant que cela n'ait pas l'air d'une grimace.

— Tu vois bien que tu ne peux pas la mettre à la porte. Ne t'en fais pas pour moi. J'ai, euh, quelques bijoux que je peux revendre, ça devrait me maintenir à flot pendant au moins un an.

Je remerciais à présent le ciel que Vlad ait insisté pour que j'emporte tout ce qu'il m'avait donné.

— Ça me laissera le temps de mettre au point un numéro en solo.

Il étendit le bras au-dessus de la table pliante et me prit la main.

— Tu vivras avec nous tant que tu n'auras pas de dates pour ce numéro.

— Non, je t'assure…

— Ne discute pas, m'interrompit-il en me serrant la main. Tu n'es peut-être pas ma fille par le sang, mais je t'aime autant que j'aimais Vera, paix à son âme, alors ferme-la pendant que je te prépare un coin où dormir.

J'éclatai de rire et ravalai des larmes, de joie cette fois-ci.

— Je t'aime aussi Marty, et j'ai toujours trouvé le canapé très confortable.

Elle se débrouille plutôt bien, me dis-je une semaine plus tard en regardant Dawn et Marty faire leur numéro. D'accord, il avait ajouté des culbutes et des sauts plus compliqués à sa propre partie, mais Dawn avait un sens du spectacle inné qui compensait ses faiblesses acrobatiques. Lorsqu'elle atterrit sur ses épaules à l'issue du final, j'aurais presque pu croire que je me voyais moi-même. Avec sa carrure fine et ses longs cheveux noirs, elle me ressemblait. Outre son désir de la protéger de la police, je comprenais pourquoi Marty avait décidé de lui donner mon nom de scène. J'étais persuadée qu'aucun des spectateurs qui avaient déjà vu notre numéro ne se doutait que j'avais été remplacée par une version plus jeune et moins électrique de moi-même.

J'étais venue voir leur spectacle pour me prouver que la situation ne me posait aucun problème. Dawn était une personne gentille qui avait besoin de cette chance ; j'avais quant à moi d'autres options. Limitées, d'accord, mais des options tout de même. À partir de ce soir, je reprenais ma vie en main. Venir applaudir Marty et Dawn était la première étape.

La deuxième consistait à parler à Edgar. On le surnommait le Marteau à cause de la férocité avec laquelle il menait ses négociations, mais pour un prêteur sur gages, il était plus honnête que la moyenne. Marty m'avait assuré que je pouvais rester auprès de lui aussi longtemps que je le désirais, mais le Winnebago était vraiment trop petit pour trois, même si l'un des trois était un nain.

La majorité de la foule partit pendant que Marty et Dawn saluaient après leur bis. J'attendis au dernier rang des gradins, car je voulais éviter le plus possible le contact avec les spectateurs. Même si je portais mes gants spéciaux, le moindre frôlement enverrait une décharge d'électricité statique à toutes les personnes qui me toucheraient. Il faisait plus de vingt-cinq degrés sous le chapiteau, mais je portais un pantalon et des manches longues. Et un chapeau, qui me servait avant tout, combiné à mes cheveux, à cacher ma cicatrice aux curieux.

Lorsque tout le monde eut quitté les gradins, à l'exception d'une très jolie brune et de moi-même, je me levai. Elle m'imita, les yeux toujours fixés sur la scène, comme si elle attendait que Marty et Dawn réapparaissent. Ils ne le feraient pas. Leur numéro était terminé.

Je m'apprêtais à le lui dire lorsque je la vis bondir du haut des gradins et atterrir avec plus de grâce qu'une championne olympique. Ce fut cet exploit, plus que le saut de dix mètres, qui me fit comprendre qu'elle n'était pas humaine. Elle dut se rendre compte qu'elle s'était trahie, car elle leva vivement la tête vers moi, les yeux d'un vert éclatant.

— Tu n'as rien vu, siffla-t-elle.

Je hochai la tête sans même prendre la peine de lui dire que j'étais au courant de l'existence de son espèce. Ou que le sang de vampire que je devais boire chaque semaine pour empêcher l'électricité que je générais de me tuer m'immunisait contre ses pouvoirs d'hypnose. Elle sortit et je descendis les gradins à ma propre allure, tout en me rappelant de dire à Marty qu'il avait eu une spectatrice vampire ce soir.

Je me rendis directement au parking des employés. La caravane d'Edgar n'était pas loin de celle de Marty, mais il avait insisté pour que nous discutions chez lui. Peut-être craignait-il que Marty, s'il assistait à notre transaction, l'hypnotise pour le forcer à me donner plus d'argent qu'Edgar ne le souhaitait pour les bijoux. Contrairement à moi, il n'était pas immunisé contre la domination mentale des vampires, et comme la plupart des forains, il connaissait la nature de Marty.

Je frappai à la porte et une voix bourrue m'invita à entrer. Une fois à l'intérieur, je clignai des yeux, éblouie par la lumière. Edgar avait allumé toutes ses lampes, probablement pour mieux évaluer le contenu de mon sac à main.

— Frankie, dit-il en utilisant le nom sous lequel la plupart de mes collègues me connaissaient.

Je répondis au petit homme squelettique aux cheveux blancs avec un sourire ironique.

— L'une des deux, oui.

Edgar me désigna la petite table escamotable. Je m'assis en face de lui et commençai à vider le contenu du petit sachet en velours que j'avais sorti de mon sac à main. C'était la première fois que je ressortais ces bijoux et je fis de mon mieux pour ne pas montrer la moindre émotion.

En vain. Chacun de ces trésors m'évoquait un souvenir qui me déchirait le cœur. *La chaleur des doigts de Vlad lorsqu'il avait glissé le bracelet de rubis et de diamants sur mon poignet. Les superbes boucles d'oreilles en aigue-marine qui, selon lui, étaient de la même couleur que mes yeux. Ses lèvres sur ma gorge alors qu'il y attachait le collier de diamants noirs. Et cet anneau en or, à l'aspect ancestral, et son emblème de dragon…*

Je me figeai et serrai ce dernier objet entre mes doigts au lieu de le poser sur la table. Pourquoi Vlad avait-il ajouté cela aux bijoux qu'il avait voulu que j'emporte ? Edgar ne sembla pas remarquer ma surprise. Il était trop occupé à examiner à la loupe toutes les autres pièces.

— Les pierres n'ont aucun défaut… Les motifs et la fabrication sont excellents… L'or et le platine sont de la meilleure qualité…

Il me regarda, la loupe toujours rivée à l'œil.

— Je ne sais pas qui était ce type, mais tu aurais dû t'accrocher à lui un peu plus longtemps.

— Certaines choses ont plus de valeur que l'argent, répondis-je, toujours décontenancée par la présence de l'anneau.

Vlad avait dit que seuls les vampires de sa lignée en portaient. L'un de ses serviteurs avait-il fait une erreur en l'incluant au reste des bijoux ? Ou bien cela signifiait-il que sa proposition de faire de moi une vampire tenait toujours ?

Edgar finit par remarquer que je tenais quelque chose dans la main.

— C'est quoi, ça ?

— Rien.

Je préférais me retrouver à la rue plutôt que de mettre cet anneau en gage.

Il sourit.

— T'essaies d'aiguiser mon appétit en me disant que ce n'est pas pour moi ? Bien essayé, mais je connais tous les trucs imaginables…

Un rugissement assourdissant l'interrompit dans sa phrase. La caravane se mit alors à trembler et les vitres explosèrent. Avant que j'aie eu le temps de crier, les flammes nous avalèrent tous les deux.

Chapitre 7

— Il y a une survivante!

J'aurais préféré ne jamais entendre cette voix. Je n'aurais alors pas ressenti la douleur qui explosa en moi lorsque je repris connaissance. De plus, j'avais l'impression qu'un éléphant était assis sur ma poitrine. Je regrettai immédiatement d'avoir inspiré lorsque l'odeur de chair carbonisée emplit mes poumons.

J'ouvris alors les yeux, et m'en voulus réellement de l'avoir fait. La première chose que je vis fut un squelette noirci enveloppé dans un affreux manteau pâle. Il était appuyé sur moi, m'écrasant tous les membres et me faisant souffrir horriblement. Je voulus hurler, mais ne parvins qu'à produire un halètement étouffé.

—Ne bougez pas, m'ordonna une voix pressante.

Je tendis le cou au maximum. À droite du crâne, derrière le manteau entortillé, j'aperçus un pompier avec un casque sur la tête.

—Nous allons vous sortir de là, continua-t-il, la voix étouffée par son masque respiratoire. Ne bougez pas.

J'en aurais été bien incapable. Mes yeux me brûlaient, mais après plusieurs secondes de clignements intensifs, je vis que le squelette au-dessus de moi ne portait pas de manteau. La matière était trop épaisse et trop dure, comme du plastique…

Le voile d'incompréhension se leva alors totalement. Il ne s'agissait pas de plastique, mais de la table escamotable blanche en acrylique devant laquelle Edgar et moi étions assis au moment de l'explosion. J'en conclus que le crâne carbonisé était celui d'Edgar. L'incendie avait dû dégager une telle chaleur que la table avait fondu et l'enserrait désormais comme un suaire. C'était à cause de cela – mais aussi d'autre chose, à en juger par le poids – que je me retrouvais immobilisée.

— Que s'est-il passé ? demandai-je. Il y a d'autres blessés ?

Le pompier ne répondit pas. Je posai la question une seconde fois, mais il se contenta de me coller un masque à oxygène sur le visage, puis je vis d'autres pompiers se démener autour de moi pour tenter de dégager les débris empilés au-dessus de moi.

— On dirait que tout le mobilier a fondu autour d'elle, marmonna l'un d'entre eux sur un ton incrédule. Comment est-ce qu'elle a pu survivre à ça ?

Je connaissais la réponse, mais c'était le cadet de mes soucis. Marty et Dawn avaient dû retourner à leur camping-car pour se changer après leur dernier spectacle. Leur emplacement était proche de celui d'Edgar. Et si jamais l'explosion avait été ressentie jusque-là ?

— Mon ami est un nain, dis-je malgré la douleur que cela provoquait. Sa caravane n'est pas loin. Est-ce que quelqu'un l'a vu ?

Sans me répondre, ils échangèrent des regards apitoyés. Je me remémorai alors les premiers mots que j'avais entendus en reprenant connaissance. « *Il y a une survivante !* » La peur vint s'ajouter à la douleur qui me ravageait. Marty était un vampire, mais il n'en restait pas moins vulnérable face aux flammes. J'étais la seule à en être protégée. Et si Edgar n'était pas la seule victime de cette catastrophe ?

Je tournai la tête jusqu'à ce que je parvienne à me libérer partiellement la bouche du masque à oxygène. Puis, oubliant la douleur, je commençai à crier aussi fort que je le pouvais en priant ardemment qu'il soit en vie et qu'il m'entende.

— Marty ! Marty, où es-tu ?

Je sentis de grosses mains remettre le masque en place. Une voix demanda à ce que l'on m'administre un sédatif. Je continuai à hurler, étranglée par l'angoisse en ne voyant arriver que d'autres membres des équipes de secours. Marty aurait déjà dû être là. Malgré le vacarme ambiant, il aurait dû m'entendre. Gagnée par le désespoir, je criai encore plus fort. *Pitié, Marty, pitié, ne me fais pas ça !*

Soudain, un chemin se dégagea devant moi. Les pompiers étaient repoussés par une force surhumaine. Mon soulagement se mua en confusion lorsque j'aperçus le vampire qui s'agenouilla à côté de moi.

— Leila, tu es en vie, souffla Maximus.

Il commença à dire autre chose, mais mes oreilles se mirent à bourdonner et un goût cotonneux m'envahit la bouche. La dernière chose que je vis, ce fut ses yeux virer au vert éclatant alors qu'il se redressait et se retournait.

Lorsque je repris connaissance pour la deuxième fois, la douleur avait disparu. Par contre, la puanteur était toujours là, comme si l'on m'avait frotté la peau avec de la viande trop cuite. Je toussai et constatai avec soulagement que mes poumons ne me faisaient plus l'effet d'être deux poings serrés. Puis j'ouvris les yeux.

Je vis des murs couleur moutarde passée. Ce n'était pas beau, mais c'était toujours mieux qu'un crâne carbonisé. Je me retournai et englobai d'un regard le reste de la pièce. Sa superficie minuscule rendait le vampire blond assis sur l'autre lit encore plus imposant.

Les questions se bousculaient dans ma tête. J'aurais, entre autres, aimé savoir pourquoi j'étais nue sous les couvertures, mais mon souci premier était toujours le même.

— Marty. Est-ce qu'il est…

Je ne pus finir ma phrase.

— Il est parti, Leila.

Maximus avait employé un ton aussi doux que possible, mais ses mots me percutèrent avec encore plus de puissance que la ligne à haute tension que j'avais touchée à treize ans. Je pris une inspiration qui se termina en sanglot. Dans le même temps, une force sombre s'éleva en moi et ma main droite émit des étincelles. J'avais envie de faire bien plus que pleurer. Je voulais projeter sur Maximus tout le courant qui crépitait en moi pour avoir fait cette horrible déclaration qui ne pouvait en aucun cas être vraie… mais je me forçai à maîtriser mes nerfs et à accepter la mort de mon meilleur ami.

Maximus n'essaya pas de me consoler. Soit il subodorait le danger que présentait ma main droite, soit il se moquait de ce que je ressentais. Soudain, un soupçon naquit en moi et stoppa net mes sanglots.

— Que s'est-il passé ? Et que fais-tu ici ? Tu étais censé être rentré en Roumanie depuis longtemps !

Il crispa les lèvres.

— Je n'ai pas déclenché cette explosion, si c'est ce que tu insinues. Si ça avait été le cas, je t'aurais achevée lorsque j'ai découvert que tu avais survécu. Le simple fait que tu sois en vie prouve que je n'ai rien à voir là-dedans.

Le courant palpitait toujours dans ma main.

— Qui a fait ça, alors ?

— Je n'en sais rien.

Il se leva et commença à faire les cent pas, ce qui n'était pas facile, car trois enjambées lui suffisaient à parcourir toute la longueur de la pièce. Ses vêtements étaient déchirés et couverts de suie, et je me demandai une nouvelle fois ce qu'il faisait dans les parages au moment de la catastrophe.

— Selon les pompiers, ce serait dû à l'explosion d'une conduite de gaz, continua-t-il. Ils disent que c'est un accident. Vu que ça s'est produit à côté de la caravane de Marty, j'ai des doutes.

— Mais pourquoi aurait-on voulu tuer Marty ? m'exclamai-je.

Il tourna son regard d'acier sur moi.

— À mon avis, ce n'est pas lui qui était visé.

C'était donc à moi que cette explosion était destinée ? Si c'était vrai, elle avait manqué de peu de remplir son objectif. Le feu ne pouvait pas m'atteindre, mais j'avais failli mourir écrasée. Maximus avait dû me donner un peu de son sang pour me soigner.

— Si quelqu'un voulait me tuer, pourquoi ne pas me tirer une balle dans la tête ? demandai-je d'une voix que le chagrin rendait maussade.

— On devait vouloir que ça ait l'air d'un accident.

Je m'essuyai les yeux. Les larmes ne me seraient d'aucun secours pour trouver qui avait tué mon meilleur ami.

— Qu'en pense Vlad ?

Maximus arrêta de marcher et se retourna, une expression indéfinissable sur le visage.

— Je ne lui ai pas parlé de l'explosion, et encore moins du fait que tu y avais survécu.

— Pourquoi ? On a rompu, mais je ne pense pas qu'il sauterait de joie en apprenant qu'on a essayé de me tuer.

Maximus se tut. Sous ses traits rudes et fermés, j'entraperçus un éclair de pitié. Et je compris.

— Non, murmurai-je. Jamais.

Maximus poussa un petit ricanement sombre.

— Tu crois ? Personne ne l'avait humilié à ce point depuis que Szilágyi a maquillé sa propre mort, il y a plusieurs siècles. Tu as vu comment Vlad a réagi lorsqu'il l'a appris.

— C'est moi qui l'ai humilié ?

Si je n'avais pas été aussi bouleversée par la mort de Marty, j'aurais éclaté de rire.

— Je lui ai dit que je l'aimais, et il m'a clairement fait comprendre quelle place j'aurais toujours dans sa vie, c'est-à-dire à peine mieux qu'une maîtresse occasionnelle.

— C'est vrai, répondit-il sans hésitation, mais c'est plus que ce qu'il a jamais offert à ses autres amantes, et tu as refusé. Ensuite, tu as eu l'audace de le quitter.

— L'audace ? répétai-je, incrédule.

— Aucune femme n'a jamais quitté Vlad. Cynthiana, celle qui t'a précédée, a même séduit Shrapnel pour essayer d'éveiller la jalousie de Vlad lorsqu'il a rompu avec elle.

— Ça a marché ? ne pus-je m'empêcher de demander.

— Pas du tout. Vlad lui a simplement retiré sa protection à cause de la manière dont elle s'était servie de Shrapnel pour son propre intérêt.

— Combien de temps étaient-ils restés ensemble ?

Maximus réfléchit un instant.

— Environ trente ans.

Je n'en croyais pas mes oreilles.

— C'est plus que mon âge ! Si Vlad a pu mettre un terme à cette relation sans le moindre regret, je suppose qu'il m'a déjà oubliée.

Maximus me lança un regard de biais avant de recommencer à faire les cent pas.

— C'est peu probable. Sans parler de ce qu'il éprouve ou non pour toi, ton double refus va le ronger pendant des années.

Suffisamment pour le pousser à me tuer ? Cette pensée me donnait l'impression d'être une noyée qui buvait la tasse encore une fois.

—Admettons que Vlad souhaite ma mort. J'ai du mal à croire qu'il utiliserait un moyen aussi lâche qu'une fausse explosion de gaz alors qu'il avait tout le loisir de me tuer lorsque j'étais chez lui.

—D'accord, mais cela l'aurait forcé à éliminer également Gretchen et ton père, et il aurait eu l'air de céder à ses émotions, expliqua-t-il, un cynisme blasé remplaçant la pitié sur son visage. Chez les vampires, c'est considéré comme une faiblesse. Vlad sait que ses ennemis sauteraient sur l'occasion s'ils le soupçonnaient si fragile.

La mort de Marty, les indices prouvant que cette explosion m'était destinée, et enfin la suggestion que mon ex en était peut-être responsable. Je fermai les yeux. Quel nouveau coup de massue le destin me réservait-il encore ?

—Tu es le bras droit de Vlad, dis-je après plusieurs secondes. S'il voulait me tuer, tu ne crois pas qu'il t'en parlerait ?

Comme Maximus se taisait, je finis par ouvrir les yeux.

—Qu'est-ce qu'il y a ?

—Je ne pense pas, répondit-il enfin. Il saurait que cela me poserait un problème, et il s'abstiendrait de mettre inutilement ma loyauté à l'épreuve. Il demanderait plutôt à quelqu'un d'autre de faire passer ta mort pour un accident. Si je n'avais pas été sur place, j'y aurais peut-être même cru.

Ce qui me ramena à l'une de mes premières interrogations.

—Qu'est-ce que tu faisais là, d'ailleurs ?

Il soupira et se rassit sur son lit.

—Je suis resté dans les parages en partie parce que je voulais m'assurer que Marty accepterait vraiment de te laisser vivre avec lui malgré ta remplaçante. Tu as besoin de boire du sang de vampire pour empêcher ton électricité de te tuer.

Si Marty, pour une raison ou pour une autre, avait arrêté de t'en fournir, j'aurais trouvé une autre solution. Mais si je ne suis pas retourné en Roumanie, Leila, c'est avant tout à cause de ce que j'éprouve pour toi.

Si je n'avais pas été submergée par le chagrin, je crois que cette révélation aurait été un choc. Mais dans mon état, je ne pus témoigner que d'une vague surprise.

Maximus se pencha vers moi et repoussa mes cheveux en arrière.

— Je te l'ai dit quand nous nous sommes rencontrés : tu es belle, courageuse, et tes pouvoirs me fascinent. J'ai pu admirer ta bravoure, ta loyauté, mais aussi ta force lorsque tu as quitté l'homme que tu aimais parce que tu savais que lui ne t'aimerait jamais.

Ma surprise s'accentua, mais elle ne pouvait se comparer à ma douleur et au besoin croissant que j'avais de venger mon meilleur ami et la jeune femme dont la vie avait été trop courte.

— Écoute, Maximus, tu es très attirant et je suis flattée de l'attention que tu me portes, mais pour l'instant, je ne peux même pas penser à ce genre de choses.

Il recula, un petit sourire dur sur les lèvres.

— Je sais, mais le fait est que nous avons une nouvelle fois cette conversation.

Je le laissai dire. J'étais trop occupée à essayer de découvrir qui se trouvait derrière cette explosion. Je ne pensais toujours pas qu'il s'agissait de Vlad, mais si Maximus affirmait que c'était possible, je ne devais pas rejeter d'emblée cette idée.

De plus, même si j'avais raison et que Vlad n'avait rien à voir dans tout cela, je ne pensais pas que la nouvelle de ma mort présumée le chagrinerait beaucoup. Il avait fait tout son possible pour me démontrer que je n'avais pas une grande importance à ses yeux.

Je repoussai cette pensée avant qu'elle me fasse tomber encore plus bas, si c'était possible.

— J'aimerais m'habiller.

Maximus se leva et fouilla dans la valise posée sur la commode. Il en sortit une chemise et un caleçon.

— C'est trop grand pour toi, mais tous tes vêtements ont brûlé dans l'incendie et je n'ai pas encore eu le temps d'aller t'en acheter d'autres.

— C'est très bien, répondis-je en prenant ce qu'il me tendait.

Dès que je posai la main sur le tissu, des images en noir et blanc apparurent dans ma tête.

Je rangeai mes vêtements dans ma valise et la fermai. L'heure était venue de ramener Leila chez elle. Personne n'aurait pu deviner qu'elle quitterait Vlad, mais elle l'avait fait, et bientôt, un océan les séparerait. Cette pensée me fit sourire. Elle m'avait repoussé une fois, mais c'était avant qu'elle comprenne que Vlad ne pouvait pas lui donner ce qu'elle recherchait. Moi, si, et j'avais enfin une véritable chance de le lui montrer.

— Maximus, murmurai-je dès que les murs putrides de la chambre d'hôtel réapparurent devant mes yeux. C'est revenu !

Chapitre 8

Maximus sortit aussitôt un briquet de sa poche et l'alluma. Je passai la main au-dessus de la flamme… et la retirai instantanément avec un cri de douleur.

— Ça fait mal !

Il referma son briquet.

— Tu dis que tu ne sentais rien depuis des semaines parce que l'aura de Vlad t'avait ignifugée ?

— Exactement. J'étais aussi insensible aux flammes que lui. Sinon, comment aurais-je pu survivre à une explosion si intense qu'elle a détruit la caravane dans laquelle je me trouvais ?

Et tué un vampire, ajoutai-je en silence. Si je m'appesantissais sur la mort de Marty, je recommencerais à sangloter sans pouvoir m'arrêter.

— L'intensité des flammes a dû mobiliser tout ce que tu conservais encore de son aura, répondit Maximus d'une voix pensive avant de froncer les sourcils. Vlad m'a expliqué les soucis que tu rencontrais avec tes capacités psychiques. Pourquoi ne m'a-t-il pas parlé de ça ?

Je soupirai. Je n'avais aucune envie de penser à Vlad.

— Peut-être parce qu'il n'avait jamais rien fait de tel auparavant et qu'il ne voulait pas qu'on sache qu'il avait le pouvoir d'immuniser temporairement les gens contre les flammes ?

— Peut-être, répéta-t-il d'un air songeur.

Je me moquais de ce qui avait pu motiver le silence de Vlad. J'étais de nouveau vulnérable au feu, j'avais récupéré mes capacités, et la personne qui avait cherché à me faire disparaître avait tué mon meilleur ami, sa jeune partenaire ainsi que beaucoup d'autres innocents. Trouver le coupable pour lui faire payer ce crime était mon nouvel objectif.

— Bon, j'arrive à revivre des événements en touchant un objet. Voyons si je peux aussi localiser une personne dans le présent.

Sur ces mots, je passai la main droite sur la table de nuit. Les tables, les poignées de porte et les objets du même genre étaient les plus à même de receler des empreintes émotionnelles. Aussitôt, un flot d'images me traversa l'esprit. Je les écartai une par une pour sélectionner le lien le plus solide, puis je me concentrai dessus à la recherche de la personne se trouvant à l'autre bout de ce fil invisible.

La chambre d'hôtel se transforma en un bureau aux teintes beiges. Un homme d'une quarantaine d'années était assis dans un fauteuil, un téléphone en équilibre sur son épaule alors qu'il attrapait un bloc-notes.

— Non, ce n'est pas ce qu'on avait convenu, dit-il tout en gribouillant quelque chose. Je me fiche de ce que veut son avocat… Bon sang, elle me prend déjà la moitié de mon salaire en pension alimentaire !

La scène était un peu floue, comme toutes les images du présent, mais je vis clairement le mot « SALOPE » tracé sur le bloc-notes. Tu aurais dû y réfléchir avant de tromper ta femme dans des motels minables, *pensai-je avant de couper la connexion et de revenir à la réalité.*

Maximus me regardait fixement.

— Ça a marché ?

— Oui.

Une impatience féroce s'empara de moi. Je pouvais commencer à traquer la personne qui avait tué Marty. Je ne croyais toujours pas qu'il s'agissait de Vlad, mais si jamais je me trompais…

— Maximus, merci de m'avoir tirée des ruines, soignée et amenée ici. Tu m'as sauvé la vie, déclarai-je, avant de m'interrompre pour prendre une grande inspiration. Mais maintenant, il faut que tu partes.

Il dressa ses sourcils dorés.

— Quoi ?

— Si c'est vraiment Vlad qui est derrière tout ça, je ne peux pas te faire confiance, continuai-je franchement. Tu m'aimes bien, d'accord, mais nous savons tous les deux que tu ne trahiras pas une allégeance vieille de plusieurs siècles pour une amourette de passage.

Je m'attendais à toute une variété de réactions, mais pas qu'il éclate d'un rire qui me rappelait le bruit de pierres concassées.

— Tu ne me connais pas aussi bien que tu le crois, répondit-il avant de me prendre la main droite.

Mon pouvoir s'activa aussitôt et me plongea dans son passé.

Malgré les blessures qui zébraient mon corps, je jubilais. La Ville sainte était de nouveau sous notre domination.

— Allah Akbar *! hurla une voix par-dessus nos cris de victoire.*

Les imbéciles. Si leur Dieu était si grand que cela, il nous aurait empêchés de reprendre Jérusalem. Les rescapés de la bataille, des femmes et des enfants pour la plupart, nous regardaient avec une peur mâtinée de mépris.

J'entendis alors la voix claironnante de mon cousin Godefroy.

—Hommes de Dieu ! Détruisez cette fange qui souille Jérusalem ! Qu'il ne reste aucun survivant !

Je me figeai. Le soleil étincela sur les centaines d'épées qui s'étaient levées à cette imprécation. Les armes retombèrent immédiatement, accompagnées de hurlements aigus.

—Obéis ! m'exhorta le croisé qui se campait à côté de moi et qui tailladait sans hésitation tous ceux qui se trouvaient devant lui.

—Dieu le veut ! rugit Godefroy tout en se joignant au massacre. Nous devons purifier la ville !

Une silhouette se précipita vers moi. Par réflexe, je l'attrapai au passage et découvris le visage plein de larmes d'un jeune garçon. Les yeux bruns écarquillés, sanglotant, il me suppliait de l'épargner dans sa langue natale.

Soudain, il s'effondra en crachant du sang. Mon voisin retira son épée sanguinolente du dos du pauvre garçon.

—Nous avons des ordres ! aboya-t-il. Ne les refuse pas. Dieu le veut !

Je lâchai le petit corps sans vie. Puis, les dents serrées, je levai mon épée et me dirigeai vers les survivants.

Je quittai violemment ce souvenir morbide, des étincelles au bout de la main. Maximus m'avait lâchée pendant ma vision. C'était sage de sa part, car j'avais désormais envie de le prendre pour cible.

—Je sais ce que tu as vu, dit-il d'une voix éteinte. Ce souvenir brûle à jamais dans mes cauchemars. Par respect pour une allégeance, j'ai ce jour-là obéi à un ordre inhumain. Le remords que j'en ai éprouvé ensuite m'a presque tué. Plus jamais je ne commettrai cette erreur. Vlad se montre impitoyable lorsqu'il s'agit de protéger sa lignée, et les conflits génèrent forcément des victimes, mais jamais il n'a tué de sang-froid des femmes ou des enfants innocents.

S'il est tombé aussi bas, alors je lui retirerai ma loyauté, mais pas pour toi. Pour moi.

Je le regardai. Je m'étais attendue à ce que son pire péché soit sombre ; c'était le cas de la plupart des gens, et en particulier des vampires vieux de plusieurs siècles, mais je n'avais pas anticipé un tel souvenir.

— Comment as-tu pu participer à cette bataille et être transformé en vampire par Vlad ? finis-je par demander. Les croisades ont bien eu lieu plusieurs siècles avant sa naissance, non ?

Il m'adressa un sourire crispé.

— Si, mais l'ordre du Temple avait des rituels secrets. L'un d'entre eux nous obligeait à boire du sang à la place du vin en imitation de la Cène. Pour les huit Templiers fondateurs, dont je faisais partie, ce sang n'était pas humain, ce que nous ignorions. Nous pensions que notre force surhumaine et nos capacités de guérison étaient un don de Dieu.

— On t'a fait boire du sang de vampire sans que tu le saches ? m'exclamai-je avec un ricanement désabusé. Bienvenue au club. Quand as-tu découvert la vérité ?

— Plusieurs siècles plus tard, lorsque j'ai rencontré Vlad. Très franchement, ce fut un soulagement. Je croyais que si je ne vieillissais pas, c'était parce que Dieu voulait me punir d'avoir versé le sang des innocents en Son nom.

Une partie de ma colère s'envola. Ce que Maximus avait fait était horrible, mais il avait vécu avec le remords de cet acte pendant plus longtemps que je ne pouvais l'imaginer. Il n'avait vraiment pas besoin que j'en rajoute.

— Euh… d'accord.

Ma réponse était dérisoire, mais ces dernières heures avaient été trop riches en événements. Je me massai les tempes et sentis l'essence de Vlad frémir sous mes doigts.

Il avait laissé son empreinte sur tout mon corps. J'ôtai précipitamment ma main car je ne voulais pas entrer accidentellement en contact avec lui. Grâce à son pouvoir de télépathe, il était l'une des rares personnes au monde capable de se rendre compte de mon espionnage psychique. C'était de cette manière que nous nous étions rencontrés, et si jamais c'était bien lui qui avait essayé de me tuer, il était hors de question que je lui apprenne qu'il avait échoué.

Mes yeux commencèrent à me brûler à l'évocation de cette hypothèse, mais je ravalai ma douleur. *Ta survie passe avant ton cœur brisé*, me dis-je lugubrement.

— Il faut que je retourne au cirque, dis-je à Maximus, et tu ne peux pas m'accompagner.

Chapitre 9

— J'ai l'air ridicule, grommela Maximus.

Sans me retourner, je continuai d'avancer dans les ruines du parking des forains, comme si j'y étais tout à fait à ma place. Nous croisâmes quelques journalistes mêlés à la foule de curieux. L'explosion avait attiré les badauds autant que les proches des victimes.

— C'est toi qui as insisté pour venir, dis-je à voix basse pour que lui seul puisse m'entendre. Au moins, tu n'as plus l'allure d'une réincarnation d'Erik le Rouge, ce qui était fort peu discret, soit dit en passant.

— Et là, je suis discret, peut-être ? rétorqua-t-il avec un grognement.

Je le regardai : toute sa peau était recouverte d'une épaisse toison noire, et je l'avais également affublé de sourcils prononcés, fixés avec de la colle et de la pâte à modeler. Malgré l'urgence, j'avais très bien réussi à le faire passer pour une personne souffrant d'hypertrichose, c'est-à-dire du syndrome du loup-garou.

— Dans un cirque, tout à fait.

Mon propre déguisement était moins radical. Ma petite perruque blonde s'accordait avec ma barbe touffue, et j'avais ajouté près d'un kilo de silicone dans mon soutien-gorge pour me donner le 95D dont la nature m'avait privée. Ma taille et mes fesses avaient reçu les mêmes ajouts, ce qui arrondissait ma silhouette et la rendait méconnaissable. Du maquillage de scène cachait ma cicatrice là où ma barbe ne la recouvrait pas, et des lunettes noires venaient compléter mon look me permettant de ne pas attirer l'attention. Enfin, dans un cirque. Les femmes à barbe y étaient assez courantes.

Au regard furieux que nous adressa le policier ventripotent en faction, je compris que nous avions réussi à nous fondre dans le paysage.

— Eh, j'ai dit aux artistes de ne pas approcher, aboya-t-il.

Je projetai mes faux seins en avant, aussi loin que le permettait mon soutien-gorge renforcé.

— Ma caravane n'a presque rien, expliquai-je en lui montrant celle qui portait le moins de traces de suie. Je peux pas aller chercher mon sac à main ? J'ai besoin d'argent pour me payer l'hôtel !

— T'as pas remarqué qu'il y avait eu une grosse explosion ? Une fois qu'on aura fini notre boulot, vous pourrez tous venir chercher vos affaires. En attendant, installe-toi chez des amis. Ton copain le loup, là, il a pas une meute qui peut l'accueillir ?

Sur ces mots, l'agent nous tourna le dos et commença à s'éloigner, mais Maximus poussa un grognement qui l'arrêta net. Visiblement, mon ami prenait son rôle au sérieux.

— Tu veux vraiment que je..., commença l'agent.

D'un éclat vert, Maximus l'hypnotisa, ce qui le fit taire immédiatement.

— Laisse-nous passer, ordonna Maximus d'une voix basse et résonnante.

Le policier hocha la tête.

— Tout à fait.

C'était dans ce genre de situation qu'il m'arrivait d'envier les vampires.

— Heureusement que tu es venu. Si j'avais dû attendre, il y aurait eu un risque qu'ils effacent toutes les traces de l'essence du tueur, lui murmurai-je tandis que nous passions sous la bande plastique délimitant la zone interdite.

Malgré son déguisement, je remarquai son expression sévère.

— Oui, je sais.

Il s'adressa ensuite à l'agent, qui était désormais d'une docilité exemplaire.

— Viens avec nous. Si on te demande quelque chose, réponds que nous sommes des témoins que tu veux interroger.

Vu le nombre de policiers, de pompiers, d'employés du gaz et de personnes diverses sur les lieux, nous ne disposions que de quelques minutes avant d'être repérés. Flanqués de notre nouveau compagnon, nous nous dirigeâmes vers la caravane de Marty.

Plusieurs heures s'étaient écoulées depuis l'explosion, mais il régnait encore une puanteur de gaz, de caoutchouc brûlé et d'autres éléments trop macabres pour être décrits. Non sans mal, je me forçai à respirer normalement. J'éprouvais également beaucoup de difficultés à ne pas fondre en larmes lorsque je vis la carcasse noircie qui avait été notre toit pendant des années. Il n'en restait plus qu'une moitié. L'autre avait été soit désintégrée par la chaleur infernale, soit éparpillée en d'innombrables petits morceaux.

C'est à cet instant, devant ces décombres, que j'acceptai définitivement la mort de Marty. Au fond de moi, j'avais naïvement espéré qu'il avait survécu et qu'il ne m'avait pas entendue l'appeler lorsque les pompiers m'avaient secourue. Cet espoir s'éteignit d'un seul coup, comme avait dû le faire sa vie au moment de l'explosion. La dévastation était si totale que je ne pensais pas que l'on retrouverait de quoi procéder à un enterrement. Malgré toute ma résolution, une larme chaude glissa le long de ma joue.

— Arrête, dit doucement Maximus. Ce n'est pas le moment.

J'essuyai cette larme furtive et me redressai. Il avait raison. Le chagrin serait pour plus tard. Pour l'heure, je devais trouver qui avait pris la vie de Marty. Je regardai autour de moi sans savoir par où commencer. Par l'immense cratère devant l'emplacement de la caravane ? Un peu plus loin en suivant la conduite de gaz ?

— Qu'est-ce qu'on sait jusqu'à présent ? demanda Maximus.

Je me retournai, mais la question ne m'était pas adressée.

— Pas grand-chose, parce que ça fait seulement une heure ou deux que le dernier incendie a été maîtrisé, répondit l'agent d'une voix monocorde, son regard marron clair braqué sur Maximus. Cinq morts, trois disparus. La compagnie de gaz a coupé l'électricité pour nous permettre de vérifier les conduites. On a trouvé quelque chose dans la fosse, près d'un tas de tuyaux tordus…

— Montre-le-moi, l'interrompit le vampire.

Le policier prit la direction d'une zone protégée par une tente grouillant de démineurs et de flics. Je tirai Maximus par la manche.

— Ils sont trop nombreux, murmurai-je.

— Reviens, ordonna mon ami, et l'agent obéit aussitôt. Récupère l'objet et retrouve-nous en dehors du périmètre, du côté est. Personne ne doit s'apercevoir de ce que tu fais.

Le policier nous quitta. Maximus et moi nous rendîmes du côté du périmètre où les curieux étaient les moins nombreux. Dix minutes plus tard, notre complice involontaire était de retour.

— Tenez, dit-il en sortant un sac de sous sa chemise.

Je le pris sans crainte d'y déposer mes empreintes, grâce à mes gros gants en caoutchouc, que Maximus s'était procurés en achetant le matériel nécessaire à nos déguisements. Je soulevai le sac et fronçai les sourcils. À travers la Cellophane, je pouvais voir quelques morceaux de fils froissés et ce qui ressemblait à un éclat de plastique.

— C'est tout ?

Le policier hocha la tête. Maximus m'entraîna dans un cabanon isolé une trentaine de mètres plus loin. Avant l'explosion, il avait fait office de stand de confiseries. Il était vide, et l'odeur âcre des relents chimiques remplaçait désormais les arômes de pop-corn, de barbe à papa et de beignets. Avec un soupir, j'ôtai mon gant droit. J'allais devoir laisser des empreintes digitales, mais je n'avais pas d'autre choix. Je caressai ensuite le morceau de plastique.

Je revécus tout d'abord sa découverte par un inspecteur. Les pensées de ce dernier m'apprirent que ce n'était pas du plastique mais du titane, un matériau utilisé parfois dans la fabrication des explosifs. Je vis également l'image très diffuse d'une autre personne en train de creuser dans le noir, mais l'essence était trop faible. L'incendie avait dû faire disparaître la plupart des traces.

— Tu avais raison. Ça n'a pas l'air d'être un accident, dis-je.

— Je le savais, grommela Maximus. Tu as vu le coupable ?

— Non.

Je passai ensuite les doigts sur l'un des fils. Je constatai avec dépit qu'il ne contenait rien de plus que les images d'un autre inspecteur. Je touchai alors le dernier fil, et le stand de confiseries disparut.

Tout en sifflotant, j'enfonçai les fils dans le pain de plastique, puis en entortillai les extrémités autour du mécanisme déclencheur à l'aide d'une pince chirurgicale. Après avoir examiné mon œuvre, je refermai la coque de mon engin et reculai tout en ôtant mon masque. C'était fini. Je regardai fièrement la bombe. C'était de loin mon plus beau chef-d'œuvre. Malheureusement, personne ne pourrait jamais apprécier la complexité de sa conception, car il se désintégrerait presque entièrement au moment de la détonation. Exactement comme le désirait le client.

L'image s'évanouit et je repris pied dans la réalité, à côté d'un immense vampire déguisé en loup-garou. Je souris à Maximus avec une froideur dont je ne me serais jamais crue capable.

— Je tiens notre poseur de bombes.

Chapitre 10

Il s'appelait Adrian et il me fallut me connecter à lui pendant deux jours pour découvrir où il habitait. L'un des inconvénients lorsque j'essayais de localiser les gens dans le présent, c'était que je n'étais pas dans leur tête. Personne ne portait son adresse tatouée sur son avant-bras, et il n'était donc jamais facile de déterminer où ils se trouvaient. De plus, Adrian ne se montra pas particulièrement coopératif au cours du premier jour, qu'il passa presque entièrement à dormir.

Le lendemain matin, il se rendit au *Starbucks* du coin, commanda un double expresso et lut les nouvelles sur son téléphone portable. Vingt minutes plus tard, Maximus et moi étions en route pour Chicago.

C'était lui qui conduisait. Je ne savais pas si c'était par galanterie ou par manie de tout contrôler, et après plusieurs heures de route, je m'en fichais. J'avais passé une bonne partie de la nuit à essayer de localiser Adrian. Sans même parler du manque de sommeil, une connexion prolongée m'épuisait toujours. J'avais décidé de rester éveillée au cas où Maximus voudrait finalement prendre un peu de repos et me laisser conduire, mais quelque part entre Atlanta et Chicago, je m'endormis.

Je flottais au-dessus d'un couloir blanc. Il y avait une porte à chaque bout. La première était large et dotée d'un clavier numérique à côté duquel une femme aux cheveux frisés était assise. La seconde était d'une couleur presque terne.

Elle s'ouvrit et Vlad entra à grands pas. Son long manteau ouvert flottait derrière lui comme les ailes noires d'un corbeau. Le souffle coupé, j'essayai de me fondre dans le plafond, mais il ne sembla pas remarquer ma présence. Il traversa le couloir si vite que le médecin qui le suivait était obligé de courir pour ne pas être distancé.

La femme frisée se leva.

— Qui êtes-vous ?

— Ferme-la et ouvre la porte, grogna Vlad.

Il était désormais devant moi, je ne pouvais donc pas voir si ses yeux étaient verts. Même s'ils ne l'étaient pas, la violence à peine contenue de sa voix avait dû suffire à convaincre la gardienne. Elle tapota un code sur le clavier et la grande porte s'ouvrit.

Dès que le docteur le rattrapa, Vlad le saisit par le col et le souleva de terre.

— Montre-moi son corps.

Il prononça ces mots dans un grognement semblable, à glacer le sang. Le docteur hocha la tête, autant que le lui permettait le poing serré autour de son cou. Vlad le lâcha, puis le médecin se redressa et pénétra dans la pièce, le vampire sur ses talons.

Je savais qu'il fallait que je parte, mais je ne pus m'empêcher de flotter en direction de la porte ouverte. J'allais presque l'atteindre lorsque j'entendis un craquement métallique.

— Dégage, ordonna sèchement Vlad.

Le docteur sortit en courant. Sa tête me traversa les jambes. J'aurais dû trouver étrange cet état ectoplasmique, mais curieusement, cela ne me faisait rien. Si j'étais morte, je ne pouvais plus rien y faire. De plus, si je n'avais pas de véritable corps, Vlad ne pouvait pas savoir que j'étais là. Je passai devant la gardienne, qui était recroquevillée derrière sa chaise et marmonnait quelque chose qui ressemblait à une prière.

Même si personne ne m'avait encore repérée jusque-là, je me contentai de jeter un coup d'œil dans la pièce suivante. Elle comportait plusieurs tables en fer, un long évier à bassins multiples et un mur constitué entièrement de tiroirs métalliques.

Vlad se trouvait près de l'un de ces tiroirs ouvert. Devant lui, sur un plateau ressortant du mur, je vis un sac en plastique noir. Sa tête était baissée et ses cheveux lui masquaient le visage alors qu'il ouvrait le sac. Il regarda ensuite son contenu, et des flammes lui enveloppèrent les bras jusqu'aux épaules avant de s'éteindre, très lentement, lorsqu'il mit les mains dans le sac.

Je savais maintenant où je me trouvais. Il s'agissait d'une morgue, et même si je me doutais déjà de ce que contenait le sac, je voulais m'en assurer. Je flottai un peu plus près en restant collée au plafond et regardai.

Ma première surprise vint du peu de choses qu'il contenait. Un crâne, deux fémurs et une colonne vertébrale étaient les seuls os assez gros pour que je parvienne à les identifier. Les autres restes carbonisés, plus petits, pouvaient être n'importe quoi. Mon étonnement s'accentua encore lorsque je vis Vlad caresser les os. Il passa un doigt sur la courbure de la colonne, sur toute la longueur des fémurs, puis sur le crâne, et ce avec une douceur extrême. Je ne voyais toujours pas son visage, mais l'éclat qui perçait à travers sa chevelure était si intense que je m'attendais presque à ce que ses yeux mettent le feu aux ossements, tels deux lasers émeraude.

Mais ce qui me choqua vraiment, ce fut de l'entendre soupirer mon nom tandis qu'il caressait ces restes. Il pensait donc qu'il s'agissait de mon cadavre ? Mais Vlad était en Roumanie, et c'était dans l'État de Géorgie, aux États-Unis, que j'étais censée avoir trouvé la mort…

Une seconde. Vlad avait parlé anglais à la gardienne et au médecin. Tous les panneaux et écriteaux étaient eux aussi dans cette langue. Vlad avait-il traversé l'Atlantique dès qu'il avait appris mon décès?

Si c'était le cas, j'aurais tant souhaité savoir ce qu'il ressentait à ce moment! De la satisfaction, si c'était vraiment lui qui était derrière cette attaque à la bombe? Ou du chagrin, s'il n'était pas coupable et qu'il pensait que tout ce qui restait de moi se trouvait dans ce sac?

Sa tête était toujours inclinée, ce qui me cachait son expression. Regarde au-dessus de toi, Vlad! *hurlai-je en moi-même. S'il souriait en caressant ces ossements, cela confirmerait mes soupçons les plus sombres, mais si jamais c'était le chagrin que je lisais sur son visage?*

Tout à coup, il leva la tête… et sembla regarder tout droit dans ma direction. Ma question resta toutefois sans réponse. Ses yeux lançaient un tel éclat que ses traits paraissaient flous.

— Leila.

Je sursautai, mais ce n'était pas Vlad qui avait prononcé mon nom. Il s'agissait de la voix d'un autre homme, accompagnée d'une secousse rude. Je m'éveillai en une fraction de seconde, et le décor de la morgue disparut au profit du siège passager d'une voiture. Maximus me lâcha l'épaule et fronça les sourcils avant de reporter son attention sur la route.

— Tu devais être en train de rêver. Tu t'es mise à trembler.

Je le croyais volontiers. Mes mains frissonnaient toujours, et je n'arrêtais pas de regarder autour de moi, comme si je m'attendais à ce que Vlad se matérialise comme par magie dans la voiture. J'avais déjà fait des rêves réalistes, mais jamais à ce point.

Je regardai mes mains en me félicitant de porter mes gants. Ils servaient à contenir le courant, mais aussi à m'empêcher de me connecter accidentellement à quelqu'un. Cela dit, c'était la première fois que je le faisais dans mon sommeil. Ce genre de connexion demandait de la concentration, et le sommeil en était l'antithèse absolue.

— Tu trembles toujours. Tu es sûre que ça va ?

— Ouais, répondis-je. Ce n'est rien. Je ne me rappelle même plus ce dont j'ai rêvé.

Il arqua les sourcils pour me faire comprendre, encore plus clairement que par des paroles, qu'il n'en croyait pas un mot, mais il n'insista pas, et je fis comme si de rien n'était.

— Maintenant que tu es réveillée, connecte-toi au poseur de bombes. Nous ne sommes qu'à une heure de Chicago. S'il n'est pas chez lui, je veux savoir où il est allé.

C'était une bonne idée. Je sortis le petit sac que j'avais enfoncé dans le porte-gobelet, puis ôtai mon gant droit. Nous avions rendu les indices au policier, à l'exception d'un fil électrique.

Je le frottai entre mes doigts et sautai les premières images pour me concentrer sur Adrian en train de siffloter pendant qu'il fabriquait la bombe. Son empreinte était toujours aussi forte, mais lorsque j'essayai de remonter jusqu'à sa source, je me heurtai à un mur de… néant.

Je réessayai en me concentrant jusqu'à ne plus discerner le bruit de la circulation. Mais malgré tous mes efforts, la trace de l'essence d'Adrian ne me menait à rien du tout.

— Il est toujours chez lui ? insista Maximus.

Ma frustration se mêla à un mauvais pressentiment.

— J'en sais rien. Je ne le vois pas. Soit je suis temporairement à sec, soit…

Je n'eus pas besoin de finir ma phrase. Maximus crispa les lèvres, puis écrasa l'accélérateur.

Les gyrophares, le périmètre délimité par un ruban, l'odeur de fumée, tout cela était en train de devenir trop habituel à mon goût. Nous avions dû nous garer quelques rues plus loin, car celle où vivait Adrian était barrée. Je n'arrivais pas à discerner les numéros des maisons d'aussi loin, mais j'étais prête à parier que la demeure d'Adrian était celle devant laquelle les pompiers s'affairaient encore.

— C'est pas vrai, dit Maximus sur un ton énervé.

— Celui qui tire les ficelles ne doit rien vouloir laisser au hasard, répondis-je tout en jurant intérieurement.

Il était fort peu probable qu'Adrian ait fait exploser une bombe en la bricolant, mais j'étais sûre que tous les indices iraient dans ce sens.

Nous avions encore une chance de voir ce qui s'était réellement passé, mais nous devions faire vite. Même si le tueur était toujours dans les environs, il n'y resterait pas longtemps.

— Maximus, rapporte-moi un os de son cadavre.

Après un moment de confusion, il me sourit, puis partit en trombe à la manière d'un lion en train de courser une gazelle. Moins d'une minute plus tard, j'entendis un coup de feu et le hululement d'une sirène de police. Il réapparut avec un objet noirci dans la main.

— Allons-y, dit-il immédiatement.

L'odeur de viande brûlée me fit grimacer. Si je survivais à tout cela, il y avait de bonnes chances que je devienne végétarienne. Maximus, par contre, ne semblait pas gêné par la puanteur. Il enfouit la chose dans sa veste et me ramena à notre voiture alors que de nouvelles sirènes se déclenchaient. Les flics n'avaient pas dû bien voir ce qui venait de se passer, mais ils en avaient visiblement aperçu assez pour déclencher l'alerte.

Je m'engouffrai dans la voiture et retins un haut-le-cœur, car l'odeur était encore plus répugnante dans le confinement de l'habitacle. Maximus démarra et nous éloigna vite du quartier. Au bout de quelques minutes, il tira le morceau de chair de sa veste et le posa sur mes genoux.

— Tiens, grommela-t-il.

Je ne pus retenir un cri. Il pila et le morceau de chair s'écrasa sur le pare-brise avec un bruit répugnant. Je poussai un second hurlement lorsqu'il retomba sur mes genoux, maculant mon pantalon de suie et de fluides aussi épais que dégoûtants.

Il tourna la tête dans tous les sens, une main sur le volant, l'autre brandissant un gros couteau en argent.

— Qu'y a-t-il ?

— « Qu'y a-t-il » ? répétai-je d'une voix que le stress et le chagrin accumulés depuis deux jours rendaient perçante. Tu viens de me plaquer un morceau de cadavre fumant dessus sans même me prévenir, voilà ce qu'il y a !

Il fronça les sourcils.

— Mais c'est toi qui m'as demandé d'aller le chercher.

— Je sais bien !

Énervée, j'écartai les cheveux de mon visage et sentis une chose visqueuse sur ma peau. Ce que je vis alors sur mon gant fut la goutte d'eau. Je venais de m'étaler des viscères gluants sur la joue.

Je lançai le morceau de cadavre vers Maximus et sortis de la voiture. Je courus vers le trottoir le plus proche et me débarrassai de mes gants souillés. J'ôtai ensuite ma veste, mais avant de la jeter, je la mis en boule pour me frotter énergiquement la joue. Il y avait aussi des taches répugnantes sur mon tee-shirt, qui connut donc le même sort que mes autres vêtements. Je me retrouvai en soutien-gorge, en jean et en baskets. Je me mis à courir droit devant moi sans vraiment savoir ce que je faisais, ni même où j'allais. Tout ce que je savais, c'est qu'il était hors de question que je reste une seconde de plus couverte des entrailles puantes du type qui avait tenté de m'assassiner.

— Leila!

Je ne prêtai pas attention à ce cri, mais cela ne changea rien. Maximus me rattrapa en un clin d'œil et me retourna entre ses bras pour que je le regarde en face.

— Ne me touche pas, dis-je à la manière d'un animal blessé, car je n'étais plus capable de la moindre pensée rationnelle. Tes habits en sont recouverts aussi!

Une fraction de seconde plus tard, il avait ôté son manteau et sa chemise. À cette heure tardive, les boutiques de la rue étaient fermées, mais les lampadaires éclairaient parfaitement son torse. Tout comme son maître, Maximus portait les traces de vieilles cicatrices, mais contrairement à Vlad, il était complètement imberbe. Ses muscles ondulèrent sous sa peau pâle et tendue lorsqu'il me prit dans ses bras. Le contact de ma chair nue l'électrocuta, mais il ne tressaillit pas et m'attira encore plus contre lui.

— Tout va bien, me rassura-t-il doucement. Tu n'as plus rien à craindre.

En entendant ces mots, je me rendis compte combien j'avais eu besoin qu'on me les dise. La douleur, la solitude et le chagrin de ces deux dernières semaines prirent le dessus en cherchant à se raccrocher à la moindre bribe de réconfort. Je ne sais pas si je levai la tête ou si c'est lui qui baissa la sienne, mais soudain, il m'embrassa, et pour la première fois depuis le début de cette terrible épreuve, je ne me sentais plus seule et rejetée par tous.

Lorsqu'il glissa la langue dans ma bouche, je ne le repoussai pas. Il m'avait déjà embrassée, il y avait plusieurs mois de cela, et à l'époque, j'avais ressenti un vague plaisir, mais aucune véritable émotion. Cette fois-ci, je souffrais d'une telle solitude que j'explorai sa bouche avec autant de vigueur que lui. Il n'était pas l'homme que j'aimais, mais je m'en fichais. Il était là, et c'était tout ce qui comptait.

Finalement, Maximus rompit notre baiser.

— Si seulement je ne tenais pas autant à toi.

— Pourquoi ? demandai-je en reprenant mon souffle.

Les vampires n'avaient pas besoin de respirer, mais de mon côté, je ne pouvais pas échanger des baisers aussi longs sans en payer le prix.

Le vert de ses yeux était aussi éclatant que celui des feux de circulation de la rue.

— Tu es stressée, épuisée, et émotionnellement vulnérable. Je refuse de profiter de tout cela, mais si je t'aimais moins sincèrement, Leila, continua-t-il d'une voix plus profonde, nous serions dans la ruelle la plus proche, et tes jambes seraient enroulées autour de ma taille.

Cette image on ne peut plus explicite aurait dû faire monter mon excitation, mais au lieu de cela, je ressentis une honte qui me fit l'effet d'une douche froide. Mais à quoi est-ce que je jouais ? Malgré ce que je venais de faire, je n'avais pas la moindre intention d'entamer quoi que ce soit avec Maximus. Je voulais retrouver le meurtrier de Marty – qui, je l'espérais, ne s'avérerait pas être Vlad –, le tuer, puis pleurer mes amis disparus tout en essayant de remettre ma vie sur les rails. Commencer une relation avec le bras droit de mon ex ne faisait définitivement pas partie de ce plan.

Maximus dut sentir ce changement en moi, car il me lâcha, et son regard vert émeraude reprit sa couleur grise habituelle.

— Je vois que tu as compris, dit-il sèchement.

Je croisai les bras sur ma poitrine et regrettai de m'être débarrassée de mon manteau et de mon tee-shirt.

— Désolée. Je ne voulais pas, euh…

— Arrête, m'interrompit-il rudement avant de continuer sur un ton plus doux. Je comprends. Tout s'écroule autour de toi, et tu avais besoin de ressentir un peu de réconfort, même furtif. Les humains ne sont pas les seuls dans ce cas, Leila. Cela arrive parfois aussi aux vampires.

Il ramassa sa chemise et son manteau, me regarda droit dans les yeux, puis se retourna.

— Mais pour l'instant, il faut retourner à la voiture, et tu vas devoir trouver qui a tué le poseur de bombes.

Chapitre 11

Je ne mis pas longtemps à trouver les images que je cherchais. Rien n'était plus riche en souvenirs que des ossements, mais l'instant de la mort était forcément un événement de premier ordre pour n'importe qui. Malheureusement, lorsque le meurtrier arriva, je revécus la scène comme un extrait de film au lieu d'être dans la tête d'Adrian.

— C'est qui ? demanda-t-il en entendant frapper à la porte malgré la caméra de sécurité qui lui fournissait les images du palier.

— Ne fais pas l'idiot, mon chou, lui répondit-on.

J'écarquillai les yeux. La personne qui avait tué Adrian était une femme. Sa voix avait une petite intonation qui n'était pas vraiment un accent, mais je ne pensais pas qu'elle était américaine.

Adrian éteignit l'écran de surveillance et ouvrit la porte. L'inconnue entra. Elle portait des lunettes de soleil et un foulard sur la tête. Pour ne rien arranger, le peu que je voyais de son visage était flou. Visiblement, mon pouvoir avait besoin d'une petite révision… mais le moment était très mal choisi pour me le faire savoir !

— Faites comme chez vous, dit Adrian en refermant la porte derrière elle. Je vous sers quelque chose à boire ?

— Bien sûr, ronronna-t-elle.

Le ton de sa voix faisait froid dans le dos, mais Adrian ne parut pas s'en apercevoir.

— Qu'est-ce que vous prenez ? demanda-t-il.

— Quand nous aurons terminé, ton sang, répondit-elle aimablement.

Il se retourna, interloqué, puis se figea lorsqu'elle ôta ses lunettes. Le visage de l'inconnue était toujours flou, mais la lueur inhumaine de ses yeux était parfaitement visible. Je pouvais presque voir ce regard hypnotique dominer la volonté d'Adrian. S'il n'avait pas fabriqué la bombe qui avait tué mon meilleur ami, j'aurais eu pitié de lui.

— Tu vas effacer toutes les traces de nos relations, des transactions bancaires aux images de ta caméra de surveillance, ordonna-t-elle.

Non ! *pensai-je, même si cela ne servait à rien.*

Adrian s'assit à son ordinateur, ouvrit plusieurs fichiers, puis les effaça méthodiquement. À mon grand désarroi, il supprima même les sauvegardes et les fichiers fantômes.

— C'est fait, dit-il enfin d'une voix monocorde.

L'inconnue ôta son châle. J'entraperçus une cascade de cheveux bruns, puis l'image se brouilla de nouveau.

— Maintenant, mon chou, passons aux rafraîchissements.

Elle tira la tête d'Adrian sur le côté et lui mordit le cou. Lorsque sa mort mit fin à ma vision, je sentis la frustration m'envahir.

Je n'avais pas pu voir son visage correctement une seule fois.

— Un peu plus d'un mètre soixante, dans les cinquante kilos, les cheveux bruns et un léger accent qui pourrait être gallois, anglais, écossais ou irlandais.

Maximus fronça les sourcils.

— C'est tout ce que tu as ? Une vampire qui est peut-être du Royaume-Uni ?

Je savais le peu de valeur qu'avaient mes informations.

— Je vais essayer de me reconnecter à elle pour tenter d'obtenir de meilleurs résultats.

Surmontant mon dégoût, je passai de nouveau les doigts sur le morceau carbonisé que Maximus avait arraché du cadavre d'Adrian. J'éprouvai une sensation de malaise, suivie de flashs lumineux, mais lorsque je voulus me concentrer davantage, les images s'effacèrent et je commençai à être prise de vertiges.

— Leila ? Ça va ?

— Oui. La voiture me donne un peu la nausée, c'est tout, grommelai-je en réessayant.

Au bout de quelques instants, j'entraperçus une femme portant la même tenue que la tueuse d'Adrian, mais seuls ses vêtements et la masse de ses cheveux noisette me permettaient d'être sûre qu'il s'agissait bien d'elle. Il m'était impossible de distinguer ses traits. Elle se trouvait dans une petite chambre bleue qui tanguait, ce qui me parut étrange. Puis je concentrai toute mon attention sur ce qu'elle disait.

— je n'ai couru aucun risque… j'ai réglé le problème, mon chou. Il est mort, et plus personne ne pourra remonter jusqu'à nous.

Vu la nature de ses phrases, il devait s'agir d'une conversation téléphonique. Je regardai fixement la zone brouillée qui marquait l'emplacement de son visage, mais cela ne fit qu'aggraver l'impression de flou.

— Tu t'inquiètes pour rien, poursuivit-elle. Même s'il y a des soupçons, ils ne mèneront nulle part. Je ne sais pas à quel point elle comptait pour lui, mais de notre point de vue, elle est moins dangereuse morte…

J'essayai de me concentrer encore davantage, mais mes vertiges me reprirent encore plus fort qu'auparavant. Mes oreilles se mirent à bourdonner et je sentis un liquide en couler.

Maximus poussa un juron. Il braqua le volant si violemment que la voiture chassa de l'arrière. La perspective d'un accident me fit frémir, mais j'étais curieusement incapable de le dire à voix haute, et je ne voyais rien d'autre que de grosses taches noires devant mes yeux. *C'est pas bon*, pensai-je juste avant de recevoir un coup violent sur le front.

Après quelques trop courtes minutes d'évanouissement, je repris connaissance. Un liquide au goût cuivré était en train de m'étouffer. J'essayai de le recracher, mais je sentis une main se plaquer contre ma bouche.

—Avale, bon sang!

Comme je n'avais pas le choix, j'obéis et grimaçai en reconnaissant ce dont il s'agissait. Du sang de vampire. J'aurais préféré ingurgiter des pièces de monnaie concassées. J'ouvris les yeux et vis que Maximus était à cheval sur moi. Il avait détaché ma ceinture et incliné mon siège au maximum. Au moins, il s'était garé pour nous éviter l'accident.

—Beurk, gémis-je lorsqu'il ôta enfin la main.

Il parut plus soulagé que vexé. Ce fut alors que je remarquai qu'il avait les mains maculées de rouge, tout comme mon tee-shirt. Cela ne pouvait pas venir uniquement du sang que Maximus m'avait forcée à boire. Comme ils n'avaient pas de pouls, les vampires ne saignaient pas beaucoup, même lorsqu'ils avaient une plaie. De plus, le volant avait été arraché, et tout cela me poussait à conclure que j'avais dû manquer un ou deux épisodes.

—Que s'est-il passé?

Maximus jeta le volant sur la banquette et retomba sur le siège du conducteur.

—Tu as commencé à saigner des yeux, des oreilles et du nez. Ensuite, ton cœur s'est arrêté. J'ai dû te réanimer et te faire boire mon sang pour que tu reprennes connaissance.

—C'est vraiment une journée pourrie, rétorquai-je d'une voix lasse.

Je venais de frôler la mort, ce qui aurait dû m'emplir d'effroi, mais ce fut la seule réponse que je parvins à lui donner.

L'expression incrédule de Maximus me donna envie de rire, ce qui était une réaction encore plus irrationnelle, mais qu'étais-je censée faire ? Pleurer n'aurait rien arrangé, et je n'avais pas le temps de me mettre en position fœtale et de trembler comme une feuille, ce qui était la seule autre solution qui m'attirait.

— J'ai dû utiliser trop de puissance en trop peu de temps, dis-je. Et même si je suis redevenue sensible aux flammes, il doit rester des vestiges de l'aura de Vlad en moi qui perturbent mon système. Avec tout ça, j'aurais dû deviner que mon corps ne tiendrait pas le choc.

Maximus semblait toujours aussi effaré de la nonchalance avec laquelle j'acceptais le fait que j'avais failli trépasser. Je n'y prêtai pas attention, car je préférais me concentrer sur des questions plus importantes.

— Qu'est-il arrivé au volant ?

— Il me gênait quand je suis venu à ton aide, répondit-il.

— D'accord, dis-je avec un sourire aussi peu bancal que possible. Merci. Malheureusement, on va devoir trouver une autre voiture.

Il m'adressa un sourire aussi peu enjoué que le mien.

— C'est le cadet de nos soucis.

Génial.

— Comment ça ?

Maximus sortit son portable et me l'agita sous le nez. Il ne sonnait pas, mais l'écran était allumé et indiquait un appel.

— C'est la troisième fois que Vlad cherche à me joindre. Si je ne réponds pas, ça va éveiller ses soupçons.

— Ne fais pas…

Maximus leva un doigt.

— Respire le plus doucement possible, maugréa-t-il avant de répondre. Oui ?

Lorsque j'entendis la voix de Vlad, je me figeai. Ses intonations élégantes et familières me firent un tel effet que, l'espace de quelques secondes, j'en oubliai même de respirer.

— Maximus, dit froidement mon ex. Je te dérange ?

Maximus me regarda droit dans les yeux.

— Non, pourquoi ? répondit-il sur un ton si naturel que j'en clignai des yeux.

Il ment bien, constatai-je en me promettant de ne pas l'oublier.

— Parce que c'est la troisième fois que je t'appelle, répliqua sèchement Vlad.

Bon, visiblement, ses soupçons étaient déjà éveillés.

— Je suis allé me chercher quelqu'un à manger et j'avais laissé mon téléphone dans la voiture, expliqua tranquillement Maximus. Tout va bien ?

J'étais à moins d'un mètre du téléphone, dans un espace confiné, mais même sans cela, j'aurais entendu la réponse cinglante de Vlad.

— Non, tout ne va pas bien. Quand as-tu vu Leila pour la dernière fois ?

Je ne pus m'empêcher de pousser un souffle de surprise. Maximus fronça les sourcils.

— La semaine dernière, lorsque je l'ai déposée devant la caravane de Marty à Atlanta.

Je n'entendis alors plus rien pendant plusieurs secondes, et je me demandai si Vlad ne parlait pas trop bas pour une oreille humaine.

— Vous êtes toujours là ? demanda alors Maximus, dissipant mon idée.

— Oui.

Un seul mot, prononcé avec une telle rudesse qu'il me fit tressaillir. Pour une raison qui m'échappait, Vlad était furieux. Je mourais d'envie d'arracher le téléphone des mains de Maximus et de demander à son Maître s'il avait tenté de me tuer, mais c'était bien sûr impossible. J'attendis en respirant aussi discrètement que possible malgré les battements frénétiques de mon cœur.

— Pourquoi cette question à propos de Leila ? insista Maximus, qui était toujours l'innocence même.

Nouveau silence à couper au couteau.

— Elle est morte, répondit enfin Vlad, mais d'une voix si désinvolte que cela me fit monter les larmes aux yeux.

Même s'il n'avait pas commandité mon assassinat, il s'en moquait. L'apathie de sa voix me déchirait comme je ne l'aurais jamais cru possible.

Je dus émettre un petit bruit, car Maximus me regarda sévèrement tout en plaçant un doigt devant la bouche pour m'intimer le silence.

— Quoi ? Comment ? s'exclama-t-il alors.

La surprise qu'il exprimait était si crédible que je le fis passer du grade de bon menteur à celui de virtuose.

— Une conduite de gaz a sauté à proximité de la caravane de Martin. On m'a dit que l'explosion les avait tués tous les deux. Je pars ce soir pour les États-Unis pour ramener le cadavre de Leila à sa famille.

Et merde ! Avec tout ce qui m'était arrivé, j'avais oublié que Gretchen et mon père croiraient eux aussi que j'étais morte. Je commençai à faire signe à Maximus que nous devions empêcher Vlad de faire cela, mais mon acolyte me plaqua une main sur la bouche, puis la serra en m'entendant grogner.

— C'est horrible, dit-il tout en baissant la vitre de son autre main.

Les bruits de la circulation recouvrirent mes grognements. S'il ne m'avait pas sauvé deux fois la vie au cours des derniers jours, j'aurais ôté mon gant pour lui administrer une bonne décharge électrique, mais je me retins et me contentai de le fusiller du regard.

Bon, d'accord, et de le mordre. Mais il l'avait bien cherché.

— Oui, c'est tragique, poursuivit Vlad d'une voix désormais pleine d'ennui. Retrouve-moi demain à Atlanta. On y prendra l'avion pour aller voir Gretchen.

— Cela risque d'être difficile, répondit Maximus.

Comme je m'acharnais à mâcher la partie charnue de sa main, il sortit les canines. Interprétant cela comme une manière de me dire qu'il me mordrait lui aussi si je continuais, je m'arrêtai après un dernier coup de dents rageur.

— Et pourquoi ? demanda Vlad d'une voix qui était redevenue glacée.

— Je vous avais expliqué que je profitais de mon séjour aux États-Unis pour rendre visite à certains membres de ma lignée. Visiblement, quelques-uns parmi les plus jeunes ont pris l'habitude de se nourrir sans se cacher. C'est un problème que je dois régler, bien sûr.

— Bien sûr, ronronna Vlad. Si tu ne les punis pas sur-le-champ pour cette désobéissance, qui sait de quelle trahison ils seront capables à l'avenir ?

Les traits du visage de Maximus se crispèrent. Tout comme moi, il avait senti que ces mots sonnaient plus comme un avertissement que comme un conseil.

— Exprimez toutes mes condoléances à la famille de Leila, dit-il tout en me faisant de nouveau signe de ne pas faire un bruit.

Vu que sa main était toujours collée sur ma bouche, j'en aurais été bien incapable, mais je lui fis comprendre d'un regard que nous n'en avions pas fini avec ça.

— Entendu, répondit Vlad.

Ils raccrochèrent tous les deux. Les vampires n'étaient pas très doués pour les au revoir, comme je l'avais appris au cours des années que j'avais passées avec Marty. Après avoir vérifié que l'appel était bien terminé, Maximus ôta la main de ma bouche.

— On ne peut pas laisser croire à ma famille que je suis morte, m'exclamai-je immédiatement. C'est trop cruel.

— Qu'est-ce qui t'importe le plus ? Leur sécurité, ou leur chagrin passager ? rétorqua-t-il avec un regard dur.

— Leur sécurité ? Mais ils n'ont rien à voir là-dedans !

— Pour l'instant, non, répliqua-t-il durement, mais cela ne sera plus le cas si tu leur révèles que tu es en vie. Tu crois qu'ils sont capables de mystifier Vlad ? Il lui suffira d'inspirer une seule fois pour se rendre compte que leurs larmes sont factices.

Malgré la logique de son argumentation, j'étais déchirée. Mon père était fort, mais je ne savais pas ce que Gretchen serait capable d'endurer. Elle n'était toujours pas remise du jour où elle m'avait sauvée après ma tentative de suicide, lorsque j'avais découvert mes nouvelles capacités à l'orée de l'adolescence.

— Je ne pense toujours pas que Vlad soit derrière cette bombe. Ma mort ne lui fait peut-être ni chaud ni froid, mais si on joue la carte de son orgueil, il serait un atout formidable pour nous aider à trouver le vrai responsable.

Maximus m'adressa un regard à la fois agacé et compatissant.

— Si tu te trompes, il sera un adversaire encore plus implacable, et si cela se produit, qu'arrivera-t-il à ta famille, selon toi ?

Je donnai un coup de poing dans mon siège. Je ne me doutais que trop bien du sort qu'il leur réserverait. Vlad se servirait d'eux contre moi. Et même s'il n'était pas derrière tout cela, le vrai coupable le ferait également si jamais il apprenait que j'étais encore en vie. Le meilleur moyen de protéger mes proches était donc de leur faire croire que j'étais morte… en espérant qu'ils me pardonneraient un jour ce mensonge.

Je soupirai.

— Ils vont m'en vouloir à mort.

— Oui, mais cela voudra dire qu'ils sont en vie, répliqua Maximus.

En effet, c'était le plus important. Une autre pensée me vint alors, et je lui adressai un regard sinistre.

— Même si Vlad n'a rien à voir là-dedans, qu'est-ce que tu feras une fois qu'il aura découvert que tu lui mens depuis tout ce temps ?

Le visage de Maximus se ferma, et je devinai qu'il y avait déjà réfléchi.

— J'essaierai de le convaincre de ne pas me tuer, répondit-il aussi tranquillement que s'il ne s'agissait que d'un jeu.

Je fermai les yeux, prise d'une envie aussi soudaine qu'irrationnelle de prier. Ce serait plus facile à dire qu'à faire, comme nous le savions tous les deux.

Chapitre 12

Maximus hypnotisa un automobiliste pour le forcer à nous emmener jusqu'à un motel à la frontière de l'Indiana. Une fois dans la chambre, je me forçai à ingurgiter la nourriture que Maximus m'avait procurée, même si je n'avais aucun appétit après avoir voyagé avec un morceau de cadavre. Puis je me douchai et m'écroulai sur l'un des deux lits de la chambre.

Je n'avais dormi que quelques heures au cours des deux derniers jours, mais je ne parvenais pas à trouver le sommeil. Maximus, par contre, parut s'endormir dès que sa tête se posa sur l'oreiller.

Je regardai le sac en plastique posé sur la table de nuit. Au moins, cela permettait de contenir l'odeur de la chair carbonisée d'Adrian. Je ne pouvais pas prendre le risque de me reconnecter à la vampire inconnue avant plusieurs jours. J'avais besoin de doses régulières de sang de vampire pour rester en vie même lorsque je n'abusais pas de mes capacités.

Comme souvent, j'éprouvai une certaine jalousie envers les vampires, cette fois-ci pour leur don de guérison instantanée. Si je n'avais pas été humaine, j'aurais pu partir immédiatement en chasse de la tueuse d'Adrian au lieu d'être forcée d'attendre plusieurs jours. Les limites que m'imposait ma mortalité étaient frustrantes, mais je ne pouvais m'en prendre qu'à moi-même, car j'avais refusé la proposition de Vlad, qui avait offert de me transformer en vampire.

Seulement, à présent que Marty était mort et que j'avais rompu avec Vlad, il n'existait aucun autre vampire en qui j'avais suffisamment confiance pour le laisser me transformer. Vlad avait raison de dire qu'il s'agissait d'un acte sacré. Je ne pensais pas être un jour assez proche d'un autre vampire pour souhaiter me lier à lui de la sorte.

Cela dit, du repos, une nourriture saine et des doses régulières de sang de vampire devaient me permettre de récupérer suffisamment pour que je puisse me lancer sur la piste de la tueuse sans risquer l'hémorragie et la crise cardiaque. Et même si cela ne suffisait pas, je réessaierais malgré tout de me connecter à elle. Le joli minois de Dawn me traversa alors furtivement l'esprit, et je sentis que ma détermination se renforçait. Marty et elle méritaient d'être vengés, et ma famille avait droit à sa sécurité. Arrêter cette femme – ainsi que le ou les inconnus qui l'employaient – valait bien un tel risque.

Je flottais dans la cabine d'un luxueux avion privé que je reconnus immédiatement. C'était celui de Vlad. Il se tenait à quelques pas de moi, entièrement vêtu de noir. C'était la tenue qu'il portait lorsque j'avais rêvé de lui à la morgue, mais cette fois-ci, il ne menaçait plus personne. Il avait les yeux fermés, et ses cheveux tombaient sur ses épaules pour se fondre sur ses vêtements.

C'était forcément un nouveau rêve. Comme rien de tout cela n'était réel, je pouvais donc oser ce que je mourais d'envie de faire depuis des semaines. Je flottai jusqu'à lui et descendis pour me retrouver devant lui, puis je lui caressai la joue.

Au lieu de sentir la rugosité de sa barbe de trois jours, ma main disparut dans son visage. Mais ce simple geste me permit de satisfaire un besoin qui me rongeait nuit et jour depuis que je l'avais quitté. Même si je vivais un enfer et que Vlad en était peut-être responsable, je ne pus m'empêcher de lui effleurer la joue, les sourcils, et enfin les lèvres. Je lui en voulais toujours pour la manière dont il m'avait traitée, mais au fond de moi, il me manquait tellement que j'en avais le cœur qui se serrait.

— Je constate que tes pouvoirs sont revenus, Leila.

Je reculai précipitamment et me réfugiai à l'autre bout de l'appareil. Les yeux de Vlad étaient toujours fermés, mais le pli sardonique de sa bouche m'indiquait que ces mots n'étaient pas le fruit de mon imagination.

— Ce n'est qu'un rêve, dis-je à voix haute, plus à mon intention qu'à la sienne. Et nous sommes en avion parce que tu as dit à Maximus que tu venais en Amérique, et que mon subconscient utilise cette information.

Tu vois ? Il n'y a aucune raison de s'inquiéter, *me rassurai-je.*

Malheureusement, il reprit aussitôt la parole, me privant de quelques secondes supplémentaires de réconfort. Visiblement, même en rêve, Vlad n'était pas coopératif.

— Tu es avec Maximus.

C'était une affirmation, pas une question.

Je haussai les épaules, même s'il ne pouvait pas me voir.

— Cela ne te regarde pas.

Des flammes apparurent sur ses mains et montèrent jusqu'à ses épaules.

— Oh que si.

Il ouvrit alors les yeux et se redressa en regardant autour de lui comme s'il cherchait à me localiser. J'agitai la main et constatai avec soulagement qu'il ne tourna même pas la tête dans ma direction. Auparavant, chaque fois que je l'avais espionné mentalement, Vlad avait toujours paru savoir où je me trouvais. Cela prouvait à coup sûr qu'il s'agissait bien d'un rêve.

— Cela ne te regarde plus depuis que tu t'es détourné de nous sans même un regard, répliquai-je, profitant pleinement de cette chance de crever l'abcès.

Merci, ô subconscient !

—Je me suis détourné de nous? s'exclama-t-il avec un ricanement à la fois méprisant et élégant. Je t'ai tout offert, mais tu as rejeté mes propositions en bloc. J'ai connu des ennemis moins implacables que toi.

Je voulus le saisir par les épaules, mais mes mains passèrent à travers son corps. Cela m'aurait pourtant fait tellement de bien de le secouer!

—C'est moi qui suis implacable? Tout ce que je voulais, c'était que tu m'aimes, mais selon toi, c'était trop demander!

Les flammes disparurent. Tant mieux. Je ne voulais tout de même pas le voir faire exploser son avion par accident, même en rêve.

—Ce ne sont que des mots, répondit-il d'une voix plus dure. J'ai partagé mon toit, mon lit et mon sang avec toi, et je t'ai offert une place à mes côtés pour l'éternité. Que valent des mots à côté de tout cela?

Je soupirai et sentis ma colère se dissiper aussi vite que l'avaient fait ses flammes.

—Oh, Vlad, si tu y croyais réellement, tu m'aurais dit ce que je voulais entendre rien que pour apaiser mon angoisse. Mais tu ne l'as pas fait, ce qui prouve que pour toi, dire «je t'aime» compte plus que tout le reste.

Il fronça les sourcils.

—Ça suffit. Dis-moi où tu es.

J'étais sur le point de lui donner le nom de la ville où nous nous trouvions, parce qu'il ne s'agissait que d'un Vlad onirique, et que cela n'aurait aucune conséquence. Puis je réfléchis. Après tout, pourquoi répondre à ses désirs, même en rêve?

—À l'intersection des avenues «C'est pas tes oignons» et «Va te faire foutre».

Il frappa du poing sur l'accoudoir, qui se brisa net.

—Ne me provoque pas. Tu sais que l'explosion de la conduite de gaz n'était pas un accident.

— Et je sais aussi qui est peut-être derrière cette explosion, rétorquai-je hargneusement, même si je n'y croyais plus du tout.

Il serra, puis desserra les poings. Si cela n'avait pas été un rêve, j'aurais pu jurer percevoir une odeur de fumée.

— Tu ne penses tout de même pas que c'est moi ?

Je haussai de nouveau les épaules.

— Maximus dit que ta fierté a pu te pousser à te venger de mon départ.

Il émit une espèce de bruit trop viscéral pour être un grognement.

— Dans ce cas, il a signé une deuxième fois son propre arrêt de mort.

Décidément, il était impossible de raisonner avec lui, même dans mon imaginaire.

— Il faut que je me réveille. Ce rêve est atroce.

— Tu dors ? C'est donc pour cela que ta voix est plus faible et que la plupart de tes pensées m'échappent ?

Je commençai à sentir l'affolement me gagner. S'il s'agissait toujours de mon subconscient, il était extrêmement créatif.

Vlad prit mon silence pour une confirmation. Il sourit, et son air inquiétant se mua en une satisfaction insupportable.

— Tu n'essaies pas de me contacter quand tu es éveillée, mais tu viens à moi dans ton sommeil. Cela devrait te permettre de déduire en qui tu as vraiment confiance.

Je me pinçai le bras. Fort. Rêve ou pas, cette conversation devenait trop troublante.

— Réfléchis à tout cela quand tu te réveilleras, poursuivit-il d'une voix de fer mêlé de miel. Maximus t'a toujours désirée. Depuis l'explosion, il te fait croire qu'il t'a sauvée et que tu ne peux avoir confiance en personne d'autre que lui. Une heureuse coïncidence, probablement ?

Réveille-toi, réveille-toi ! *criai-je en moi-même, puis je lui répondis à voix haute.*

—Maximus ne me ferait aucun mal. Toi, par contre, tu me blessais en permanence, même sans le vouloir.

Le sourire de Vlad s'effaça, mais il garda les lèvres tirées, ce qui me permit de voir ses canines, plus longues que jamais.

—Je viens te chercher, Leila. Si tu tiens à Maximus, quitte-le et contacte-moi pour me dire où te trouver. Cela lui laissera une chance de fuir. Sinon, tu seras là pour me voir le tuer lorsque je vous aurai retrouvés.

Tu n'oserais pas ! *faillis-je répondre, mais je m'en abstins, car je savais qu'il n'hésiterait pas une seule seconde.*

—Je ne sais vraiment pas pourquoi j'ai cru un jour que je t'aimais ! hurlai-je plutôt avec une rage générée par la peur et la colère.

Un éclair passa sur le visage de Vlad. Sur tout autre que lui, j'aurais pris cela pour de la tristesse, mais c'était impossible. Même en rêve, il ne tenait pas assez à moi pour éprouver un tel sentiment.

En effet, il afficha rapidement son air détaché.

—À bientôt, dit-il avec un geste de la main, comme s'il me congédiait.

Ma colère explosa et je me redressai d'un bond. Ce mouvement brusque surprit Maximus qui s'éveilla aussitôt, bien plus alerte que moi. J'étais encore en train de m'assurer que mon rêve était terminé lorsqu'il se plaça devant moi et me prit le visage entre ses mains puissantes.

—Ça recommence, maugréa-t-il en s'entaillant le poignet d'un coup de canine.

—Arrête, protestai-je lorsqu'il me colla son avant-bras ensanglanté contre la bouche.

Mais j'eus beau me débattre, il ne me laissa pas le choix.

—Avale, ordonna-t-il sévèrement.

J'obéis tout en maudissant les vampires et leur despotisme. Lorsqu'il retira enfin son poignet, je le repoussai, avec autant de résultats qu'une mouche tentant d'abattre un mur de briques.

— Qu'est-ce qui te prend ? demandai-je avec brusquerie.

Il passa un doigt sous mon nez et me le montra.

— Tu t'es mise à saigner. Je n'avais pas envie d'attendre de voir si ton cœur allait s'arrêter.

Un nouveau saignement de nez ? Je n'avais pourtant pas sollicité mes pouvoirs...

Je baissai les yeux. En effet, je portais toujours mes gants, sans compter qu'il m'était impossible de me connecter à quelqu'un dans mon sommeil. Cependant, les coïncidences s'accumulaient.

— Appelle Vlad, dis-je, prise d'un besoin désespéré d'avoir tort.

Maximus haussa les sourcils.

— Pourquoi ?

— Pour voir s'il... *(menace de te tuer, demande à me parler, ou quelque chose comme ça...)* s'il a l'air bizarre, finis-je de façon peu convaincante.

Maximus m'adressa un regard très sceptique.

— C'est important, insistai-je en lui saisissant le bras.

Il me regarda encore pendant quelques secondes, puis sortit son portable de sa veste.

— Vlad, dit-il au bout d'un instant. Désolé. J'ai dû composer par erreur le numéro de mon dernier appel reçu...

Le souffle bloqué, j'attendis que Vlad prononce mon nom dans une explosion de menaces. Mais même si je parvenais à reconnaître sa voix à l'autre bout du fil, il parlait trop doucement pour que je puisse comprendre ses propos. Au bout d'une minute, Maximus raccrocha et haussa les épaules.

— Il a l'air normal.

Le soupir que je poussai sembla jaillir de mon âme. *Ce n'était qu'un rêve!* pensai-je triomphalement. Malgré le fait qu'il avait paru très réel, et malgré mon saignement, Vlad n'aurait pas pu réagir aussi calmement à l'appel de Maximus…

Je me figeai en sentant le doute planter ses griffes perfides dans ma colonne vertébrale. Comment pouvais-je en être aussi sûre ? Vlad m'avait dit de quitter Maximus, puis de le contacter. Si Maximus apprenait que l'histoire de ma mort présumée était éventée, je ne pourrais plus lui fausser compagnie, car il ne me lâcherait alors plus d'une semelle. Vlad avait aussi insinué que c'était peut-être Maximus qui était à l'origine de cette bombe. S'il le pensait vraiment, lui aurait-il révélé que je pouvais le contacter dans mon sommeil ?

Non. La finesse de Vlad frisait la paranoïa. Jamais il ne révélerait un tel avantage à un adversaire présumé.

Bien entendu, il y avait une troisième possibilité. Vlad pouvait n'avoir rien dit dans le simple but de m'embarrasser.

— Alors, tu vas me dire pourquoi j'ai dû passer ce coup de fil bidon ?

Le ton ironique de Maximus me tira de mes réflexions. Je ne croyais pas aux insinuations de mon Vlad onirique, mais un doute insidieux me retint de lui dire la vérité.

— J'ai, euh, rêvé qu'il avait eu un accident d'avion, répondis-je.

Je parvins à soutenir son regard, même si j'avais l'impression d'avoir le mot « MENTEUSE » tatoué en lettres brillantes sur le front.

Il poussa un grognement.

— Il faut que tu l'oublies. Sinon, tu vas devenir folle.

Le devenir ? pensai-je lugubrement. Tout indiquait que je l'étais déjà.

Chapitre 13

J'étais trempée de sueur et mes muscles criaient grâce, mais je continuais à lever et à baisser les jambes avec régularité. *Cent trente-neuf... Cent quarante...*

— Il faut que tu arrêtes. C'est malsain.

Maximus avait les bras croisés, et une grimace déformait son beau visage. Sans prêter attention à sa remarque, je continuai mes exercices.

Il me saisit les chevilles de ses mains froides pour stopper mon mouvement.

— Je ne plaisante pas, Leila. Arrête.

Je le fusillai du regard.

— Lâche-moi.

Il resserra son étreinte.

— Pas tant que tu ne m'auras pas dit ce qui te ronge depuis quelques jours.

J'éclatai d'un rire haché par l'effort.

— Alors, je commence par quoi ? Par la bombe qui a réduit mon meilleur ami en morceaux, ou bien par le fait que tu penses qu'il a peut-être été tué par mon ex ?

Ou bien par toi ? ajouta silencieusement une petite voix sournoise ; j'essayai de l'ignorer, mais elle était de plus en plus vigoureuse. Maximus affirmait ne pas avoir été au courant du fait que j'étais protégée contre les flammes, mais il était tout à fait possible qu'il m'ait entendue en discuter avec Vlad lorsque je vivais encore dans son château. Il m'avait aidée à retrouver le poseur de bombes, mais peut-être était-ce parce qu'il savait qu'Adrian serait déjà mort lorsque nous arriverions ? Depuis, il m'avait fermement interdit de tenter de me reconnecter à l'inconnue, car il disait s'inquiéter pour ma santé. Mais peut-être n'avais-je jamais eu de crise cardiaque ? Peut-être les saignements de nez étaient-ils les seules répercussions dont je souffrais lorsque j'abusais de mon pouvoir ?

— Il y a autre chose, répondit Maximus en me lâchant les chevilles.

Je m'assis et choisis mes mots avec soin.

— L'exercice physique m'aide à me maintenir en forme, et j'en aurai besoin demain quand j'essaierai de localiser la tueuse. J'ai assez attendu.

Maximus grogna.

— Il y a des jours où tu me rappelles Vlad.

— C'est-à-dire ? demandai-je vertement.

— Cette obsession de la vengeance. Si ça se trouve, quand tu auras trouvé cette fille, tu auras envie de l'empaler.

En effet, cette idée ne manquait pas de charme, mais…

— Ce n'est pas qu'une question de vengeance. Mon père et ma sœur seront en danger dès que les tueurs découvriront que je suis encore en vie, expliquai-je avant de changer de tactique. De plus, je n'arrête pas de faire des cauchemars dans lesquels Vlad nous retrouve. L'exercice physique me permet de passer de meilleures nuits.

Tout cela était vrai. La nuit précédente, j'avais relâché mes efforts, mais je n'avais pas tardé à le regretter lorsque le Vlad onirique m'avait dit qu'il était sur nos traces. Cela n'avait été qu'un rêve, mais je m'étais réveillée avec le nez qui saignait et un mauvais pressentiment. Je n'avais parlé ni de l'un ni de l'autre à Maximus.

Ses yeux gris se teintèrent de vert.

— Il y a d'autres moyens de se dépenser avant de dormir.

C'était la première proposition de ce genre qu'il me faisait depuis le baiser que nous avions échangé sur le trottoir ; c'était d'ailleurs assez chevaleresque de sa part, vu que nous avions passé les trois derniers jours enfermés dans la même chambre. Je m'apprêtais à l'éconduire en douceur lorsque ma petite voix intérieure se manifesta vigoureusement.

Voilà ta chance ! Enlève tes gants et touche-le. Si tu trouves l'essence de la femme brune sur lui, ça voudra dire qu'il est coupable.

Je réfléchis. Pouvais-je faire preuve d'une telle fourberie ?

Tu évolues au milieu des requins, insista impitoyablement ma petite voix. *Soit tu en deviens un toi aussi, soit tu te fais dévorer.*

Le regard de Maximus se fit plus brillant. Il ne se doutait pas de la raison pour laquelle j'envisageais d'accepter sa proposition. Ma culpabilité se trouvait aux prises avec une logique froide. Maximus s'était toujours montré d'une grande gentillesse, mais est-ce que je savais vraiment qui il était ? D'ailleurs, il connaissait Vlad depuis des siècles, mais cela ne l'empêchait pas d'agir dans son dos.

Je vis alors le visage de Marty, suivi de ceux de mon père et de ma sœur. Quelqu'un avait assassiné mon meilleur ami et comptait se servir de ma famille pour me retrouver. Je ne pouvais pas me permettre de me reposer sur une confiance naïve alors que j'avais le moyen d'être sûre.

Très lentement, j'ôtai mes gants. Les yeux de Maximus s'illuminèrent encore plus, baignant la chambre d'un doux éclat émeraude. Il s'approcha de moi et s'agenouilla avec une lenteur étudiée, comme s'il craignait que je prenne peur au moindre mouvement brusque.

Il n'avait pas tort. Mon cœur battait si vite que j'en avais presque la tête qui tournait. Je m'apprêtais à jouer à une roulette russe sensuelle avec un vampire colossal vieux de près de mille ans. La frontière était ténue entre la survie et l'imprudence, et je ne savais pas vraiment de quel côté de cette ligne je me trouvais.

À quelques centimètres de moi, il inspira, puis fronça les sourcils.

— Qu'est-ce qui ne va pas ?

Ces satanés vampires et leur capacité à déchiffrer les émotions par l'odorat ! Je regardai mes mains, puis reportai les yeux sur lui. Un mensonge était toujours plus convaincant lorsqu'il contenait une part de vérité.

— Je ne veux pas te faire mal, mais je n'ai pas envie de remettre mes gants.

J'avalai la boule qui me bloquait la gorge et qui n'était pas seulement due à la nervosité.

— Je… je veux te toucher.

Son grognement sourd fit naître des frissons à la fois brûlants et glacés le long de ma colonne. Une fraction de seconde plus tard, j'étais dans ses bras. Il m'embrassa avec une telle intensité que j'en oubliai brièvement mon objectif. Puis il m'attira sur ses genoux.

Une grosse bosse dépassait entre mes cuisses. Maximus me saisit par les hanches et mon point le plus sensible frotta contre cette saillie rigide. J'en eus le souffle coupé. C'était agréable, mais également… vide de sens. Dans un éclair de lucidité, je compris la différence entre le désir et l'amour. Si je couchais avec Maximus, j'y trouverais le plaisir que j'éprouvais pour la nourriture chinoise : je savais que très vite, le sentiment de satisfaction disparaîtrait.

Comme je maudissais Vlad en ce moment précis ! Même dans les bras d'un autre homme, je restais tourmentée par le souvenir de ce cruel amant. J'arrachai ma bouche à notre baiser.

— Maximus, arrête.

Ses mains s'immobilisèrent mais il me lécha goulûment le cou.

— Qu'y a-t-il ?

Pour commencer, tu n'es pas celui dont je suis toujours amoureuse. De plus, je ne sais pas si je peux te faire confiance.

— Je… C'est trop tôt.

Je baissai la tête en prononçant ces mots et laissai mes doigts jouer sur ses épaules, comme pour m'excuser. *Aucune trace d'essence étrangère par ici.* Je me rassis avec un soupir en faisant glisser mes mains le long de ses bras. Une essence que je ne connaissais que trop apparut, et je maudis une nouvelle fois Vlad. Je l'avais dans la peau, mais Maximus aussi, littéralement dans son cas.

Il passa les mains sur ma cuisse.

— Trop tôt pour coucher ensemble, peut-être, mais ce n'est pas la seule chose que nous pouvons faire.

J'arrêtai ses mains en lui agrippant les bras.

— Désolée. C'est, euh, trop tôt pour ça aussi.

Il poussa un soupir de déception qui tirailla ma culpabilité. *Allumeuse !* m'accusa ma conscience. Ma diabolique petite voix intérieure refusait d'entendre raison. Elle me poussa à prendre les mains de Maximus en feignant la compassion tout en y cherchant des traces d'essences compromettantes.

— Ce n'est pas grave, m'assura-t-il avec un sourire désabusé. J'ai toute l'éternité devant moi.

Je trouvai bien une essence sur sa main droite, mais ce n'était ni celle de la tueuse brune, ni celle de Vlad. La personne inconnue, homme ou femme, qui avait touché Maximus éprouvait alors une grande culpabilité, mais puisque ce n'était pas la tueuse, cela ne me regardait pas.

— Merci d'être aussi compréhensif, dis-je avant de baisser la main et de me lever. Je, euh, je crois que je vais aller prendre une douche.

Je n'aurais même pas besoin d'ouvrir l'eau froide à fond. Je maudis Vlad pour la troisième fois. Pourquoi fallait-il qu'il soit le seul homme capable d'enflammer à la fois mon cœur et mon corps ? Je ne savais pas où il était, mais j'espérais que lui aussi était torturé par mon souvenir.

Maximus se leva également. Il pencha la tête, comme pour écouter quelque chose… puis je fus projetée par terre, protégée d'une pluie d'éclats de verre par son corps massif. Malgré le vacarme de l'explosion de notre fenêtre, je l'entendis grogner. Il se mit à frémir si violemment que son étreinte devint très douloureuse, mais il me relâcha avant que j'aie eu le temps de crier, puis il saisit plusieurs couteaux et se releva d'un bond.

Je l'imitai, sentant l'électricité s'accumuler dans ma main droite sous l'effet conjugué de la peur et de l'adrénaline. Vlad avait dû nous retrouver ! C'était comme cela qu'il avait pris d'assaut ma chambre d'hôtel lors de notre première rencontre. Je m'attendais qu'un cercle de flammes jaillisse autour de nous, mais rien de tel ne se produisit. Au lieu de cela, une nouvelle série de coups de feu retentit. Maximus me renversa et me fit de nouveau un rempart de son corps, mais cette fois-ci, il ne sauta pas sur ses pieds lorsque les rafales s'arrêtèrent. Il s'écroula, le visage déformé par la douleur et le corps criblé de trous sanglants.

— Les balles sont en argent liquide, articula-t-il difficilement. Sauve-toi !

J'étais horrifiée. Même ses pouvoirs de régénération ne lui permettraient pas d'extraire l'argent de son organisme. Le métal le paralysait tout en le brûlant comme de l'acide. Je repoussai son corps, mais pas pour m'enfuir. J'avais l'intention d'électrocuter notre agresseur s'il tentait une nouvelle fois de tirer sur Maximus. J'ôtai mes gants d'un coup sec et constatai avec une satisfaction sinistre le rougeoiement surnaturel de ma main droite. Je la levai en grognant à mon tour.

— Tu veux le tuer, Vlad ? Il faudra me passer sur le corps !

Ma déclaration fut accueillie par un rire moqueur. La porte s'ouvrit, ou plutôt traversa la pièce pour s'écraser contre le lit. Une silhouette emmitouflée dans un manteau apparut, le visage caché dans l'ombre, mais j'entraperçus des cheveux noirs. Je me crispai et sentis mon cœur se tordre alors que dans ma main, l'électricité montait en intensité. Pouvais-je tuer l'homme que j'aimais pour sauver celui que je n'aimais pas ?

— Si tu veux qu'il vive, ne bouge pas.

Un rayon de lune éclaira le visage de mon interlocuteur. Il avait les cheveux courts, le visage rasé de près et une grande bouche sensuelle. Ce n'était pas Vlad, ni personne que je connaissais. De qui s'agissait-il donc ?

L'inconnu sourit, et je vis poindre deux canines.

— Je sais que tu as des questions, mais nous n'avons le temps que pour une seule. Va-t-il vivre ou mourir ? demanda-t-il avec un petit mouvement de tête méprisant en direction de Maximus, qui se tordait de douleur par terre. Si tu veux qu'il meure, attaque-moi. Tu perdras, parce que je ne suis pas venu seul, puis nous t'emmènerons et nous le tuerons. Par contre, si tu me suis de ton plein gré, je lui laisserai la vie sauve.

— Ne l'écoute pas, parvint à prononcer Maximus.

Je ne tournai pas la tête pour le regarder, car cela m'aurait forcée à détourner les yeux de l'inconnu. C'était une erreur que je n'avais aucune intention de commettre.

— Pourquoi je devrais te faire confiance ? demandai-je avec un sarcasme appuyé.

Ses yeux lancèrent des éclairs verts.

— Parce que je n'ai pas envie de perdre le meilleur moyen de pression que j'ai sur toi.

Cette réponse était très instructive. Elle m'apprenait que l'inconnu n'était pas idiot, mais aussi qu'il ne faisait pas partie des hommes de Vlad. Jamais ce dernier ne se servirait de Maximus contre moi. En effet, comme il m'avait déjà annoncé qu'il comptait le tuer, Vlad savait que cette tactique n'aurait aucune chance d'aboutir.

Un bruit de sirènes résonna au loin. L'inconnu soupira.

— Le temps est écoulé, mon bel oiseau des îles. Alors ?

Le surplus de courant vibrant dans mes doigts me faisait mal, mais j'abaissai lentement la main. Ce n'était pas le bon moment. Maximus jura entre deux gémissements de douleur. L'inconnu sourit.

— On m'avait dit que tu étais maligne. Espérons pour ton ami qu'il le soit aussi.

Je sentis un choc sur la poitrine. Je baissai les yeux et vis une espèce de fléchette plantée dans ma peau. Le temps que je relève la tête, ma vision commençait déjà à se troubler, et mes jambes flageolaient.

— N'oublie pas de prendre ses gants, entendis-je avant de sombrer dans l'inconscience.

Chapitre 14

Lorsque je repris connaissance, je gardai les yeux fermés et pris soin de ne pas altérer le rythme de ma respiration. Tout en continuant de feindre l'inconscience, j'entamai un examen complet. Ma migraine était prévisible, mais à part cela, je me sentais bien. J'avais les bras attachés derrière le dos. Des gants épais me recouvraient les mains, et mes chevilles étaient immobilisées elles aussi. Et bien entendu, un bâillon me bloquait désagréablement la bouche.

J'étudiai ensuite mon environnement. Le roulis qui me faisait tanguer était de toute évidence causé par des vagues, ce qui voulait dire que j'étais sur un bateau. Plusieurs de mes ravisseurs se trouvaient sur le pont si je me fiais à leurs voix, mais l'un d'entre eux était dans la même pièce que moi.

Lorsque j'ouvris les yeux, mon regard se posa donc directement sur le vampire aux cheveux noirs qui avait pris ma chambre d'hôtel d'assaut. Il cligna des yeux, mais ne montra pas d'autre signe de surprise.

— Je pensais pas que tu te réveillerais si vite, déclara-t-il.

Je regardai mon bâillon, puis reportai les yeux sur lui en arquant un sourcil.

Il comprit parfaitement ce message silencieux.

— Est-ce que je dois vraiment te dire qu'il est inutile de crier ?

Je levai les yeux au ciel. J'étais tombée sur des amateurs, ou quoi ? Il sourit, puis se leva de sa couchette.

— C'est bien ce que je me disais.

Il semblait avoir à peu près le même âge que moi, mais je calculai qu'il devait avoir moins de cent ans, en années de morts-vivants. Les vampires vraiment âgés avaient une sorte de… gravité dans le regard, comme si les siècles qui passaient avaient imprimé une marque tangible. Ce n'était pas le cas de mon ravisseur anonyme et, si la chance était avec moi, d'aucun de ses autres complices.

Les jeunes vampires étaient plus faciles à tuer.

— De l'eau, croassai-je lorsqu'il eut ôté mon bâillon.

Entre ce dernier et le contrecoup du somnifère qu'on m'avait administré, ma bouche était si sèche que j'avais l'impression d'avoir une boule de ouate à la place de la langue.

Le vampire disparut, puis revint avec une canette de Coca. C'était encore mieux. La caféine aiderait à faire disparaître ma migraine, et en le voyant l'ouvrir devant moi, je sus qu'il n'avait rien ajouté à la boisson, et qu'il ne comptait donc pas me droguer à nouveau.

Il la pencha sur mes lèvres. J'avalai le liquide à grosses gorgées et poussai un long rot une fois la canette vide. Il lui arriva en plein visage, mais ce n'était pas vraiment ma faute. J'étais pieds et poings liés, après tout.

— Charmant, dit-il sèchement.

— Ma bonne éducation s'est envolée quand je vous ai vus canarder mon ami avec des balles en argent liquide, répondis-je calmement. Et à ce propos, je veux le voir.

Mon interlocuteur fit la moue.

— Tu n'es pas vraiment en mesure d'exiger quoi que ce soit, mais il est toujours en vie, si c'est ce que tu veux savoir.

— Tu ne veux pas que je le voie, très bien, rétorquai-je en réfléchissant rapidement. Je suppose que tu sais que je peux obtenir des images psychiques par simple contact de la main, alors ôte-moi ces gants et laisse-moi te toucher. Comme ça, je saurai si tu dis la vérité.

Le vampire ricana, et un éclat vert envahit le noir charbon de ses yeux.

— Me toucher ? Tu n'aurais pas plutôt l'intention d'utiliser l'espèce de fouet électrique que tu peux générer pour me couper en deux ?

Je me figeai. Comment était-il au courant ? À part Vlad, Maximus et quelques-uns de leurs hommes, la plupart de ceux qui m'avaient vue faire usage de ce pouvoir étaient morts.

— C'est pour ça qu'on a fixé tes gants en caoutchouc avec du ruban adhésif, continua-t-il, impassible. Au cas où.

— Tu t'appelles comment, déjà ? demandai-je sur un ton aussi nonchalant que possible.

Son sourire s'élargit encore.

— Tu peux m'appeler Hannibal.

Je lui souris en retour.

— Bon, Hannibal, qu'est-ce que tu attends de moi ? Que je me serve de mes pouvoirs pour localiser l'un de tes ennemis ? Que je te dise s'il y a un traître parmi tes hommes ? Ou bien que je lise dans le passé à partir d'un objet ?

Le vampire éclata de rire, et même si cela rappelait plus le Docteur Denfer que Méphisto, j'en éprouvai un pressentiment effrayant.

— Oh, mais je n'attends rien du tout de toi, mon bel oiseau des îles. Moi, je ne m'occupe que de la livraison. Je ne sais même pas à qui je dois t'amener. Tout ce que je sais, c'est que tu vaux trois fois plus vivante que morte, mais si tu tentes quoi que ce soit, ton cadavre me rapportera quand même une belle somme.

Hannibal m'adressa un salut enjoué et quitta la pièce. Je ne dis rien et cherchai un moyen de me sortir de ce mauvais pas. Il était hors de question que je me laisse livrer comme un vulgaire colis à un adversaire inconnu. Je trouverais une solution, même si cela devait me tuer.

C'était d'ailleurs l'issue la plus probable, mais ma résolution ne vacilla pas. Après tout ce qui m'était arrivé, je préférais mourir en résistant plutôt que de vivre avec encore plus de regrets que je n'en avais déjà.

Toutes les dix minutes, l'un ou l'autre de mes geôliers venaient jeter un coup d'œil dans ma cabine. En plus de Hannibal, j'en avais déjà vu quatre autres. À en juger par les murs lambrissés, le grand lit deux places et le luxe de la décoration, leur employeur ne manquait pas de moyens. Si je n'avais pas été menottée à la barre du mur, j'aurais certainement apprécié de voyager dans d'aussi bonnes conditions.

Les rideaux du seul hublot de la cabine étaient tirés, mais comme aucune lumière ne filtrait, j'en déduisis qu'il faisait encore nuit. Hannibal ne m'avait donc pas menti lorsqu'il m'avait dit que je n'étais pas restée inconsciente très longtemps. Le lac Michigan était la grande étendue d'eau la plus proche de notre motel, et vu sa superficie, nous pouvions encore mettre un certain temps avant d'arriver à notre destination. Mais nous pouvions aussi accoster d'ici quelques minutes.

C'était la raison pour laquelle je mobilisai toute ma concentration pour tenter de canaliser les courants de mon corps dans ma main droite. Au bout de quelques instants, la surcharge d'électricité commença à prendre la forme d'une pointe. Cette dernière fit pression sur mon gant, à la recherche du moindre défaut pour se libérer de sa prison.

Il n'y avait aucune fente dans le caoutchouc, mais mon but était d'en créer une. Je préférais mourir en tentant de m'évader plutôt que de me laisser livrer comme un mouton au commanditaire inconnu qui me voulait morte ou vive. Je n'aurais jamais dû me rendre à Hannibal, mais je n'aurais jamais cru qu'il soit au courant de tous les détails de mes capacités. De plus, la vie de Maximus avait été en jeu.

Il est probablement mort, murmura méchamment ma petite voix intérieure. *Tu t'es livrée pour rien !*

Je grinçai des dents. Je détestais cette part sombre de mon âme qui ne cessait de souligner mon échec ou la futilité de mes entreprises. Elle m'avait poussée au suicide à seize ans, mais cette fois-ci, je lui tiendrais tête. Même si toutes les chances étaient contre moi, je parviendrais à me sortir de cette situation.

Je me concentrai de nouveau sur ma main droite pour y attirer encore plus d'électricité. Si la pointe d'énergie gagnait suffisamment en puissance, elle percerait le caoutchouc et je serais libre. *Allez*, l'encourageai-je en moi-même. *Continue, ma belle, continue !*

Peut-être était-ce le fruit de mon imagination, mais j'avais l'impression que la couche de caoutchouc qui entourait la pointe d'énergie était soudain… entamée.

Mon cœur se mit à battre plus fort, soit sous le coup de l'excitation, soit à cause de l'effort que je fournissais. Je n'avais pas besoin de sortir de fac de médecine pour deviner que toute cette électricité était dangereuse pour ma santé, mais je continuai à me focaliser sur mes courants internes pour les encourager à se renforcer. Des gouttes de sueur perlaient sur ma lèvre supérieure, ma vision se troubla et tout mon corps se mit à trembler, mais j'insistais toujours…

Une lueur blanche éclaira brièvement la cabine et j'entendis un sifflement, puis un craquement menaçant à mes pieds. Je baissai la tête et vis, avec une joie mêlée d'effroi, un trou dans le plancher, petit mais net. La bonne nouvelle, c'était que j'avais réussi à percer mon gant. La mauvaise, c'était que mon éclair avait peut-être traversé la coque du bateau.

Je n'entendais personne approcher, mais je me doutais que mes gardiens pointeraient le bout de leur nez au moindre bruit suspect. Quelques secondes plus tard, lorsque le barbu aux longs cheveux noirs ouvrit la porte, j'avais déjà couvert le trou avec mon pied.

Bien entendu, si jamais de l'eau commençait à en jaillir, j'étais morte.

— Laissez-moi sortir ! improvisai-je en me cognant à la barre pour continuer mon vacarme. J'ai, euh, j'ai envie de faire pipi !

Le gardien, que j'avais surnommé le Pirate à cause de son allure, secoua la tête de dégoût.

— Les humains…, maugréa-t-il avant de disparaître.

J'attendis en retenant mon souffle, mais il ne revint pas, et pas une seule goutte d'eau ne jaillit de sous mon pied. J'expirai avec soulagement, et ma détermination impitoyable se fit plus forte. Le prochain garde n'effectuerait pas sa visite avant dix minutes : c'était le temps dont je disposais pour me détacher. Et une fois libre, j'allais devoir tous les tuer.

Chapitre 15

Par chance, je réussis à me détacher sans endommager davantage le plancher, mais à peine m'étais-je cachée derrière la porte que le garde suivant arriva. En l'entendant approcher à pas légers, je maudis les battements de mon cœur. Allait-il découvrir que je n'étais plus attachée à la barre ? Si c'était le cas, je signais mon propre arrêt de mort. L'avertissement de Hannibal résonna dans ma tête. *« Ton cadavre me rapportera quand même une belle somme. »*

La nervosité et la peur s'ajoutèrent à l'électricité qui s'accumulait dans ma main, déclenchant une minuscule pluie d'étincelles au bout de mes doigts. L'air semblait plus épais et je perçus une odeur d'ozone. Le garde s'arrêta à la porte.

— C'est quoi ce truc ? marmonna-t-il avant de se précipiter dans la cabine.

D'un coup de poignet, je dirigeai les courants vers lui. Ils jaillirent, comme mus par leur propre volonté. Le garde blond ne dit pas un mot de plus, mais ses lèvres bougeaient encore lorsque sa tête heurta le sol. Le reste de son corps resta debout pendant plusieurs secondes, les bras battant l'air comme s'il cherchait à conserver l'équilibre.

J'étais trop tendue pour éprouver la moindre aversion. La peur généra de l'adrénaline qui rechargea immédiatement mes réserves électriques. Je jetai un coup d'œil dans le couloir. Ne voyant personne, je mis en œuvre une tactique pour attirer un nouveau garde dans ma cabine sans éveiller les soupçons.

— Qu'est-ce que vous faites ? criai-je d'une voix perçante. Arrêtez ! Ôtez vos sales pattes de là !

Je frappai dans mes mains pour imiter une claque, puis poussai un cri de douleur. J'enchaînai par des gémissements entrecoupés de supplications.

Hannibal ne tarda pas à réagir.

— Je t'ai dit de ne pas endommager la marchandise, Stephen, marmonna-t-il. Va plutôt sauter une des filles de la cale…

Je lançai mon attaque dès que je le vis franchir le seuil, mais il me repoussa la porte dessus dès qu'il vit le cadavre. La lanière électrique lui trancha la taille, et non le cou, mais pas assez profondément. Il était toujours debout.

— Salope, grogna-t-il alors qu'une chose rouge coulait par terre.

J'avais envie de crier d'horreur et de dégoût, mais mon instinct de survie prit le dessus. Hannibal se jeta sur moi et je l'électrocutai à nouveau. Cette fois-ci, l'éclair le mutila de l'épaule jusqu'au flanc, et un voile rouge m'aveugla lorsque son élan le précipita sur moi.

Je le repoussai. Il tomba, mais la moitié de son corps rattachée à sa tête essayait encore de repartir à l'assaut. Son côté gauche ne tenait plus à son torse que par quelques centimètres de chair, mais il n'était toujours pas mort ?

— Salope, articula-t-il d'une voix rauque.

J'écarquillai les yeux. Il pouvait aussi parler ?

Je n'avais pas envie de voir de quel autre exploit Hannibal était capable. Un nouvel éclair acheva la boucherie, mais je n'eus pas le temps de me reposer sur mes lauriers. De nouveaux bruits de pas résonnèrent dans le couloir.

— Alors, on m'invite pas à la fête ? demanda une voix joviale.

Je n'attendis pas qu'il se rende compte que la « fête » avait pris un tour macabre. Dès que je l'entendis approcher de la porte, j'envoyai un éclair dans le couloir. Il toucha le Pirate qui me regarda avec une expression éberluée, et tout ce qui se trouvait au-dessus de sa mâchoire glissa, puis heurta le sol avec un bruit sourd. Le reste de son corps en fit de même quelques instants plus tard.

— Bordel de merde !

Je sentis une nouvelle montée d'adrénaline. Le quatrième garde regarda le cadavre du Pirate avec incrédulité, puis il disparut dans l'escalier avec une vitesse toute vampirique.

Je me précipitai à ses trousses. J'avais l'impression que mon cœur allait éclater, mais je ne savais pas si c'était dû au désespoir ou à l'épuisement. Le vampire était déjà aux commandes du bateau. Il appuya sur un bouton et tourna la tête pour me regarder...

L'éclair lui percuta le visage, mais je me trouvais trop loin pour qu'il soit mortel. Je lui en lançai un second en arrivant sur le pont, mais je trébuchai dans ma précipitation. Je sentis immédiatement une forme lourde me tomber dessus et m'immobiliser avant de m'écraser la tête contre l'épaisse paroi en fibre de verre.

Le cinquième garde était entré dans l'arène.

Ma vision se troubla et la douleur enflamma mes sens, mais je savais que si je me focalisais dessus, j'étais morte. Au lieu de me protéger la tête, comme m'y poussait mon instinct, je posai la main droite sur le vampire et mobilisai toute l'énergie qui me restait pour lui envoyer une décharge.

La sensation de poids disparut immédiatement. Je rampai si rapidement en arrière que je manquai de tomber par-dessus bord, mais je me rattrapai au bastingage juste à temps. Je m'y agrippai puis, avec une résolution affolée, cherchai à voir où était mon agresseur.

Personne ne se précipita sur moi. D'ailleurs, plus rien ne bougeait sur le pont. Je m'appuyai sur le bastingage pour me relever. La nausée me donnait le tournis, et la force des vagues m'empêchait de trouver l'équilibre. Avant même d'avoir fait un pas, je glissai en maudissant ma maladresse. Puis je regardai à mes pieds... et restai bouche bée.

Si j'avais glissé, ce n'était pas parce que je n'étais pas encore remise du choc qu'avait subi mon crâne. C'était parce que le pont était recouvert d'une matière qui ressemblait à des lasagnes. Il me fallut quelques secondes pour comprendre de quoi il s'agissait.

Ce n'était pas des lasagnes, mais les entrailles du vampire qui m'avait sauté dessus. Il ne pouvait s'agir que de cela ; son comparse était écroulé sur les commandes, et son corps se flétrissait lentement, comme lorsque les vampires mouraient pour de bon. J'avais envoyé une telle quantité d'électricité à mon agresseur qu'il avait explosé.

J'avais envie de rire de soulagement, mais aussi de retourner au bastingage en rampant pour vomir jusqu'à m'en évanouir. J'avais voulu tuer mes geôliers, et j'étais parvenue à mes fins, mais je ne m'étais pas doutée du véritable potentiel de mes capacités. Comme toujours, leur véritable étendue me prenait par surprise.

Plusieurs coups sourds me tirèrent de ce spectacle morbide. Ils provenaient de sous le pont, et j'éprouvai un sentiment d'espoir mêlé de prudence. S'agissait-il de Maximus ? Ou bien d'un autre garde qui tentait de m'attirer dans le piège dont je m'étais servie pour ses complices ?

Je m'approchai de l'escalier étroit et le regardai avec résignation. J'étais totalement épuisée, mais le combat n'était peut-être pas terminé. Mes adversaires ne s'accordaient aucun répit, et je devais m'imposer le même rythme qu'eux.

Je n'essayai même pas de faire preuve de discrétion. Même avec tous les efforts possibles, jamais je ne pourrais prendre par surprise un vampire qui savait que j'arrivais. Ma main droite était désormais ma seule défense, et elle me faisait penser à une ampoule électrique au bord de son dernier grésillement. Les coups redoublèrent. J'étais passée sous le pont, mais ils semblaient provenir d'encore plus bas. Ce bateau avait-il donc un autre étage ?

Chaque mouvement de l'embarcation me faisait tressaillir, car je m'attendais à tout moment qu'un sixième agresseur me bondisse dessus. L'unique porte ouverte dans l'étroit couloir menait à la cabine jonchée de cadavres ; pourtant, je n'étais pas seule. Les bruits continus en étaient la preuve.

J'avais atteint l'extrémité du couloir lorsqu'un coup vibra juste sous mon pied. Je bondis en arrière, ma main produisant de faibles étincelles, puis je remarquai le loquet sur le sol.

Il s'agissait d'une cale fermée de l'extérieur. Je pouvais donc éliminer l'hypothèse d'une attaque imminente par un sixième garde. Un nouveau coup sourd résonna dans le silence. *Maximus*, me dis-je en tombant à genoux de soulagement. Je tirai le verrou, ouvris la trappe à toute volée… et restai bouche bée.

— Pitié, marmonna une fille à la peau striée de rouge.

Elle avait les yeux fermés, et je vis qu'elle était entourée d'autres formes aussi ensanglantées qu'elle.

Mon premier réflexe fut de la tirer hors de la cale, mais je me retins de la toucher. Je m'étais vidée de toute mon électricité, mais mon contact lui serait tout de même douloureux, et elle me paraissait déjà aux portes de la mort.

Je repensai à ce que Hannibal avait dit à Stephen : « *Va plutôt sauter une des filles de la cale.* » Je n'avais pas été la seule marchandise transportée par Hannibal.

— Ça va aller.

Malgré mon épuisement, ma voix résonnait de force sous le coup de la colère. La fille battit des cils et ouvrit les yeux.

— Qui êtes-vous ? grommela-t-elle.

— Une personne qui vient de tuer tous les vampires qui étaient à bord, répondis-je.

À présent que j'avais découvert ce que contenait la cale, mes capacités ne me dégoûtaient plus. Au contraire, j'étais heureuse d'avoir transformé le cinquième garde en charpie.

Un faible sourire se dessina sur ses lèvres, puis s'effaça tandis qu'elle refermait les yeux. Je secouai la trappe pour attirer son attention.

— Non, tu ne dois pas perdre connaissance, et il faut également que tu réveilles toutes celles qui sont encore en vie. Dis-moi que tu as compris.

Elle rouvrit les yeux, bleus comme ceux de Gretchen. Elle semblait avoir le même âge que ma sœur. Ma colère enfla encore.

— OK, répondit-elle avant de secouer sa voisine la plus proche. Lève-toi, Janice. Les secours arrivent.

Je me redressai avec une détermination revigorée. Leur calvaire était terminé.

J'ouvris toutes les portes du petit couloir. Les deux premières donnaient accès à des placards, la troisième à une salle de bains et la quatrième…

Je me précipitai en avant. Maximus se trouvait sur le sol d'une minuscule cabine, de l'adhésif sur la bouche et une sorte de câble effilé en argent autour des chevilles et du cou. Le métal était si serré qu'il lui tranchait la peau par endroits, comme s'il avait lutté pour se dégager.

Si j'essayais de l'ôter, je ne réussirais qu'à me couper les doigts, mais rien ne m'empêchait de détacher le bâillon. Je l'arrachai, puis giflai mon ami en constatant qu'il n'ouvrait pas les yeux.

— Maximus, réveille-toi !

Aucune réaction. Si je n'avais pas su que les vampires se transformaient en momies flétries lorsqu'ils mouraient pour de bon, j'aurais juré qu'il était trop tard. Enfin, avec une lenteur insoutenable, il ouvrit les yeux.

Je le regardai, horrifiée. Le blanc de ses yeux était strié de lignes gris foncé. En l'examinant plus attentivement, je découvris que sous le sang séché, sa peau portait les mêmes marques.

— Ils ont laissé tout l'argent liquide dans ton corps, murmurai-je.

Maximus ne répondit pas. Ses yeux se révulsèrent et il frissonna si fort que le câble lui arracha plusieurs fragments de chair. Marty m'avait expliqué ce qui arrivait à un vampire s'il ne se débarrassait pas suffisamment vite de l'argent liquide dans son organisme. Maximus n'allait pas mourir… mais son sort serait bien pire : ses capacités mentales allaient dégénérer jusqu'à la folie, et une fois ce stade atteint, il ne serait plus possible d'inverser le processus. Même si je coupais le câble tranchant qui l'immobilisait, le vrai poison continuerait à le détruire de l'intérieur.

Maximus ne pouvait pas m'aider à sauver les jeunes femmes agonisantes enfermées dans la cale. Il ne pouvait même pas se sauver lui-même.

Chapitre 16

Je fouillai les cadavres des vampires. Seul Hannibal avait un portable, mais il avait été coupé en deux comme son torse. Je perdis ensuite plusieurs minutes à essayer de faire marcher la radio de bord, mais elle avait grillé lorsque j'avais tué le vampire affalé dessus. Même s'il avait existé un numéro vert pour joindre les vampires, je n'avais aucun moyen de le composer. Je ne voyais pas de lumière aux alentours, ce qui semblait indiquer qu'il n'y avait aucun autre bateau à proximité… mais de toute façon, je n'aurais pas pu l'atteindre. Le moteur était tout aussi hors d'usage que la radio.

J'avais envie de hurler de frustration. Il y avait forcément quelque chose que je pouvais faire !

Lentement, la logique prit le pas sur ma colère. Je pouvais attendre que le bateau dérive jusqu'à la terre ou qu'il croise le chemin d'une autre embarcation, mais cela condamnerait tous les autres occupants à bord. Il existait toutefois un vampire que je pouvais contacter sans avoir recours à la technologie, et en dépit de toutes les raisons qui me retenaient de le faire, je n'avais pas le choix, à moins de laisser mourir les prisonnières et de voir Maximus sombrer dans la folie.

Je m'assis sur une portion du pont vierge de tout morceau de cadavre. Les cheveux balayés par le vent, je passai ma main droite sur ma peau jusqu'à y localiser une essence familière que je suivis immédiatement. Quelques secondes plus tard, le pont disparut et je me retrouvai sur le parking du motel où j'avais été enlevée.

Les gyrophares des voitures de police inondaient l'extérieur de mon ancienne chambre d'un éclat bleu et rouge. La fenêtre avait été presque entièrement pulvérisée et les murs étaient grêlés d'impacts de balles. La fusillade avait certainement causé autant de dégâts dans la pièce. Je remarquai alors une silhouette aux cheveux noirs à la limite du parking, en train d'aboyer en roumain dans son portable.

Sa présence sur les lieux de mon enlèvement n'augurait rien de bon, mais il fallait que je tente ma chance. Jamais je ne pourrais supporter de vivre avec la mort de Maximus et de ces malheureuses prisonnières sur la conscience.

— Raccroche, Vlad, dis-je sèchement. Il faut qu'on parle.

Son visage prit une expression de surprise. Il se retourna vivement, comme pour tenter de me localiser, et raccrocha abruptement.

— Leila. Où…

— Tu es venu admirer le travail de ton sbire ? l'interrompis-je en passant directement à l'offensive. Si c'est le cas, tu peux être fier de lui. Hannibal a démoli le motel sans la moindre considération pour les innocents qui y logeaient, et tout ça pour quoi ? Pour cribler Maximus de tellement de balles en argent liquide qu'il ne pouvait même plus bouger.

Des flammes s'embrasèrent sur ses mains.

— Je n'ai rien à voir là-dedans. Dis-moi où tu es. Tout de suite.

Il me demandait peut-être cela parce qu'il avait compris que j'étais parvenue à me libérer, mais comme je l'avais dit à Maximus, si Vlad avait voulu me tuer, j'étais persuadée qu'il n'aurait pas utilisé un moyen aussi lâche. Mais j'avais tout de même une question à lui poser.

—Alors qu'est-ce que tu fais là ? Et éteins tes mains, l'endroit grouille de flics.

Comme pour confirmer mes propos, un agent s'approcha de Vlad et le regarda d'un œil méfiant, comme l'aurait fait toute personne sensée.

— Vous, là, qu'est-ce que vous avez aux mains…

—Ferme-la et dégage, ordonna Vlad avec un éclair vert.

Il fit néanmoins disparaître les flammes. Le policier retourna vers le motel et Vlad continua sans se soucier de cette interruption.

—Je suis venu parce que j'ai localisé le portable de Maximus dans cette zone, mais je ne suis pas à l'origine de cette attaque.

— Si c'est vrai, on a un autre problème, parce que le vampire qui m'a enlevée savait des choses sur moi que seuls toi et quelques-uns de tes gardes connaissiez.

Les traits de Vlad se durcirent.

—Ah ?

— Chaque chose en son temps. Tu ne sembles pas surpris que je sois en vie. Ça veut donc dire que je me suis vraiment connectée à toi dans mon sommeil, n'est-ce pas ?

Ses mains ne se rallumèrent pas, mais elles prirent brièvement une teinte orangée, comme s'il contenait les flammes qui ne demandaient qu'à sortir.

— Oui. Il est possible que tu puisses te connecter à moi sans rien toucher parce que nous avons chacun bu le sang de l'autre, ou bien tes pouvoirs sont plus puissants que tu le penses. D'une manière ou d'une autre, tes « rêves » étaient réels.

Je soupirai. Au fond de moi, je l'avais toujours su, même lorsque j'avais tout fait pour le nier. Et cela signifiait que je devais commencer par marchander avec lui.

—Promets-moi que tu ne tueras pas Maximus et je te dirai ce que je sais de notre localisation.

Vlad grogna quelques mots en roumain. Je ne compris pas tout mais reconnus plusieurs jurons.

—Nous n'avons pas le temps de jouer, répondit-il.

—Je sais, rétorquai-je. Je suis avec plusieurs humaines qui ont besoin de soins médicaux, et un vampire en train de sombrer dans la folie à cause de l'argent qui coule dans ses veines, mais tu m'as dit que tu comptais tuer Maximus. Donc à moins que tu ne jures sur les tombes de ton père et de ton fils que tu le laisseras en vie, je ne te dirai rien. Ah oui, et tu n'as pas non plus le droit de le torturer, ajoutai-je en me rappelant la manière dont il avait tenu sa promesse de ne pas tuer Marty.

Les yeux de Vlad passèrent du cuivre au vert et s'embrasèrent avec une telle intensité que je me surpris à penser que si les dragons existaient vraiment, ils auraient certainement de tels regards. Je me dis ensuite que c'était fichu, car il m'adressa le sourire à la fois affable et mortel que je lui avais vu juste avant qu'il réduise l'un de ses ennemis en cendres.

—Sur les tombes de mon père et de mon fils, moi, Vladislav Dracul, je jure de ne pas torturer ni tuer Rossal de Payens, que tu connais sous le nom de Maximus.

Il se tut, comme pour me laisser le temps de digérer sa réponse.

—Et maintenant, Leila, où es-tu?

Vlad était connu pour son honnêteté, mais j'avais tout de même l'impression d'avoir oublié quelque chose. Néanmoins, j'avais fait de mon mieux, et Vlad était la seule chance qui restait à Maximus et aux humaines enfermées dans la cale.

—Sur un bateau, et vu que je ne suis pas restée évanouie très longtemps, on est forcément sur le lac Michigan…

Lorsque le soleil se leva, trois heures plus tard, je n'avais toujours pas vu un seul autre bateau. D'une certaine manière, ce n'était pas plus mal. Jamais je n'aurais pu expliquer la situation aux gardes-côtes, et cela signifiait également que le patron de Hannibal n'avait pas découvert que son « paquet » avait tué tous ses livreurs.

Je me trouvais en bas, et je partageais mon temps entre Maximus et les autres victimes, qui avaient été mordues. Je ne pouvais pas faire grand-chose à part leur donner des couvertures, de l'adhésif et du tissu pour improviser des pansements, et de l'eau pour celles qui étaient conscientes. J'avais envisagé de leur faire boire le sang de Maximus, mais la dernière fois que je m'étais approchée de lui, j'avais dû effectuer un saut précipité en arrière pour éviter qu'il m'arrache un morceau de cuisse avec les dents. Soit la douleur l'avait fait réagir par instinct, soit la folie avait commencé à s'emparer de lui.

Sans grande conviction, je me mis à prier que les secours ne tardent pas.

Je retournais à la cale lorsque je me retrouvai soudain paralysée. J'avais l'impression qu'un poing géant et invisible m'enserrait des pieds à la tête et m'empêchait de respirer. Paniquée, je voulus hurler, mais je ne pouvais pas bouger d'un millimètre, et encore moins inspirer. Même mon électricité semblait s'être immobilisée.

Mes oreilles se mirent à bourdonner, de plus en plus fort à mesure que les secondes passaient. Puis, aussi brutalement qu'elle était venue, cette horrible sensation d'étouffer disparut. Je m'écroulai en avalant de grosses bouffées d'oxygène. Je dus battre plusieurs fois des paupières pour évacuer les larmes et les points noirs qui obstruaient ma vision, puis je levai la tête… et me figeai une nouvelle fois, mais pour une tout autre raison.

Vlad se tenait devant moi, ses cheveux noirs en bataille, avec un air à la fois dur et triomphant sur ses traits ciselés. Ses vêtements bleu clair étaient trempés et presque transparents.

Je clignai des yeux et me demandai si je m'étais évanouie sans même m'en rendre compte.

Un petit sourire se forma sur ses lèvres.

— Je suis bien réel, Leila. La preuve.

Il me saisit par les bras et m'aida à me relever. Mes jambes tremblèrent, mais je restai debout. Je touchai alors ses poignets malgré les morceaux de caoutchouc déchirés qui pendaient encore de mes mains. Je sentis la brûlure de sa peau au moment même où mes courants se déversaient en lui.

D'accord, il était bel et bien réel.

Il est encore plus beau que dans mon souvenir. C'était bien la dernière pensée que j'avais envie qu'il entende, mais cela n'avait aucune importance. À son grand sourire, je compris qu'il l'avait interceptée. Je passai outre et abordai un sujet moins futile.

— Que s'est-il passé ? Je ne pouvais plus bouger.

— Mencheres est avec moi, répondit-il comme si cela expliquait tout.

Je fronçai les sourcils.

— Et ?

Il laissa retomber l'une de ses mains mais resserra l'autre autour de mon bras.

— Viens.

Je le suivis dans le petit escalier. Une fois à l'air libre, j'aperçus le vampire égyptien, lui aussi trempé jusqu'aux os, en train d'observer les restes de mes geôliers avec une admiration détachée. Il se retourna et se protégea les yeux de l'éclat du soleil matinal.

— Je m'excuse d'avoir utilisé mes pouvoirs sur toi, Leila. Nous pensions qu'il était nécessaire d'immobiliser tout le bateau au cas où quelques-uns de tes gardiens auraient survécu.

Parce que tu crois que je n'aurais pas repéré un autre type qui aurait essayé de me tuer? pensai-je avec lassitude.

— L'un d'entre eux aurait pu sauter à l'eau et attendre que tu ne sois plus sur tes gardes, répondit Mencheres, ce qui me rappela que Vlad n'était pas le seul télépathe à bord. C'est pour cela que nous avons parcouru les derniers kilomètres à la nage. Nous étions moins repérables sous l'eau.

— Donc c'est à cause de vous que j'ai eu l'impression d'être enfermée dans une sorte de carcan invisible?

Il haussa les épaules.

— Je peux contrôler les choses par l'esprit, dit-il comme si le sujet ne valait pas la peine qu'on s'y attarde.

Avec une telle capacité, Vlad devrait l'inclure dans toutes ses missions de sauvetage. Et aussi dans tous ses assauts...

Un grognement me fit lever les yeux. Vlad avait le visage fermé, ce qui me rappela que l'heure n'était pas à la plaisanterie.

— Je vous remercie tous les deux d'être venus, dis-je d'une voix froide. Les femmes blessées sont dans la cale et Maximus dans l'une des cabines.

Nouveau bruit sinistre de Vlad.

— Je sais. J'ai senti son odeur.

— Les humaines ont besoin de sang, dis-je sans y prêter attention. Et il faut purger Maximus de l'argent qui coule en lui. Il montre déjà des signes de... d'instabilité mentale.

Sur ces mots, je redescendis en prenant bien soin de chanter la première chanson qui me passa par la tête. La proximité de Vlad était bien plus troublante que le fait de le voir en rêve. Toutes les émotions que j'avais essayé d'étouffer refaisaient surface avec une intensité impitoyable, et je ne parlais là que de l'effet qu'il avait sur mon cœur. Mes mains picotaient encore du bref contact avec sa peau, et si je continuais à loucher sur son corps moulé explicitement dans ses vêtements mouillés, aucun vampire à la ronde ne pourrait avoir de doute sur le sentiment qui m'animait.

Il repartira vite, me consolai-je. Je pourrais alors maîtriser ces émotions perfides en traquant l'assassin de Marty. Hannibal avait dit qu'il ne connaissait pas l'identité de son employeur, mais il me suffirait de fouiller les souvenirs incrustés dans ses os pour savoir s'il m'avait menti.

J'étais entrée dans la cabine de Maximus sans même y réfléchir. Il n'avait pas bougé, mais je remarquai une différence notable. Il avait les yeux ouverts, striés de veines argentées hideuses, et ils étaient fixés sur un point derrière mon épaule.

Je me retournai. Vlad se trouvait dans l'embrasure de la porte. Il regarda Maximus, le visage froid et inexpressif, puis, presque avec nonchalance, sortit un couteau.

Maximus referma les yeux, soit par résignation, soit parce qu'il avait de nouveau sombré dans l'inconscience. Sans même que j'aie à me concentrer, une lanière d'électricité jaillit de ma main.

— Tu avais promis !

Vlad regarda ma main et ses yeux tournèrent au vert.

— Tu me menaces ?

Sa voix était douce… et mortelle. Je sentis mon ventre se tordre sous l'effet d'une résolution mêlée de peur. Ses flammes pouvaient me tuer avant que j'aie eu le temps de bouger, mais il était hors de question que je recule.

— Si tu t'apprêtes à trahir ta parole, oui.

Tout à coup, il me prit le poignet, les doigts durs comme de l'acier. N'importe quel autre vampire aurait été projeté en arrière au contact de ma main droite à pleine charge, mais Vlad absorba le courant comme s'il ne s'agissait que d'un peu d'électricité statique. Puis il se pencha et repoussa mes cheveux de mon visage de son autre main.

Celle qui tenait le couteau.

—Je te l'ai déjà dit… Je n'aime pas qu'on me traite de menteur.

Le souffle de ses paroles me caressait doucement le cou.

—Et plus important encore, poursuivit-il si je décidais de revenir sur ma promesse, tu ne pourrais rien pour m'en empêcher.

Avec la même rapidité inhumaine, il s'agenouilla devant Maximus et coupa le câble effilé avec une efficacité brutale. La lanière d'électricité que j'avais invoquée s'enroula sur elle-même avant de disparaître dans ma main, telle une tortue rentrant à l'abri dans sa carapace.

En effet, il avait démontré que j'étais impuissante à l'arrêter, même sans ses dons de pyrokinésie. À ce moment précis, ma situation m'apparut sans le moindre fard : je n'étais rien d'autre qu'une femme totalement dépassée par les créatures qui l'entouraient. D'un seul coup, je me sentis submergée par la solitude. Je n'appartenais pas au monde des vampires, mais à cause de mes particularités, j'étais également au ban de celui des humains.

Je tournai les talons et quittai la pièce. J'étais une paria partout où j'allais, et je ne pouvais rien faire contre cela, mais je pouvais au moins avertir les survivantes terrifiées que les secours étaient enfin arrivés.

Chapitre 17

Lorsque je remontai sur le pont, je vis Mencheres et Vlad en pleine conversation, mais ils parlaient trop bas pour que j'entende leurs paroles. Ils se turent néanmoins dès qu'ils m'aperçurent.

J'étais trop épuisée pour ricaner. Ils auraient au moins pu faire l'effort d'être discrets, non ?

— Mon associé va bientôt venir nous chercher, dit Mencheres.

Tant mieux. J'étais repassée voir Maximus, car il était encore en moins bon état que les jeunes femmes, ce qui n'était pas rien.

— Déposez-moi n'importe où dès que vous vous serez occupés des rescapées, répondis-je en regardant attentivement les cadavres.

Je ne m'en étais pas préoccupée lorsque je les avais fouillés à la recherche d'un portable, mais quelques-uns avaient du liquide sur eux. J'en aurais besoin pour traquer la vampire inconnue.

— Inutile de leur faire les poches. Tu viens avec moi.

Je relevai vivement la tête, incrédule. Vlad m'adressa un sourire à la fois charmant et provocant, et son expression semblait me mettre au défi de discuter son ordre.

Je relevai le gant.

— Non, je ne viens pas avec toi, parce que mes problèmes ne te concernent plus, répondis-je sur un ton plus froid que de l'azote liquide. C'était vraiment arrogant de ta part de supposer que j'accepterais sans broncher.

— Au contraire, ils me concernent tout à fait, répliqua-t-il d'une voix aussi plaisante que la mienne avait été glaciale. Si je ne réagis pas lorsqu'on tente de tuer, puis d'enlever mon ancienne maîtresse, mes ennemis en déduiront que je suis faible et en profiteront pour attaquer ma lignée.

— Je ne fais pas partie de ta lignée et je n'ai pas besoin de ta protection, comme tous ces cadavres devraient te le faire comprendre.

Le sourire de Vlad ne vacilla pas d'un millimètre. Je me raidis, car je savais qu'il n'était jamais plus dangereux que lorsqu'il souriait.

— À ta guise, dit-il avant de regarder la trappe menant à la soute. Leurs cœurs ne battent plus que faiblement, et elles risquent de ne pas survivre jusqu'à l'hôpital. Quel dommage.

Je serrai les poings, seul signe de la fureur qui faisait rage en moi.

— Tu as promis de les soigner.

— Non, répliqua-t-il immédiatement. Tu m'as fait jurer de ne pas tuer ni torturer Maximus, mais elles ne faisaient pas partie de notre accord. Je veux bien les déposer à l'hôpital, mais mon sang a un prix.

Si je n'avais pas pensé à les inclure dans nos négociations, c'était parce que en temps normal, Vlad n'aurait rien exigé pour accepter d'aider des victimes innocentes. Mais je lisais sur son visage qu'il ne ferait rien d'autre que les emmener à l'hôpital si je refusais de l'accompagner, et je savais que cela ne suffirait peut-être pas. Seul du sang de vampire pouvait garantir leur survie.

Je regardai Mencheres, mais ce dernier semblait fasciné par les vagues qui venaient lécher la coque. *Bravo*, pensai-je, dégoûtée.

Il me répondit par un haussement d'épaules. Lui non plus ne m'aiderait pas. Une nouvelle fois, je maudis les limites que m'imposait ma condition humaine. Vlad me tenait, et nous le savions tous les deux.

— Guéris-les et assure leur sécurité, et je viendrai avec toi, dis-je, les dents si serrées que j'arrivais à peine à articuler.

Ses lèvres s'écartèrent en un rictus trop sauvage pour mériter le nom de sourire.

— Sage décision.

J'en doutais, mais à moins de vouloir la mort de ces femmes, je n'avais pas le choix.

Je regardais le bateau depuis l'hélicoptère. Nous étions suffisamment en hauteur pour que l'eau ne soit plus agitée par le souffle de l'hélice. Vlad était installé à l'avant avec Mencheres, et moi à l'arrière avec les humaines, en train de tenter de convaincre les plus apeurées d'entre elles que ces vampires-là n'en avaient pas après leur sang.

Mes tentatives pour les réconforter furent interrompues par une étrange lueur bleue qui entoura tout le bateau. Pendant quelques secondes, je restai interloquée, avant qu'un éclair coloré me fasse tourner la tête vers Vlad. Il semblait complètement détendu, un demi-sourire sur les lèvres, mais ses mains étaient noyées dans les flammes.

Je reportai les yeux sur le bateau. Je comprenais désormais l'origine de cette lueur bleue. Des flammes. Vlad garda cette décontraction déroutante, même lorsque le bateau explosa avec une déflagration assourdissante qui secoua l'hélicoptère et arrosa le lac de débris enflammés.

— Nous pouvons y aller, dit-il au pilote, un vampire blond et musclé que Mencheres avait appelé Gorgon.

Je fermai bruyamment la bouche. Vlad n'avait pas bourré le navire d'explosifs. Il l'avait détruit grâce à son pouvoir.

Je l'avais vu réduire des gens en cendres, mais j'étais loin de connaître toute l'étendue de ses capacités. Vu le feu d'artifice qu'il venait de réaliser, je me dis que je devrais me sentir flattée qu'il n'ait pas éclaté de rire devant mes menaces dans la cabine de Maximus. L'explosion du bateau avait été aussi dévastatrice que la bombe qui avait tué Marty…

— Merde, m'exclamai-je, car je venais de me souvenir de quelque chose. On a oublié de prendre des os sur les cadavres.

J'avais aussi perdu le membre carbonisé d'Adrian. D'un autre côté, Hannibal n'aurait probablement pas accepté de l'emporter si je le lui avais demandé. Les ravisseurs se montraient rarement coopératifs.

— Il ne s'agissait que de mercenaires ; je ne pense pas que tu y aurais trouvé quoi que ce soit d'utile, répondit Vlad.

Il ne me demanda pas d'explication concernant ma pensée à propos d'Adrian. Il avait dû déduire la raison pour laquelle Maximus et moi avions emporté un morceau de cadavre avec nous.

— J'ai fait sauter le bateau pour éliminer les preuves de ce que tu as fait, mais aussi pour envoyer un message à l'employeur de Hannibal, pour qu'il sache qu'à partir de maintenant, il me trouvera sur son chemin. Il ou elle, ajouta-t-il d'un air songeur.

Il avait aussi dû lire cela dans mes pensées. Maximus poussa alors un long gémissement.

— Pourquoi n'as-tu toujours pas commencé à purger son sang ?

Vlad garda le sourire, mais ses traits se durcirent.

— C'est une opération très sanglante. Si je le fais moi-même, tu m'accuseras de torture. Gorgon doit piloter l'hélicoptère, et même si Mencheres serait capable de maintenir Maximus immobile, tu n'as pas l'expérience nécessaire pour le faire correctement.

Je déglutis. J'étais révulsée à l'idée que Maximus continue à souffrir, mais il était hors de question que je dégage Vlad de son serment de ne pas le torturer. Cela allait donc devoir attendre.

— Où allons-nous ?

Par pitié, ne dis pas que nous retournons à ton château, ne dis pas que nous retournons à ton château…

— D'accord, répondit-il, des petits éclats émeraude dans ses yeux cuivrés. Je ne le dirai pas.

Pour la deuxième fois en dix minutes, je jurai. Vlad se contenta d'émettre un gloussement, aussi attirant et cruel que lui.

Mencheres et son épouse, Kira, habitaient près de Chicago, ce qui expliquait pourquoi il avait pu répondre aussi vite à l'appel de Vlad. Nous nous arrêtâmes d'abord chez lui, ce qui me soulagea pour plusieurs raisons. Premièrement, des hommes de Mencheres prirent immédiatement Maximus en charge. Deuxièmement, cela me donna la chance de prendre une douche et de quitter la combinaison de plongée trop grande pour moi dont Hannibal m'avait affublée. Kira me prêta généreusement l'une de ses tenues, et vu la splendeur de leur demeure, je compris qu'elle n'était pas pressée de la récupérer.

À peine avais-je eu le temps de m'habiller qu'il était déjà l'heure de repartir. Nous remontâmes dans l'hélicoptère et Gorgon nous emmena jusqu'à un aérodrome privé où nous attendait le jet de Vlad, prêt à décoller. Quant à Maximus… Vlad avait tenu parole, mais de toute évidence, il ne lui avait pas pardonné. Je n'eus même pas l'occasion de lui dire au revoir, mais je n'insistai pas, car cela n'aurait fait qu'aggraver les choses. Je n'avais pas voulu créer cette scission entre eux, mais j'en étais la cause.

Ce ne fut que lorsque nous montâmes à bord de l'élégant jet de Vlad que j'appréhendai ma situation dans toute sa gravité. Pour la deuxième fois de ma vie, je devais me réfugier chez Vlad contre mon gré parce qu'un inconnu cherchait à se servir de moi ou à me tuer, au choix. Et Vlad ne me protégeait que parce que c'était dans son intérêt. Dans le genre déjà-vu…

Lorsqu'il s'installa dans son siège et me tendit la main, comme la première fois, je sentis quelque chose claquer en moi.

— Non.

Il leva les sourcils.

— Tu préfères causer accidentellement un court-circuit et que l'avion s'écrase ? Ne fais pas l'enfant, tu sais bien que c'est soit ma main, soit des gants, et nous n'en avons pas.

— Je m'en fiche.

À mon grand désarroi, les larmes me montèrent aux yeux, mais j'avais épuisé mes forces pour me libérer et pour tuer mes ravisseurs, et il ne me restait plus rien pour résister au chagrin.

— Au cours du dernier mois, j'ai été rejetée, visée dans un attentat à la bombe, prise pour cible dans une fusillade, droguée et enlevée, mais je préférerais revivre tout cela plutôt que de te tenir la main en faisant semblant que… que tout ce qui s'est passé entre nous ne compte pas, parvins-je à dire avant que ma voix craque. Peut-être que cela ne te fait rien, mais ta simple présence m'est douloureuse, et je sais que te prendre la main sera mille fois pire.

J'essuyai mes larmes involontaires et me préparai à subir ses sarcasmes. Ou une autre explication froidement logique pour me faire admettre que mon état rendait cela nécessaire, mais Vlad ne dit rien. Il me regardait, et son détachement cynique se mua lentement en une intensité presque pathologique.

— Moi non plus, je n'ai pas envie de te toucher.

Ses paroles me firent l'effet d'une gifle, mais il continua sans me laisser le temps de répondre.

— C'est une expérience unique. Alors chaque fois que j'effleure ta peau, cela me rappelle avec cruauté ce que j'ai perdu. C'est à peine si je parviens à te regarder, parce que tu es encore plus belle que ce que je m'autorisais à me rappeler, et lorsque j'ai délivré Maximus de son câble et que j'ai senti ton odeur sur lui… jamais je n'avais eu à ce point l'envie de tuer quelqu'un. Mais je ne pouvais pas, à cause de la promesse que je t'avais faite. (Sa voix s'épaissit.) Maintenant, Leila, assieds-toi et prends ma main. Les pilotes attendent mon ordre pour décoller.

Des larmes coulaient toujours lentement sur mes joues, mais leur nature était désormais différente.

— Tu tiens à moi, murmurai-je avec une sorte d'émerveillement désespéré.

Il n'avait clairement toujours aucune intention de me dire qu'il m'aimait, mais je m'étais trompée en pensant qu'il ne ressentait rien pour moi. J'étais surprise qu'il m'ait avoué tout cela, mais franchement éberluée qu'il l'ait fait en présence de ses pilotes.

Vlad grogna.

— Ne t'inquiète pas. Je compte les tuer dès que nous aurons atterri.

J'éclatai de rire, chose qui m'aurait paru impossible cinq minutes plus tôt.

— Je suis sûre que non.

— Oh que si, s'ils répètent un seul mot de ce qu'ils viennent d'entendre.

Je le croyais sur parole, et même si cela ne faisait que souligner toutes les raisons pour lesquelles j'aurais dû fuir cet homme dangereux, arrogant et irrémédiablement complexe, je m'assis et lui pris la main. J'aurais pu me dire que je n'avais pas le choix, mais cela aurait été un mensonge. Il pouvait envoyer l'un de ses pilotes acheter des gants. À présent que j'y pensais, il aurait même pu le faire pendant que nous étions chez Mencheres, et j'aurais également pu apporter la combinaison en caoutchouc dont mes ravisseurs m'avaient revêtue. Après tout, je savais parfaitement quels dégâts je pouvais causer lorsque je voyageais en avion. Mais nous n'avions rien fait de tout cela, ni l'un ni l'autre. Au fond, c'était ce que nous voulions, en dépit de la souffrance que cela impliquait.

Sa main se serra autour de la mienne, et mes courants se précipitèrent en lui comme s'ils se réjouissaient eux aussi de le retrouver. Je croisai son regard, et autre chose passa entre nous. Ce n'était pas tangible comme l'électricité qui se déversait de mon corps dans le sien, mais tout aussi réel. Ce fut à peine si je remarquai que Vlad donnait l'ordre aux pilotes de décoller, et le ronronnement des réacteurs n'était rien à côté des battements de mon cœur lorsqu'il écarta mes cheveux pour me caresser le visage.

— Tu n'aurais jamais dû me quitter.

Je l'imitai et passai les doigts sur sa barbe de trois jours, puis sur la peau lisse de sa pommette.

— Tu n'aurais jamais dû m'y forcer.

Ses lèvres se contractèrent en quelque chose qui n'était pas vraiment un sourire.

— Tu ne souhaites pas réellement mon amour, Leila.

Je ricanai.

— C'est ce que tu penses ?

— C'est ce que je sais, répondit-il avec une pointe de colère dans la voix.

— Tu te souviens du rêve qui me hantait ? murmurai-je. Celui avec la cascade de flammes ? J'ai fini par reconnaître la voix qui me conseillait de partir. C'était la mienne, et toi, tu étais les flammes que je n'arrivais pas à retenir malgré tous mes efforts. C'est pour cela qu'il fallait que je te quitte, Vlad. Si j'étais restée, ton refus de simplement envisager de m'aimer aurait fini par me détruire.

Je fermai les yeux et posai un doigt sur ses lèvres lorsqu'il inspira pour répondre.

— Je n'ai pas envie qu'on se dispute. Pour l'instant, je veux simplement faire ce dont j'avais envie lorsque j'ai rêvé que j'étais dans cet avion, il y a quelques nuits.

Sur ces mots, je calai la tête au creux de son épaule et posai mon autre bras sur sa poitrine. Il se raidit mais ne fit rien pour me repousser.

— C'est ce que tu as essayé de faire quand tu t'es connectée à moi cette nuit-là ? demanda-t-il d'une voix rauque.

Je hochai la tête et me demandai s'il était en colère. D'accord, c'était une atteinte à son espace vital, et Vlad n'appréciait pas que les gens le touchent, mais à ma décharge, je m'étais crue dans un rêve...

Il passa le bras autour de mon épaule et tout son corps se détendit. Puis il me frôla le dessus de la tête, mais trop furtivement pour que je sache si c'était avec son menton ou avec ses lèvres. Le nœud entortillé et douloureux que je portais en moi commença à se desserrer.

Soudain, je regrettai que notre vol ne dure que douze heures.

Chapitre 18

Soit les somnifères que Hannibal m'avait donnés avaient un effet prolongé, soit j'avais sous-estimé mon épuisement, mais je dormis pendant la majeure partie du vol. Lorsque je me réveillai, Vlad avait recouvré sa réserve coutumière. Après réflexion, cela valait mieux. Rien n'avait vraiment changé, à part le fait que je savais désormais qu'il avait lui aussi été bouleversé par notre rupture. Cela soulageait ma fierté, mais sans avoir le moindre effet sur mon cœur toujours brisé. Les deux dernières heures de vol s'écoulèrent dans un silence tendu. Après l'atterrissage, nous montâmes en voiture. J'étais impatiente d'arriver chez lui pour pouvoir enfin mettre un peu de distance entre nous.

Bien entendu, comme chaque fois que je souhaitais quelque chose, c'était une mauvaise surprise qui m'attendait.

Je connaissais déjà sa demeure, mais lorsque la voiture s'arrêta et que j'en descendis, j'eus le souffle coupé. Devant moi se dressait une immense bâtisse de pierre grise et blanche, que les tourelles triangulaires à chaque coin rendaient encore plus impressionnante. Chaque pilier, chaque fenêtre, chaque balcon était finement sculpté, et des gargouilles en pierre montaient la garde au sommet des tours vertigineuses. La limousine aurait pu passer par la gigantesque porte du château, haute de quatre mètres et large de cinq, et ornée de heurtoirs antiques en forme de dragon. Nous n'eûmes pas à nous servir de ces derniers : dès que la voiture s'arrêta, les portes s'ouvrirent et un garde se posta de chaque côté.

J'étais en train d'admirer la beauté du paysage transformé par le printemps lorsqu'une jeune femme de petite taille, aux cheveux noirs coupés aux épaules, sortit à grands pas de la demeure.

— Gretchen ! m'exclamai-je, à la fois surprise et ravie de voir ma sœur. Qu'est-ce que tu fais i…

Une gifle sonnante interrompit ma phrase. Abasourdie, je la regardai bouche bée tout en portant la main à ma joue.

— Comment as-tu pu ? hurla-t-elle. Tu nous as laissés croire que tu étais morte ! Papa et moi étions en train d'organiser ton enterrement lorsqu'il… (elle désigna Vlad d'un large geste de la main) s'est pointé pour nous dire que tu étais en vie et que nous devions revenir ici pour notre propre sécurité ! Et ensuite, tu n'as même pas daigné nous contacter, et personne ne nous a rien expliqué, jusqu'à il y a dix minutes, quand on nous a dit que tu étais sur le point d'arriver !

— Papa est là aussi ?

— Oui, je suis là, répondit une voix dure derrière Gretchen.

La gorge serrée, j'avais l'impression d'avoir remonté le temps et d'être redevenue une petite fille qui attendait sa punition. Un homme mince aux cheveux poivre et sel apparut dans la porte. Il se tenait très droit, même s'il s'appuyait plus sur sa canne que la dernière fois que je l'avais vu.

— Vous avez tenu parole, dit-il en s'adressant cette fois-ci à Vlad.

— Je tiens toujours parole, répondit ce dernier avant de passer devant mon père et de disparaître dans le château.

— Qu'as-tu à dire pour ta défense ? demanda alors Gretchen.

J'ouvris la bouche… et rien ne vint. Que pouvais-je dire, en effet ? Que je leur avais caché que j'étais en vie parce que j'avais peur que Vlad ne se serve d'eux contre moi s'il avait été le commanditaire de la bombe ? À l'époque, cela m'avait paru la meilleure solution, mais à présent que je savais que Vlad s'était précipité pour les mettre en sécurité, ce n'était plus une explication valable.

Le remords que je ressentis alors fut plus douloureux que la gifle de ma sœur. J'avais laissé croire à ma famille que j'étais morte, mais j'avais fait de même avec Vlad, et pendant que j'étais en cavale avec Maximus parce que je me méfiais de lui, il avait tout fait pour protéger ma famille et pour me retrouver.

Jamais mes excuses ne parviendraient à rattraper cela.

— Je ne voulais pas vous faire de mal, finis-je par dire maladroitement.

Gretchen me fusilla du regard, puis tourna les talons et repartit dans la maison, furieuse. Quelques instants plus tard, il me sembla entendre une porte claquer.

Il ne restait plus que mon père et les deux vampires qui maintenaient les énormes portes ouvertes, une expression neutre sur le visage. Hugh Dalton me regarda longuement sans rien dire, puis soupira.

— Vlad nous a dit que tu pensais probablement nous protéger en nous trompant de la sorte. Est-ce que c'est vrai ?

— Oui.

Une boule monta d'un seul coup dans ma gorge. *Et en plus, il sait pourquoi je l'ai fait.* Rien n'aurait pu me submerger davantage de honte.

— Bon, poursuivit mon père avec un sourire glacial. J'aurais encore des choses à dire, mais je pense que la gifle de Gretchen les a parfaitement résumées. La prochaine fois, fais preuve d'un peu plus de jugeote, d'accord ?

J'avalai ma salive avec difficulté. Mes regrets étaient tellement nombreux que je ne savais pas par où commencer.

— Promis.

Un vampire du nom d'Oscar m'escorta jusqu'à la chambre où j'avais logé avant d'entamer ma relation avec Vlad. Elle se trouvait au premier étage, soit deux niveaux en dessous de celle de Vlad. La vue du lit à baldaquin, de la cheminée en marbre, de l'immense armoire antique et des murs indigo me déprima. Quelques mois auparavant, j'avais surnommé cette pièce la chambre du blues, à la fois à cause de sa couleur et de l'image psychique de la femme en pleurs qui m'était apparue. Elle avait fini par résoudre ses problèmes de couple, comme je l'avais découvert après les avoir rencontrés, elle et son mari. Les miens, par contre, étaient insolubles.

Il n'était que 10 heures en Roumanie, mais pour une maisonnée de vampire, cela correspondait au milieu de la nuit. Je n'essayai donc pas de parler à Vlad. J'avais dormi pendant presque tout le vol, mais il avait très bien pu rester éveillé pour veiller à ce que ma main ne cause pas de court-circuit. Sans compter que je ne savais pas vraiment quoi lui dire.

Je me douchai et choisis une tenue dans l'armoire. Sans surprise, elles étaient toutes à ma taille. La maison de Vlad ne manquait jamais de rien. Je descendis ensuite au rez-de-chaussée et passai devant plusieurs pièces magnifiques pour me rendre au coin est de l'étage.

J'entrai dans la cuisine et, à ma grande joie, y aperçus un visage familier.

— Bonjour, Isha, saluai-je la femme rondelette aux cheveux gris.

Il s'agissait de l'une des cuisinières du château. Les gardes et le personnel étaient tous des vampires, mais Vlad tenait à ce que les humains qui leur donnaient leur sang soient nourris comme des rois. Tout comme ses invités. J'aurais pu demander à être servie dans ma chambre, mais je préférais plus de simplicité.

Isha, qui était en train de trancher des légumes, s'interrompit dans son travail.

— Mademoiselle Dalton, répondit-elle avec un fort accent roumain. Que puis-je faire pour vous ?

Je clignai des yeux. Auparavant, elle m'avait toujours appelée par mon prénom, et était-ce bien de la colère que je lisais dans son regard, malgré sa politesse ?

— Ne vous dérangez pas pour moi, je descendais juste prendre des fruits et un peu de fromage.

Isha me bloqua l'accès à l'énorme réfrigérateur avant que j'aie pu faire deux pas dans la cuisine.

— Mademoiselle Dalton, dites-moi où vous aimeriez prendre votre petit déjeuner et je serai ravie de vous le faire servir.

Je la regardai, incrédule. Je ne comptais plus le nombre de fois où j'étais venue me servir dans la cuisine tout en discutant aimablement avec Isha ou l'un des autres cuisiniers.

— C'est inutile, je vais me servir moi-même, essayai-je à nouveau.

Sans se départir de son sourire, Isha fronça les sourcils, faisant apparaître des rides montrant qu'elle avait eu une soixantaine d'années lors de sa transformation.

— Je vous assure que ce sera un plaisir. Dois-je vous faire servir dans votre chambre ou dans le salon du premier étage ?

Son ton était d'une politesse parfaite, tout comme ses paroles, mais j'avais l'impression de me faire réprimander.

— Le salon, ce sera très bien. Euh, merci, madame…

Zut, je ne connaissais pas son nom de famille. Elle m'avait demandé de l'appeler Isha lors de notre première rencontre et nous nous étions toujours adressées l'une à l'autre par nos prénoms.

Elle me tourna le dos et retourna à sa planche à découper. Plus vite que ne l'aurait fait une machine, elle se remit à couper un tas de légumes en julienne, son couteau reflétant la lumière du soleil matinal.

Je quittai la cuisine, mais décidai de faire un détour pour retourner à ma chambre. Je voulais vérifier quelque chose.

Tout en me promenant au rez-de-chaussée, je pris soin de saluer toutes les personnes que je connaissais. Tout le monde me répondit avec une politesse impeccable, mais même ceux que je considérais jusque-là comme des amis faisaient preuve d'une froideur glaçante. Si mon odorat avait été aussi affûté que celui d'un vampire, j'aurais été prête à parier que l'odeur de la désapprobation m'aurait empli les narines.

Il était facile d'en deviner la raison. J'avais dû commettre l'irréparable en rompant avec leur Maître. Même s'ils m'avaient entendue lui en expliquer les raisons, ils semblaient tous penser que j'aurais dû m'estimer heureuse des quelques miettes d'affection que Vlad condescendait à m'accorder.

J'avais l'impression d'être un pare-chocs : tout ce que je touchais me rebondissait dessus et se sauvait aussi vite que possible. Je savais que je ne devais pas laisser la distance du personnel de Vlad me démoraliser, mais c'était plus fort que moi. Mon ventre émit un grognement et je me rappelai que je n'avais rien avalé depuis plus de vingt-quatre heures, mais au lieu de monter au premier étage, je pris la direction du petit escalier derrière le jardin d'hiver. J'arrivai à un couloir en pierre et ouvris la deuxième porte après la chapelle.

Le gymnase. J'avais passé une bonne partie de mon enfance dans cet environnement, et les poulies, les tapis, les poids, le trampoline et les barres asymétriques étaient pour moi plus que des outils d'exercice. Ils représentaient des machines à remonter le temps qui me transportaient jusqu'à un passé insouciant, à une époque où je n'avais pas encore saisi à pleine main le câble électrique qui m'avait infligé mes pouvoirs. Je montai sur le trampoline et commençai à sauter, mais cela me rappelait trop le numéro que je faisais avec Marty. Je redescendis et m'installai sur un tapis en repoussant un accès de chagrin.

J'entamai la série d'exercices que j'avais perfectionnée à treize ans, lorsque j'avais tenté d'intégrer l'équipe olympique de gymnastique. Mon corps n'était pas aussi bien entraîné qu'à l'époque, et je ne portais pas la tenue adéquate, mais je terminai tout de même la série. Puis je recommençai, et encore. Très vite, mon jean et mon tee-shirt furent trempés de sueur, mais je continuai néanmoins. Certains jours, si je m'acharnais suffisamment, je parvenais presque à entendre la voix de ma mère.

« Tu es ma petite championne. Je suis tellement fière de toi, mon cœur… »

— Leila !

La voix féminine qui venait de m'interpeller n'était pas le fruit de mon imagination. Une jeune femme aux cheveux blond vénitien traversa la pièce.

— Eh, les amis, Leila est revenue ! cria Sandra en direction du couloir avant de se précipiter vers moi en souriant. Pourquoi tu ne nous as pas prévenus ?

Sa joie sincère me mettait du baume au cœur. Si je n'avais pas risqué de l'électrocuter à mort, je l'aurais serrée dans mes bras pendant une heure.

— Je, euh…

J'avais peur de me faire enguirlander, ou rejeter une nouvelle fois.

— Je ne savais pas si vous étiez réveillés, terminai-je maladroitement.

Sandra éclata de rire.

— Il y a une heure, je dormais encore, mais ça ne m'aurait pas dérangée. Pourquoi es-tu revenue ? Est-ce que Vlad et toi…

— La voilà ! s'exclama Joe, interrompant Sandra.

En quelques secondes, j'eus fini de retrouver mes vieux amis et de rencontrer les nouveaux donneurs de sang du créneau du matin.

— Viens, tu as plein de choses à nous raconter, ordonna Sandra avant de sourire à pleines dents. Je n'avais pas vraiment envie de faire du sport, en fait.

Je ne pouvais pas tout lui dire, mais je pouvais lui donner quelques détails. De plus, il y avait une cuisine au sous-sol, et contrairement à celle du rez-de-chaussée, elle n'abritait aucun vampire glacial.

Chapitre 19

Après deux heures très agréables passées à rattraper le temps perdu avec Sandra et les autres humains, je remontai, pour une séance légèrement moins sympathique avec Gretchen et mon père. J'essayai de leur expliquer que quelqu'un avait posé la bombe qui avait tué Marty, et que cette même personne penserait que ma famille formait un excellent appât si elle apprenait que j'avais survécu. Mon père, lieutenant-colonel à la retraite, comprit et sembla prêt à me pardonner. J'ignorais si Gretchen en serait capable un jour.

Je pus enfin retourner dans ma chambre et prendre une nouvelle douche. Une fois lavée et habillée de vêtements propres, je regardai le ciel qui s'assombrissait et essayai de ne pas me demander si Vlad était en train de s'éveiller. De toutes les personnes qui m'en voulaient, c'était lui qui avait le plus de motifs de le faire. Malgré la froideur avec laquelle il avait mis un terme à notre relation et la difficulté que j'éprouvais à cohabiter de nouveau avec lui, je lui devais des excuses pour avoir cru qu'il était à l'origine de l'explosion du cirque. Je comptais bien régler cette dette dès que je le reverrais.

En attendant, je passai le temps en me demandant comment allait Maximus. Il n'était pas question que j'interroge le personnel, et si je posais la question à Vlad, cela risquait de le fâcher. Mais j'avais tout de même un moyen à ma disposition.

Je passai la main droite sur ma peau à la recherche de l'essence que Maximus y avait laissée. Puis je me concentrai jusqu'à ce que le décor de la chambre disparaisse et que je me retrouve dans le noir complet. L'espace d'un instant, je restai perplexe, puis je vis une lueur verte et j'entendis la voix de Vlad.

—… n'était pas mon choix. Je préférerais te tuer.

Quelqu'un poussa un gros soupir.

—Alors pourquoi ne le faites-vous pas ?

C'était la voix de Maximus. Je ne le voyais toujours pas, mais il semblait sain d'esprit, à mon grand soulagement. Où pouvaient-ils se trouver pour que je ne voie que l'éclat des yeux de Vlad ?

—Leila.

Mon nom resta en suspens dans les ténèbres, puis Vlad rit brièvement.

—Elle refusait de me dire où elle était tant que je ne faisais pas le serment de ne pas te torturer ni te tuer.

Maximus rit à son tour, lui aussi sans la moindre joie.

—Elle a oublié deux ou trois choses, comme l'emprisonnement éternel.

—Elle est jeune, répondit Vlad, et « éternel » est un grand mot. Dans un siècle ou deux, j'aurai peut-être surmonté ma colère et je te relâcherai.

J'entendis un bruit métallique, puis un autre éclair vert traversa l'obscurité : les yeux de Maximus, suffisamment lumineux pour que je voie son visage appuyé contre d'épaisses barres en acier.

—Elle sera morte depuis longtemps, répliqua-t-il d'une voix rauque.

Le regard de Vlad se fit encore plus brillant.

—Tu crois ?

Je savais à présent où ils se trouvaient et je sentis la colère m'envahir. Maximus n'était pas resté chez Mencheres. Il se trouvait une trentaine de mètres sous mes pieds, dans les cachots du château !

— Leila a refusé que vous la transformiez en vampire, répondit Maximus sur un ton plus dur. Elle ne veut plus de vous, si vous vous souvenez bien.

Vlad éclata d'un rire sourd mais inexorable, semblable à un tonnerre de printemps.

— Si tu en étais si sûr, tu ne m'aurais pas menti pour me faire croire qu'elle était morte. Tu devais te douter que je l'avais laissée me quitter, mais que je ne la laisserais jamais sortir de ma vie. C'est pour cela que tu l'as empêchée de me contacter en la convainquant que j'étais peut-être le commanditaire de l'attentat.

— C'était une possibilité, grogna Maximus.

En un éclair, Vlad posa les mains sur celles de Maximus. Il se pencha jusqu'à ce que seuls les épais barreaux métalliques séparent encore leurs deux visages.

— J'espère pour toi que tu le crois vraiment, dit-il doucement. Sinon, tu m'auras trahi pour rien.

L'éclat de leurs yeux me permettait de voir la moindre nuance de leurs visages de pierre. Puis, Maximus retira ses mains avec un petit sourire.

— Oh, je ne dirais pas que c'était pour rien.

Je restai bouche bée. Son insinuation était limpide, aussi bien pour moi que pour Vlad, dont les mains se couvrirent instantanément de flammes. J'étais offensée par ce qu'il avait osé suggérer, mais je ne pouvais m'empêcher de l'applaudir pour avoir eu le courage de le faire dans ces circonstances.

Des circonstances que je comptais bien modifier. De mon point de vue, cet emprisonnement dans un cachot équivalait à de la torture, d'autant plus que Vlad avait l'intention de l'y laisser croupir pendant un siècle ou deux.

Vlad aboya une réponse, mais au même moment, ma vision se brouilla et l'obscurité laissa place à une avalanche de bleu alors que je perdais la connexion.

Lorsque je repris enfin mes esprits, j'avais la tête qui tournait et je n'avais pas besoin de miroir pour deviner la nature du liquide tiède qui me coulait du nez. Ma fureur me faisait oublier tout le reste. Vlad pensait peut-être qu'il m'avait joué un beau tour, mais j'allais lui démontrer que ce n'était pas le cas.

J'essuyai le sang sur ma lèvre et sortis en trombe de ma chambre. Je descendis presque en courant jusqu'au rez-de-chaussée, pénétrai dans le jardin d'hiver et m'engageai dans le petit escalier. Je dévalai les marches deux à deux et, à l'entrée du tunnel, pris à gauche au lieu de tourner à droite comme je le faisais d'habitude. L'écho de mes pas résonnait dans le couloir, mais je ralentis sur les vingt derniers mètres. J'avais un plan pour forcer le passage des gardes, mais il tomberait à l'eau si j'arrivais devant eux en courant.

Après un virage, le couloir se rétrécissait pour aboutir sur une porte d'acier de trente centimètres d'épaisseur, gardée par deux vampires.

— Je suis désolé, mademoiselle Dalton, mais vous ne pouvez pas rester là, dit le vampire blond avant de froncer les sourcils. Vous saignez.

Je lui adressai mon plus beau sourire de demoiselle en détresse en priant pour qu'il ne traduise pas correctement la colère que je dégageais.

— Je sais, c'est pour ça qu'il faut que vous me laissiez passer. J'ai besoin des soins de Vlad. C'est peut-être grave.

Les gardes échangèrent un regard méfiant.

— Il ne vous a pas autorisée à descendre, déclara le second garde, qui était roux et bâti en force. Mais je serai ravi de vous donner mon sang…

— Est-ce que cela ne le mettrait pas en colère ? l'interrompis-je en écarquillant les yeux. Si je buvais votre sang alors qu'il est si près ?

Nouvel échange de regards, encore plus hésitant que le premier. Je souris intérieurement. *C'est ça. Réfléchissez à la possessivité des vampires, et n'oubliez pas que je ne buvais que le sang de Vlad lors de mon premier séjour.* Pour faire encore plus d'effet, je chancelai. Le garde blond me rattrapa, mais retira précipitamment les mains, l'air coupable, lorsque je me redressai.

Échec et mat.

— Je demande la permission de vous laisser passer, dit le rouquin.

Lui, par contre, ne se laissait pas aussi facilement berner. Un homme marié, certainement…

Je feignis donc l'évanouissement. Comme je m'y attendais, des bras musclés me rattrapèrent avant que je touche le sol. Le vampire me souleva et s'engagea dans l'escalier étroit menant aux oubliettes, si vite que je sentis le vent contre ma peau. Je gardai les yeux fermés et la tête affaissée tandis que nous passions d'autres postes de garde. Aucun des hommes de Vlad ne voulait endosser la responsabilité de ma mort, mais ils avaient trop peur de lui pour me donner leur sang de leur propre chef.

Lorsque la quatrième et dernière porte s'ouvrit enfin, je me redressai et repoussai les bras qui me tenaient. Je n'avais pas envie de leur faciliter les choses lorsque Vlad découvrirait le pot aux roses et qu'il ordonnerait qu'on me ramène en haut de gré ou de force.

— Reposez-moi, dis-je au garde.

Il s'agissait du vampire blond et pas de son collègue. Je n'étais pas surprise.

À peine mes pieds avaient-ils touché le sol que j'entendis la voix de Vlad gronder dans l'obscurité.

— Que fait-elle ici ?

Chapitre 20

Une lueur orangée précéda son apparition, et je vis que le monolithe, contrairement à ma dernière visite dans les oubliettes, était occupé. Deux vampires étaient pendus aux chaînes en argent hérissées de pointes qui étaient incrustées dans la roche. Un troisième était empalé devant eux. Alors que Vlad se rapprochait de nous, la lumière de ses mains enflammées me permit de voir par quelle partie de son anatomie le long pieu en bois était entré dans son corps.

— C'est répugnant, soufflai-je, temporairement distraite par ce spectacle.

Sans prêter attention à moi, Vlad pointa un doigt noyé de flammes en direction du garde.

— Tu viens de gagner une période de réflexion très douloureuse, Jameson.

— Mais elle saigne, protesta le vampire en me poussant légèrement en avant.

— Dans ce cas, il fallait venir me chercher, répondit froidement Vlad.

Les flammes disparurent et il me saisit la tête pour la tourner de force et m'empêcher de regarder ses prisonniers.

— Pas l'amener sans ma permission, continua-t-il toujours à l'intention de Jameson, même si c'était moi qu'il regardait. Tu auras une semaine d'empalement pour y réfléchir.

— Je n'avais pas envie que tu disparaisses sous mon nez comme tu sais si bien le faire, c'est pour ça que j'ai fait semblant de m'évanouir, dis-je sèchement en tentant en vain de repousser sa main. Tu as envie de punir quelqu'un ? Je suis là.

Sans me lâcher la mâchoire, il me saisit par les cheveux de son autre main pour m'immobiliser alors qu'il se penchait pour placer ses lèvres sur mon oreille.

— La voilà, ta punition, murmura-t-il. Le remords que tu éprouveras chaque jour qu'il passera sur ce pieu. Comme ça, tu y réfléchiras peut-être à deux fois avant de mentir à mes gardes.

Je voulus le repousser, mais il se dégagea et je faillis perdre l'équilibre. Vlad se tenait à un ou deux mètres de moi, sa tenue sombre le rendant presque invisible dans l'obscurité. Sans l'éclat émeraude de ses yeux, je n'aurais pas pu savoir où il était.

— Maintenant, j'attends tes excuses pour cette intrusion.

Il ne murmurait plus. Son ordre résonna dans cette pièce aux allures de caverne, mais je ne pus me retenir de ricaner.

— Je préférerais me vider de mon sang.

— N'importe qui d'autre que toi serait déjà mort pour m'avoir répondu ça.

Soudain, je me rappelai que la plupart des personnes qui pénétraient dans ces oubliettes n'en ressortaient jamais. Je n'avais considéré mon plan que de mon seul point de vue : je voulais exprimer le fond de ma pensée à mon ex pour la manière sournoise avec laquelle il avait trahi sa promesse, et pour cela, j'avais dû me débarrasser de quelques-uns de ses hommes de main.

D'un point de vue de vampire, par contre, j'avais mystifié des gardes surentraînés pour les pousser à trahir leur Maître en me laissant pénétrer dans ce qui était censé être la partie la plus inviolable du château. Pis encore, je l'avais fait sous les yeux de ses ennemis. L'équivalent humain serait probablement de gifler son ex lors de sa cérémonie de mariage tout en annonçant à l'assemblée qu'il avait un tout petit pénis. Mais cela n'aurait que des conséquences à court terme. Dans le système féodal des vampires, fondé sur la peur, les répercussions de mon acte se prolongeraient peut-être pendant des siècles, et je ne pouvais même plus invoquer mon statut de petite amie comme excuse.

— Tu commences enfin à comprendre, dit Vlad sur un ton plein d'ironie.

Je ne voyais plus Jameson, le garde blond qui m'avait emmenée jusqu'ici, mais même s'il était parti, je savais qu'il écoutait encore. Tous les gardes à qui j'avais joué ce tour écoutaient, et ils répéteraient mes propos au reste du personnel de Vlad, qui les relaierait à d'autres vampires, jusqu'à ce qu'ils arrivent aux oreilles de ses adversaires. Je préférais peut-être subir la vengeance de Vlad plutôt que lui faire mes excuses, mais ma fierté était loin d'être la seule chose en jeu.

Cela ne voulait pas dire que j'oubliais ce qu'il avait fait à Maximus.

— *Je vais filer doux pour l'instant, mais si tu refuses de me voir après ça, je ferai un tel scandale que tu seras forcé de m'empaler*, pensai-je sur un ton de défi.

Je m'éclaircis ensuite la voix et lui présentai mes excuses, contrainte et forcée.

— Je te prie de pardonner cette intrusion, s'il te plaît. Je n'aurais jamais dû venir ici, je suis désolée.

Ma voix était parfaitement contrite, mais je ne pouvais retenir les minuscules étincelles que produisait ma main droite.

Vlad me répondit avec un bref sourire.

— Je te pardonne, mais seulement parce que tu as dit « s'il te plaît ».

Très drôle, pensai-je. Puis je grognai en entendant les « s'il te plaît » criés en chœur par ses prisonniers. Je comprenais mieux pourquoi il était si lassé de cette formule.

— Je ne suis magnanime qu'envers une personne par jour, jeta-t-il par-dessus son épaule. C'est loupé pour aujourd'hui, et à votre place, je ne caresserais pas trop d'espoir pour demain non plus.

Il reporta les yeux sur moi.

— Maintenant, demande-moi de te soigner.

— *Tu vas vraiment trop loin*, pensai-je en le fusillant du regard.

Il m'adressa un sourire aussi charmant que féroce.

— Ce sont mes oubliettes, c'est moi qui commande ici.

Je l'agonis d'injures dans ma tête, en anglais et en roumain.

— Acceptes-tu de me donner ton sang pour me soigner ? demandai-je sagement à voix haute.

Nouveau sourire de Vlad, qui me montra cette fois-ci ses canines.

— Viens le chercher.

Je m'approchai de lui comme je l'aurais fait d'un cobra prêt à bondir… avec une prudence extrême. Une telle proximité avec Vlad était dangereuse, d'autant plus que nous étions toujours attirés l'un par l'autre. L'étrange temps mort du vol transatlantique était terminé ; le toucher équivalait à jouer – littéralement – avec le feu, et il s'était bien assuré que je n'avais pas le choix.

Bien sûr que si, siffla ma petite voix intérieure. *Refuse et encaisse la volée qu'il te donnera !*

Je me figeai en réfléchissant à cela, mais Vlad m'attira contre lui. Malgré ma colère, ce fut moi qui eus l'impression d'être électrocutée lorsque son corps toucha le mien.

L'espace d'un instant, je fermai les yeux et me régalai de cette sensation. Je les rouvris brutalement et lui lançai un regard de défi.

— Alors, tu me donnes ton sang ou pas ?

Son sourire fut remplacé par une expression féroce. Il porta son poignet à son visage, le mordit profondément et le plaça au-dessus de ma bouche.

Sans détourner les yeux, j'écartai les lèvres et sentis couler le liquide chaud et cuivré. Jamais je n'aurais cru que le goût du sang me manquerait, mais en une seule gorgée, je sus que cela avait été le cas avec le sien. J'avais les paupières lourdes d'une étrange extase, mais je refusais de fermer les yeux. Les garder ouverts était tout aussi dangereux. Son regard, lorsque je fermai la bouche sur les plaies pour aspirer, fit monter ma température interne de plusieurs degrés.

Ça aussi, ça t'a manqué ? murmurai-je en moi-même de façon provocatrice. Il ne s'agissait pas de ma voix intérieure que je détestais tant, mais de quelque chose d'autre. Cela venait d'un endroit qui ne s'éveillait que lorsque Vlad était près de moi.

Il écarta les lèvres, laissant apparaître les pointes de ses canines.

— Repose-moi la question et je te montrerai.

Une menace ? Une promesse sensuelle ? Les deux à la fois ? Je m'humectai les lèvres. Même cette dernière solution me donnerait plus de plaisir que je ne pourrais en supporter…

— Non, répondis-je avec véhémence.

Son étreinte était ma drogue de prédilection, et comme tous les accros le savaient, une seule dose était trop… et mille, pas assez.

Je le repoussai. Un éclat dangereux apparut dans ses yeux, mais il ne fit rien pour me retenir. Plusieurs torches s'allumèrent pour me permettre de trouver mon chemin jusqu'à la sortie sans trébucher ou tâtonner. Une fois à la porte, je me retournai.

— Je ne plaisantais pas. Il faut qu'on parle.

— Viens dans mon salon privé à 22 heures. Si tu n'es pas là, je considérerai que le sujet est clos.

Son salon privé, la pièce que je traversais autrefois tous les matins pour me rendre de sa chambre à la mienne. J'aimais autant me retrouver face à un peloton d'exécution que retourner là-bas, mais si je refusais, Maximus risquait de rester enfermé dans son oubliette pendant des siècles.

Le sourire que Vlad m'adressa avant de s'effacer dans l'obscurité montrait qu'il savait déjà ce que j'avais choisi.

Chapitre 21

J'entrai dans le salon à 22 heures précises. Vlad était installé sur le canapé, et deux verres de vin et une bouteille étaient posés sur la table basse en obsidienne. La télé était éteinte et les flammes de l'âtre illuminaient doucement le sofa couleur rouille.

Les souvenirs m'assaillirent aussi cruellement que je l'avais craint. Vlad et moi avions passé tant de soirées sur ce canapé à nous détendre en buvant du vin. Nous y avions également fait d'autres choses. La chaleur malvenue qui monta en moi n'avait rien à voir avec la flambée dans la cheminée.

Je tentai de l'étouffer en allant droit au but.

— Tu as bien compris pourquoi je voulais te voir, n'est-ce pas ?

Il éclata d'un rire qui tenait du grognement et du ronronnement amusé, et qui me fit un effet aussi troublant qu'énervant.

— Tu penses que j'essaie de te séduire ? C'est bien présomptueux de ta part, d'autant plus que je n'ai jamais laissé une ancienne maîtresse accéder de nouveau à mon lit.

Je regardai les verres, le décor romantique de la pièce, puis reportai les yeux sur lui. S'il n'essayait pas de me séduire, alors il me provoquait en m'agitant sous le nez ce qui était désormais hors de ma portée. Je portais une simple robe moulante bleu marine qui ne montait pas plus haut que mes genoux. Le pantalon noir de Vlad épousait ses jambes, et sa chemise blanche formait un contraste flagrant avec sa veste ébène taillée sur mesure. La chemise était ouverte sur son cou et le haut de son torse. Ses boutons de manchette en platine étincelaient à la lumière des flammes et ses longs cheveux noirs étaient rejetés en arrière, ce qui mettait en valeur la finesse de ses traits sensuels et la beauté de ses yeux cuivrés.

Il ne lui manquait que du chocolat fondu coulant lentement sur sa peau nue… et n'importe quel tribunal aurait considéré ce rendez-vous comme un piège sexuel.

Son sourire s'agrandit alors. Flûte, j'avais oublié de chanter pour lui bloquer l'accès à mes pensées !

— Bon. Je ne suis pas venue pour batifoler, alors on va s'en tenir à une soirée complètement platonique, dis-je d'une voix un peu trop voilée par l'émotion à mon goût.

— Comme tu veux.

D'un seul coup, il se retrouva à quelques centimètres de moi. J'avais les yeux au niveau de son col ouvert et de la peau que je venais d'imaginer dégoulinante de chocolat. Je déglutis. *Pense aux oubliettes et à ses promesses piétinées, pas au charme enivrant qu'il exerce, même sans dessert à lécher sur son torse !*

L'image de l'oubliette se révéla efficace.

— Il faut que tu relâches Maximus, déclarai-je d'une voix plus assurée.

— Non. Un verre de vin ?

Je clignai des yeux, le désir désormais noyé par la colère.

— Tu m'avais promis que tu ne le torturerais pas, mais pour moi, passer des siècles enfermé dans une oubliette, ça compte comme de la torture.

Vlad me tendit un verre, puis le but lui-même lorsque je le refusai d'un geste sec de la tête.

— Pas du tout, répondit-il, toujours avec le même calme crispant. J'ai personnellement expérimenté les deux, et je peux t'assurer que l'emprisonnement n'a rien à voir avec la torture.

— Tu joues sur les mots. Tu savais exactement ce que je voulais dire quand je t'ai demandé de jurer.

Il haussa les épaules.

— J'ai tenu la parole que je t'ai donnée. Si tu en voulais plus, tu aurais dû préciser.

— On m'avait donné des somnifères !

— Et tu m'as forcé la main, répliqua-t-il en fronçant les sourcils. Beaucoup de gens y trouveraient prétexte à invalider une promesse. Ce n'est pas mon cas, et Maximus savait qu'il ne pouvait pas me trahir impunément. Grâce à toi, le prix à payer est moindre.

— C'est exactement ce que tu as fait avec Marty, bouillonnai-je. Tu me fais une promesse qui ne vaut plus rien une fois que tu as trouvé comment jouer sur les mots, et tu as le culot de monter sur tes grands chevaux quand je te traite de menteur !

Vlad posa son verre avec une telle force que je crus que la tige allait se briser, puis se dirigea vers la porte. Lorsqu'il l'ouvrit, je supposai qu'il allait m'ordonner de partir, mais ce fut lui qui sortit.

— Où vas-tu ? demandai-je.

— Tuer Maximus, répondit-il sans se retourner. Puisque je suis un menteur, autant en profiter au maximum.

— Attends !

Je lui courus après. Il était déjà au bout du couloir, mais il se retourna en entendant mon cri affolé.

— Tu ne peux pas tout avoir, Leila. Soit je suis un menteur, soit je n'en suis pas un, et dans ce cas, tu n'as aucune raison de te plaindre de ce que j'ai fait à Maximus.

Pleine de rage, je cessai de me forcer à rester raisonnable.

— Sans lui, je serais morte dans cette explosion. Ça n'a donc aucune valeur à tes yeux ?

Il revint vers moi avec la démarche sereine d'un grand fauve. J'avais l'impression que le couloir rapetissait autour de moi. Plus il se rapprochait et plus mon instinct me faisait reculer. Ce ne fut qu'en voyant les murs aux lambris acajou que je me rendis compte qu'il m'avait repoussée jusque dans le salon.

— Bien sûr que si. C'est pour cela que je lui ai pardonné le fait qu'il m'a dit qu'il rendait visite aux membres de sa lignée alors qu'il n'était resté aux États-Unis que pour te surveiller. Par contre, je ne peux pas fermer les yeux sur ses mensonges répétés après l'explosion. Ceux-là n'avaient pas pour but de te sauver, mais de t'éloigner de moi parce qu'il te voulait pour lui seul.

— Il pensait vraiment que tu étais peut-être derrière tout ça, maugréai-je.

Vlad leva les yeux au ciel.

— Toi, tu l'as cru, mais Maximus savait parfaitement que je ne tuerais jamais une innocente par dépit.

— Il pensait que ton orgueil froissé t'avait peut-être rendu plus impitoyable que d'habitude.

— Non, il voulait te baiser.

Sa voix perdit alors son calme et se fit aussi tranchante qu'une lame acérée.

— S'il croyait vraiment tout ce qu'il t'a dit, ce n'était que pour soulager sa conscience du poids de sa trahison.

Tout à coup, ses yeux cuivrés devinrent vert émeraude.

— Il te désire depuis le premier jour. Quand j'ai découvert que tu étais en vie, je me suis demandé s'il avait réussi à te conquérir, et si vous n'aviez pas manigancé vous-mêmes cette explosion pour disparaître tous les deux.

— Tu as cru que j'avais fait un massacre pour simuler ma propre mort et m'enfuir avec Maximus ? demandai-je d'une voix aiguë à en briser les vitres.

— Tu pensais toi-même que j'avais ordonné ta mort parce que j'étais vexé que tu m'aies quitté, répliqua-t-il en me regardant droit dans les yeux. Tu t'es tout autant trompée que moi, alors ne joue pas les victimes.

J'explosai en entendant cela.

— De toi ou de moi, lequel des deux est le plus susceptible d'avoir tué tous ces gens ?

Le sourire qu'il m'adressa était aussi effrayant que la gueule d'un requin.

— Moi, mais tu aurais dû réfléchir. Martin, que j'ai torturé le jour de notre rencontre, m'a contacté après l'explosion, parce qu'il savait qu'elle ne venait pas de moi. Mais toi, pourtant, ma maîtresse adorée, tu en étais si convaincue que tu m'as laissé croire que tu étais morte.

Ce fut à peine si j'entendis sa dernière phrase. Mon cerveau s'était focalisé sur un détail qui avait transformé ma colère en choc.

— Marty t'a contacté après l'explosion ? Mais ça voudrait dire qu'il… qu'il n'est pas…

— Pas mort dans l'explosion, termina Vlad en retroussant les lèvres. Comme j'ai été cruel de te laisser croire qu'une personne à qui tu tenais était morte, n'est-ce pas ?

La joie qui me submergea était à la mesure de ma rage. Ces deux émotions, si éloignées l'une de l'autre, se révélèrent trop fortes pour moi. Je me précipitai sur Vlad, les yeux remplis de larmes de joie.

— Je te déteste ! grognai-je.

Il m'attrapa et me souleva du sol. Mes yeux se retrouvèrent au même niveau que les siens, et en voyant l'expression de son visage, j'aurais reculé si j'en avais été capable.

— Arrête, dit-il d'une voix dure comme la pierre. Tu es la seule personne que j'aie jamais laissée me frapper sans réagir, mais tu n'es plus ma maîtresse, et je ne ferai plus preuve de la même indulgence.

Je n'avais pas eu l'intention de le frapper. D'accord, j'avais voulu le secouer jusqu'à lui déchausser les canines pour m'avoir laissée croire que mon meilleur ami était mort – et Marty, d'ailleurs, ne perdait rien pour attendre ! – mais cette envie disparut dès que je le regardai dans les yeux. Son expression était si grave que j'aurais dû en éprouver de la peur, mais c'était un autre sentiment que je sentais monter en moi. Sans pouvoir m'en empêcher, je posai les yeux sur sa bouche. Elle semblait dure, mais je savais que si je me penchais de quelques centimètres, elle aurait la douceur du miel…

D'un seul coup, je sentis ses lèvres sur les miennes, et je sus que je m'étais trompée. Elles étaient aussi dures qu'elles en avaient l'air. Sa barbe de trois jours était également très râpeuse, et je savais que la force avec laquelle il me plaqua contre lui me laisserait des bleus.

Mais jamais je ne m'étais sentie aussi bien. L'extase qui m'envahit incendia tout sur son passage. Je lui rendis son baiser avec une telle sauvagerie que je m'ouvris les lèvres sur ses canines sans même le sentir. J'étais habitée par sa saveur, un vin épicé des fantasmes les plus inavouables. Par ses bras qui m'écrasaient contre lui et par sa chaleur qui transperçait mes vêtements. Par la brutalité sensuelle avec laquelle sa langue s'enroulait autour de la mienne, et par le désir impérieux de le toucher partout, aussi vite que possible. J'avais autant besoin de lui que de l'air que je parvenais à inspirer entre nos baisers, mais une autre émotion s'avéra plus forte que tout cela. J'y puisai la force de le repousser malgré les protestations outragées de chaque cellule de mon corps.

— Qu'est-ce que tu fais ? parvins-je à demander.

Son expression était franchement féroce, et son regard si intense que j'étais au bord de la combustion spontanée.

— Tu n'as jamais fait l'amour sous le coup de la colère. Je vais te montrer ce que tu as manqué.

À ces mots, les élancements de mon entrejambe devinrent presque douloureux. Mais je ne l'en arrêtai pas moins lorsqu'il se pencha pour recommencer à m'embrasser.

— Tu as dit que tu ne reprenais jamais tes anciennes maîtresses.

Sa bouche s'abattit sur mon cou avec un effet dévastateur.

— Comme toujours, tu es l'exception qui confirme mes règles.

Ses lèvres brûlantes rendaient la pression froide de ses canines encore plus érotique, mais une vieille blessure, inscrite au plus profond de moi, domina la passion qui s'emparait de moi.

— Pas toutes tes règles.

Vlad poussa une sorte de grognement rauque.

— Tu ne seras pas satisfaite tant que je ne me serai pas jeté à genoux devant toi, n'est-ce pas ?

— Et pourquoi pas ? rétorquai-je avec toute la témérité de mon cœur encore brisé. Tu m'as bien poussée à genoux toi aussi.

Il me lâcha si brusquement que je dus me rattraper au canapé. Sans son corps contre le mien, je sentis le froid me pénétrer malgré la chaleur agréable de la pièce.

— Je t'ai dit que tu ne pouvais pas tout avoir, et c'est vrai pour nous deux.

Avais-je manqué un épisode ?

— De quoi tu parles ?

— Je suis Vlad l'Empaleur, répondit-il en articulant clairement chaque mot. Si j'ai survécu pendant cinq siècles, c'est parce que je tue tous ceux qui se dressent sur mon chemin et que je me venge de tous ceux qui me trahissent. Je te l'ai dit lorsque nous nous sommes rencontrés, mais tu n'acceptes toujours pas que je mette ces principes en action.

— Ce n'est pas la peine de me rappeler combien tu es impitoyable, dis-je avec aigreur.

— Visiblement, si, répliqua-t-il en me prenant le visage dans ses mains chaudes comme de la braise. Tu prétends m'aimer, mais l'homme que tu aimes n'existe pas. Cet homme n'aurait pas survécu aux années de coups et de viols durant sa jeunesse, parce que seule la haine lui a permis de résister. Cet homme n'aurait pas empalé vingt mille prisonniers pour terroriser une armée ennemie parce que la peur était le seul avantage tactique dont il disposait, et cet homme n'aurait pas emprisonné l'un de ses meilleurs amis pour un mensonge à propos d'une femme dont il était amoureux. Je ne suis pas cet homme.

Il ôta ses mains de mon visage et recula. Son expression était toujours d'une intensité effrayante.

— Tu vois, tu ne veux pas que moi, je t'aime. Ce que tu veux, c'est le Vlad que tu as inventé. Le chevalier, alors que je suis le dragon, et que je le serai toujours.

Il quitta le salon, et cette fois, il resta sourd à mes appels. Il ne me fallut que quelques secondes pour courir jusqu'au couloir, mais il avait déjà disparu, la fenêtre à double battant claquant sur son passage.

Chapitre 22

Je descendis au premier étage. J'étais si troublée par les accusations de Vlad que je passai devant mon père et ma sœur sans même les voir.

— Leila, m'interpella sèchement Gretchen, et je tournai la tête vers le salon devant lequel je venais de passer. C'est quoi, ton problème ?

— C'est quoi mon problème ? répétai-je en contenant un rire hystérique. Je ne saurais même pas par où commencer !

Mon père me regarda de la tête aux pieds, ses yeux s'arrêtant sur mes cheveux ébouriffés, mes lèvres enflées et ma main droite qui lançait des étincelles.

— Gretchen, j'aimerais dire quelques mots à ta sœur.

Elle haussa les épaules.

— Vas-y, c'est pas moi qui t'en empêcherai.

— Il te demande de sortir, expliquai-je d'une voix lasse.

Je n'avais vraiment pas besoin d'un tête-à-tête avec lui, mais après tout ce que je lui avais fait subir dernièrement, je lui devais bien ça.

Gretchen se leva.

— T'as de la veine que Vlad ait réglé mes dépenses pour l'année, maugréa-t-elle dans sa barbe.

— Quoi ?

— Gretchen, sors, ordonna mon père.

Elle lui obéit et nous laissa seuls. Je m'affalai dans le canapé en face du sien et remarquai les différences de décoration entre ce salon et celui que je venais de quitter. Les couleurs étaient plus claires et il n'y avait ni armes, ni boucliers barbares pour orner la cheminée. D'un seul coup, je me mis à haïr ces teintes abricot et crème et le tableau de paysage insipide au-dessus de l'âtre blanc. Cette pièce manquait cruellement de complexité, de sauvagerie, de passion…

Il lui manquait tout ce qui faisait l'attrait de Vlad.

— Vlad couvre les dépenses de Gretchen pour l'année ? C'est très généreux de sa part.

Bien entendu, il ne m'en avait rien dit. Vlad mentionnait rarement ses bonnes actions.

Mon père regarda autour de lui de façon explicite.

— Il en a les moyens.

— Il aurait également pu l'hypnotiser pour lui faire oublier qu'elle l'avait rencontré avant de l'abandonner chez elle sans un centime, répondis-je d'une voix tendue. Allez, papa, ne sois pas injuste.

Il leva vivement sa tête poivre et sel.

— Je ne suis pas injuste. Il avait promis de te ramener saine et sauve et il a tenu parole. Il a promis de nous laisser reprendre nos vies une fois que le danger sera passé, et je le crois. Mais il a refusé de promettre de te laisser tranquille, et vu ton allure, il n'a visiblement pas changé d'avis.

J'avais beau être une adulte, je n'avais aucune envie de discuter de ma vie sexuelle avec mon père. Mais vu la situation actuelle, il n'avait aucune inquiétude à se faire.

— Ce n'est pas ce que tu crois. On ne s'est pas remis ensemble.

— Tu l'aimes toujours, dit-il catégoriquement.

Pas selon Vlad ! se moqua ma petite voix intérieure. *Il pense que je suis amoureuse d'une version de lui qui n'existe pas.*

J'inspirai profondément. Si je pouvais extirper cette petite voix de mon être, je lui enverrais tellement de courant qu'elle se retrouverait sur la lune. Mais ce genre de pensées me rapprochaient dangereusement de Gollum dans *Le Seigneur des Anneaux*. Si je n'y prenais pas garde, je commencerais bientôt à discuter avec mon reflet.

— Depuis quand l'amour résout-il quoi que ce soit ? répondis-je.

Mon père grogna.

— Tu es trop jeune pour être aussi blasée.

Je levai la main droite avec un petit rire.

— Tu te souviens de ce que je peux voir avec ça ? Les pires péchés des gens que je touche. Je n'ai peut-être que vingt-cinq ans, mais cela fait longtemps que je ne suis plus jeune.

Il se tut pendant un long instant, puis hocha la tête.

— Je suppose que c'est vrai.

Puis il se pencha vers moi et continua en murmurant.

— Il n'empêche, ma puce, que tu dois garder tes distances avec Vlad. Au cours de ma longue carrière dans l'armée, j'ai croisé toutes sortes de gros durs, mais jamais je n'ai eu peur en croisant leurs yeux. Quand je regarde dans ceux de Vlad, j'en ai des frissons dans le dos.

C'était une réaction parfaitement rationnelle, vu que Vlad n'était pas le genre de soldat, de mercenaire ou de chef de guerre que mon père avait pu rencontrer jusque-là. Par bien des aspects, il était un vestige du passé barbare de l'humanité ; pourtant je ne pouvais répondre qu'une seule chose à mon père. Ce n'était pas du tout ce qu'il voulait entendre, mais c'était la vérité.

— Je n'ai pas cette impression quand je le regarde.

Je me levai, mue par un regain de détermination. Vlad pensait que j'aimais un homme qui n'existait pas parce que je n'étais pas capable d'accepter qui il était vraiment ?

J'allais lui prouver – à lui et à ma détestable petite voix intérieure – qu'il se trompait.

— Bonne nuit, papa. J'ai un truc à faire.

Je pris soin de chanter dans ma tête la chanson la plus énervante possible au cas où Vlad reviendrait. Ce que je m'apprêtais à faire était risqué, mais après tout, ma vie ne l'était-elle pas en permanence ? De plus, les deux dernières fois que j'avais utilisé mes pouvoirs, je n'avais rien connu de pire qu'un saignement de nez. En outre, j'avais bu le sang de Vlad dans la journée, ce qui diminuait encore le danger. Bref, c'était maintenant ou jamais.

Au rez-de-chaussée, je dépassai la salle à manger, la bibliothèque et la serre et pénétrai dans une pièce que j'évitais d'ordinaire. La salle d'armes, comme je la surnommais.

À part les oubliettes, aucun autre endroit du château ne comportait autant de souvenirs sanglants. Elle regorgeait de cottes de mailles, d'armures, d'épées, de longs couteaux recourbés, de marteaux de guerre, de boucliers, de lances, d'arbalètes et de longs clous. La plupart de ces objets étaient abîmés ou tachés, ce qui prouvait qu'ils avaient été utilisés. Leur simple proximité générait des picotements dans ma main droite, comme si les essences qu'ils contenaient cherchaient à se connecter à moi.

La dernière fois que j'avais pénétré dans cette pièce, j'avais gardé la main droite collée contre ma cuisse pour éviter de me plonger dans les histoires macabres de ces armes. Cette fois-ci, au contraire, je l'étendis, à la recherche des événements qui avaient fait de Vlad l'homme que, selon lui, je ne pourrais jamais aimer. Je commençai par une longue lance.

Je soulevai mon arme et poussai un cri qui fut répété par les milliers de soldats derrière moi. Nous étions peut-être dépassés en nombre, mais nous préférions mourir plutôt que de laisser la Valachie être conquise. Je poussai mon cheval dans la pente et entendis le grondement des sabots de mes hommes…

L'image s'évanouit et je touchai ensuite le dragon estampé au centre du bouclier métallique.

Une nuée de flèches obscurcit le ciel. Je levai mon bouclier et me préparai au choc en espérant survivre à leur pluie mortelle. Lorsque le bouclier cessa de trembler, je me relevai et tranchai les flèches plantées dedans à l'aide de mon épée. Puis je souris en dépit du sang qui dégoulinait sur mon front. J'avais trompé la mort une nouvelle fois…

Les échos de ces batailles faisaient battre mon cœur à tout rompre, mais il n'était pas question que j'abandonne. Je passai ensuite la main sur un marteau d'armes à l'allure sinistre.

J'étais assis sur mon trône, impassible malgré la colère qui bouillonnait en moi. Mehmed avait cru m'intimider en faisant accompagner son émissaire de trois de mes anciens geôliers. Il se trompait.

— Votre foi vous interdit d'ôter vos turbans en ma présence ? répétai-je avant de sourire aux tortionnaires de mon enfance. Dans ce cas, je vais vous aider pour qu'ils restent en place. Emparez-vous d'eux.

Tandis que mes gardes obéissaient, je saisis un marteau et plusieurs longs clous. Puis, ma colère muée en froide résolution, je leur clouai leurs turbans sur la tête. Lorsque le troisième s'effondra sans vie, je lançai le marteau ensanglanté à l'émissaire horrifié.

— Voici ma réponse aux conditions du sultan.

Je quittai précipitamment ce souvenir pour un autre sans avoir le temps de regarder ce que je touchais. Ma vision se troubla et de nouvelles images du passé prirent le pas sur le présent. J'aperçus une femme à la superbe chevelure brune, mais lorsque j'essayai de distinguer son visage, il se brouilla. Je passai alors la main sur une autre arme, déterminée à voir tout ce que Vlad me pensait incapable de supporter. Des douleurs et des émotions fantômes éclataient en moi à chaque nouvel objet, avec une telle violence que je commençai à perdre pied dans le présent. Je n'étais plus une femme cherchant à savoir quels étaient ses sentiments pour son ancien amant.

J'étais Vladislav Basarab Dracul, échangé tout jeune par mon père et condamné au cauchemar d'un emprisonnement politique, puis, jeune homme, enchaînant les guerres pour protéger la liberté de mon pays avant d'être trahi par mes nobles, par l'Église, et même par mon propre frère. Ensuite, j'avais été abandonné par le vampire qui m'avait transformé, et rejeté par mon épouse, poussée au suicide par le dégoût que lui inspiraient mes actes, avant d'être à nouveau emprisonné par Mihály Szilágyi, un vampire qui voulait se servir de moi pour régner sur la Valachie. La trahison, la douleur et la mort étaient mes compagnes quotidiennes, mais je refusais de céder devant elles. Non, je voulais m'en servir pour briser mes ennemis.

— Leila !

La voix de Vlad semblait venir de très loin. Je le sentis m'attraper, mais je ne pouvais pas le voir. Je n'avais que du rouge devant les yeux.

Vlad m'appela à nouveau, mais sa voix était encore plus lointaine. Bientôt, je ne pourrais plus ni l'entendre, ni sentir son contact. Tant mieux. Il ne voyait donc pas que j'essayais de dormir ?

Un liquide me coula dans la gorge et je repris connaissance. J'aperçus le visage de Vlad à travers un voile rouge et sentis ses bras musclés autour de moi ainsi que son poignet collé contre ma bouche.

— Leila, tu m'entends ? demanda-t-il en écartant son poignet pour me laisser répondre.

Je clignai des yeux, mais le rouge ne partit pas. Je lui tendis alors l'objet que je tenais toujours au creux de ma main, remarquant vaguement au passage qu'il s'agissait d'une couronne d'aspect antique.

— Tu te trompes, murmurai-je. C'est bien toi que j'aime.

Vlad me répondit peut-être, mais je ne l'entendis pas. Mon esprit vacilla, puis je sentis une douleur insoutenable me déchirer avant de sombrer dans l'inconscience.

Chapitre 23

Vous avez déjà été suffisamment éveillé au point d'entendre des bribes de ce qui se passe autour de vous, mais encore trop endormi pour y réagir ? Pendant un moment qui me sembla durer plusieurs heures, je flottai dans cet étrange état de semi-conscience d'où émergeaient des fragments de voix : Gretchen, mon père, Vlad et même Marty. À un moment, ils se mirent tous à crier, mais alors que les choses devenaient intelligibles, je retombai dans le noir.

Lorsque j'en ressortis, j'étais pleinement consciente de deux choses : l'odeur du sang et le battement d'un tambour. Ces deux éléments m'empêchaient complètement de dormir, à mon grand regret, parce que j'étais absolument épuisée. Avec réticence, j'ouvris les yeux sur une blancheur aveuglante couronnée de branches argentées.

— Arrêtez… le tambour, balbutiai-je.

Un objet sombre se plaça dans mon champ de vision. Il me fallut cligner plusieurs fois des yeux pour me rendre compte qu'il s'agissait du visage de Vlad. Sa barbe avait poussé et ses cheveux étaient collés par endroits. J'avais vu ce genre d'allure chez des gens qui avaient passé la nuit à titiller la bouteille, mais j'étais surprise de voir Vlad dans cet état. Et – je reniflai – c'était de lui qu'émanait cette odeur de sang ? Que s'était-il donc passé ?

— Papa, Leila se réveille !

Le cri excité de Gretchen résonna dans la pièce. Les tambours se firent plus forts, et leurs battements s'entremêlèrent, comme si de nouveaux percussionnistes s'étaient joints au concert. Je grognai et fermai les yeux. *Arrêtez ça, par pitié !*

— Sortez tous les deux, dit Vlad. C'est plus qu'elle ne peut en supporter.

— Je suis son père, c'est à vous de sortir ! hurla une voix familière.

À ces mots, j'ouvris les yeux. Hugh Dalton élevait rarement la voix… et le fracas de ces maudits tambours métalliques ne dérangeait donc personne ?

— Sortez. Tout de suite, ordonna Vlad, des éclairs verts dans les yeux.

Je m'apprêtais à lui dire qu'il n'avait pas le droit de se servir de ses pouvoirs hypnotiques sur ma famille lorsque je me rendis compte de trois choses. Ce que j'avais pris pour des branches argentées étaient en fait de grands pieds de perfusion, je portais de nouveaux gants en caoutchouc, et une fois Gretchen et mon père hors de la pièce, le seul bruit de tambour restant provenait de ma propre poitrine.

— Que se passe-t-il ? demandai-je en grimaçant à cause du volume de ma voix. Et pourquoi est-ce qu'on dirait que tu t'es roulé sur le sol d'un abattoir ?

Même murmurée, cette dernière phrase me parut assourdissante, à ma grande surprise.

Vlad tourna la tête vers moi. Le regard intraitable qu'il avait adressé à mon père et à ma sœur se transforma en une sorte de colère tendre.

— Je suis couvert de sang parce que tu as fait une hémorragie mortelle dans mes bras et que je n'ai pas eu le temps de me changer.

Je restai bouche bée.

— Mon cœur s'est arrêté ? hurlai-je.

Un sourire furtif passa sur ses lèvres.

— Non, tu ne hurles pas. Tu as une telle quantité de mon sang dans le corps que tous tes sens sont démultipliés. C'est pour cela que tu as confondu les battements de ton cœur avec ceux d'un tambour, tout comme ceux de ta sœur et de ton père.

Je regardai les pieds de perfusion. Sur le premier était accrochée une poche de liquide clair, mais celle du deuxième contenait une substance rouge et épaisse.

— Tu me donnes encore ton sang ? trompetai-je.

— Tu viens juste de sortir du coma, répondit-il calmement.

J'avais brièvement perdu la vie et j'étais tombée dans le coma ? Qu'allait-il m'apprendre ensuite ?

— Combien de temps ? demandai-je aussi bas que possible.

Il se rassit et pianota sur le bras de son fauteuil tandis que ses yeux passaient du cuivré à l'émeraude.

— Dans le coma, trois jours. Morte, six minutes et quarante secondes.

Je n'avais pas besoin de sens surhumains pour entendre la colère contenue dans sa voix ou pour en deviner la raison.

— Vlad…

— Arrête.

Ce simple mot se réverbéra dans la pièce qui, je m'en rendais seulement compte, ressemblait à une chambre d'hôpital très mal rangée. J'aperçus un défibrillateur avec des traces de brûlé dans un coin, des seringues hypodermiques sur une table roulante et, près de la porte, renversée, une machine à électrocardiogramme noircie.

— La prochaine fois qu'il te prend l'envie d'abuser de tes pouvoirs, souviens-toi de ceci, poursuivit-il sur le même ton glacial. Je te ramènerai, quels que soient les moyens à employer, alors si tu tiens à ta mortalité, ne recommence pas.

Il se leva, ce qui me permit de voir le reste de sa tenue couverte de sang, froissée et franchement malodorante, puis il se pencha sur moi et me caressa la joue.

— Quant à la raison pour laquelle tu l'as fait, dit-il sur un ton plus doux et plus rauque, nous en parlerons lorsque tu seras remise. Une journée supplémentaire de repos et de perfusion devrait suffire. Bon, j'ai des choses à régler, et tu as de la visite.

Marty apparut dans l'embrasure de la porte, l'air à la fois soulagé et penaud.

— Salut, petite.

Vlad ôta la main de ma joue et sortit sans rien ajouter. J'aurais voulu qu'il reste, mais il avait certainement envie de se doucher et de se changer, ce que je comprenais parfaitement. De plus, j'avais quelqu'un à serrer dans mes bras… et à enguirlander.

— Entre, Marty, dis-je.

Cela sonnait comme un cri de fureur, mais j'espérais que c'était dû à mon ouïe décuplée.

Je le regardai approcher avec une boule dans la gorge. Jamais je n'aurais cru revoir son corps rabougri mais musclé ou sa masse de cheveux noirs, et lorsqu'il monta sur la chaise de Vlad pour me serrer dans ses bras, je ne pus retenir mes larmes.

— Tu m'as manqué, petite, murmura-t-il en essuyant ma joue humide. Et si tu pouvais arrêter les expériences de mort imminente…

— T'es bien placé pour parler ! rétorquai-je en reniflant. Qu'est-ce qui s'est passé ? J'ai vu la caravane. Personne n'aurait pu survivre à ça.

Il me tapota une dernière fois l'épaule, se dégagea de mes tubes d'intraveineuse et s'assit.

— Tu as raison, mais je n'y étais pas au moment de l'explosion. On venait de finir notre numéro, et j'étais en train de retourner à la caravane avec Dawn. C'est là que j'ai vu cette femme de l'autre côté du parking. Elle était seule et elle était en train de manger une glace…

Je me mis à rire malgré le chagrin que j'éprouvais pour Dawn. La passion de Marty pour le sang sucré n'était pas un secret pour moi.

— C'est ta gourmandise qui t'a sauvé la vie…

Mon rire s'éteignit et lorsque je repris la parole, je ne pus cacher la peine dans ma voix.

— Pourquoi n'es-tu pas venu me chercher après l'explosion ? Je n'ai pas arrêté de t'appeler, mais tu n'es pas venu. C'est Maximus qui m'a sauvée.

Marty soupira.

— Je savais que tu étais dans la remorque du Marteau parce que je t'ai vue y entrer. Ensuite, il y a eu cette explosion… (Ses traits se durcirent.) Tout a été soufflé dans un rayon de quinze mètres. Même deux fois plus loin, la femme dont j'avais bu le sang a été blessée. J'étais persuadé que tu étais morte, mais j'ai quand même essayé de te retrouver. La chaleur a fait fondre ma peau avant même que j'atteigne la caravane du Marteau, et j'ai dû renoncer. C'est là que j'ai entendu les cris… les gens étaient coincés dans les décombres, ou bien ils s'enfuyaient, dévorés par les flammes. Je ne pouvais plus rien pour toi, mais j'ai essayé d'en sauver le plus possible. Après le départ des ambulances qui emmenaient les cas les plus graves, je suis parti. Je ne voulais pas rester, parce que je n'aurais pas supporté de les regarder dégager ton cadavre.

Sa voix se brisa à ce dernier mot. Je lui pris la main, heureuse que mes nouveaux gants me permettent de le faire sans l'électrocuter.

— Et c'est là que tu as appelé Vlad, conclus-je en emboîtant toutes les pièces du puzzle.

Marty poussa un grognement.

— Il a mal pris la nouvelle. Il m'a ordonné de trouver où ils transportaient les corps et il a sauté dans son avion. Je lui ai dit qu'il ne resterait plus assez de toi pour qu'il te ramène, mais il ne voulait rien entendre.

— Qu'il me ramène ? répétai-je avant de comprendre.

Pour créer une goule, il fallait faire boire du sang de vampire à une personne, puis la tuer et remplacer son cœur par celui d'une goule. Comme j'en buvais régulièrement et que Vlad savait que j'étais encore protégée contre les flammes à l'époque, il s'était dit qu'une telle transformation était possible, à condition que mon corps n'ait pas été dispersé en mille morceaux par l'explosion…

C'était donc ça qu'il faisait à la morgue lorsque je m'étais connectée à lui en rêve ! S'il était venu voir mon corps, ce n'était ni pour me pleurer, ni pour savourer sa victoire, comme je l'avais cru. Il s'y était rendu pour m'arracher à la mort.

— Pour te ramener en tant que goule, expliqua Marty, qui ne s'était pas rendu compte que j'avais compris, puis il haussa les épaules. Extérieurement, tu serais restée la même, mais de temps en temps, tu aurais eu besoin de manger une sorte de viande, euh… spéciale.

Je n'étais toujours pas remise de cette révélation. En voyant les ossements, Vlad avait-il tout de suite su que je n'étais pas morte ? Ou bien ne l'avait-il deviné qu'en m'entendant l'espionner ? Et la question la plus importante de toutes : pourquoi, s'il avait été bouleversé au point de traverser l'Atlantique et de se précipiter dans une morgue pour me relever d'entre les morts, avait-il feint l'indifférence lorsque je l'avais quitté ?

— … es toute pâle, Leila. Je vais te laisser, tu as besoin de repos.

Ce fut tout ce que je compris. S'il avait dit autre chose avant cela, je ne l'avais pas entendu.

— J'ai passé trois jours à dormir, c'est incroyable que je sois encore si fatiguée.

C'était pourtant le cas, mais j'avais encore une ou deux choses à régler avant de sombrer dans les bras de Morphée.

— Tu peux trouver mon père et Gretchen ? Vlad leur a ordonné de sortir, mais maintenant, je devrais pouvoir supporter le bruit de leurs cœurs.

Et de leurs voix. Je venais juste de me rappeler que pour l'instant, le moindre murmure résonnait comme un cri à mes oreilles.

— Pas de problème, répondit Marty, puis il se racla la gorge. Il y a un truc que tu dois savoir. Lorsque tu as perdu tellement de sang que ton cœur s'est arrêté, Vlad t'a planté des tubes intraveineux dans les artères et les a remplis de son propre sang. Ensuite, il a tellement insisté pour faire redémarrer ton cœur qu'il en a cassé le défibrillateur. Si ça n'avait pas marché, tu te serais réveillée en tant que vampire, et ton père n'aurait rien pu faire pour empêcher cela.

Je fermai les yeux. Cela expliquait-il les cris que j'avais entendus dans mon état semi-comateux ? *« Je te ramènerai quels que soient les moyens à employer »*, avait dit Vlad. Visiblement, il ne plaisantait pas.

Ce qui signifiait qu'il tenait plus à moi qu'il ne voulait l'admettre.

Y a-t-il malgré tout un espoir pour nous ?

Chapitre 24

Le médecin du château de Vlad s'appelait Natalia Romanov, et contrairement au reste de son personnel, elle était la gentillesse incarnée. Lorsque je lui demandai en plaisantant si j'étais sa première patiente de l'année, en me disant qu'elle ne devait pas être surmenée dans une maisonnée constituée principalement de vampires, Natalia me répondit qu'elle était en charge de vérifier que tous les humains de Vlad étaient en assez bonne santé pour donner leur sang, et qu'elle assistait également aux séances de torture en qualité d'experte en manipulation neuromusculaire.

Bon, personne ne m'avait forcée à poser la question, après tout.

Après son départ, mon père et Gretchen revinrent. Je m'excusai pour la manière dont Vlad s'était servi de son emprise hypnotique pour les forcer à sortir. Cela ne fit rien pour calmer mon père, mais Gretchen, curieusement, semblait plus fascinée que furieuse.

— Je n'avais pas envie de partir, mais mes jambes se sont mises à bouger de leur propre chef. Il aurait pu me forcer à faire n'importe quoi, n'est-ce pas ?

— Oui, répondis-je.

Le visage de mon père se crispa, comme s'il venait d'avaler du verre pilé. Il marmonna quelques mots que je n'aurais pas saisis sans mes sens surdéveloppés.

— Non, il ne s'en sert pas sur moi. Premièrement, j'y suis immunisée grâce à tout le sang de vampire que j'ingurgite. Et deuxièmement, s'il le faisait, nous n'aurions jamais rompu, parce qu'il m'aurait fait croire que j'étais parfaitement satisfaite de la situation.

Mon père me regarda fixement, et son expression incrédule se fit soupçonneuse.

— Le simple fait que tu aies pu entendre ma phrase prouve combien cet homme est dangereux pour toi. Il te transforme en une créature inhumaine. Le quitter, c'est la meilleure décision que tu as jamais prise.

Gretchen haussa les épaules.

— Maintenant que j'ai vu comment il a réagi lorsqu'elle a frôlé la mort, je commence à comprendre pourquoi elle est avec lui, dit-elle, puis son ton se durcit. Et franchement, Leila… c'est la deuxième fois.

Je fermai les yeux, submergée par le remords. En effet, c'était la deuxième fois que ma sœur me retrouvait entre la vie et la mort. Mais cette fois-ci, contrairement à ma tentative de suicide lorsque j'avais seize ans, c'était un accident, même si cela n'atténuait en rien le choc émotionnel. Par bien des aspects, mon électrocution par une ligne à haute tension avait été aussi cauchemardesque pour Gretchen que pour moi, à part qu'elle ne bénéficiait pas des petits bonus occasionnels auxquels j'avais droit.

— Je suis désolée, dis-je en rouvrant les yeux.

Elle haussa de nouveau les épaules, comme si cela n'avait pas d'importance.

— Demande à ton petit copain d'ajouter les honoraires de mon psy à mes dépenses.

— Tu ne lui prendras pas un centime de plus, lui ordonna mon père d'un ton qui ne se discutait pas. Et ce n'est plus son petit copain.

Généralement, cela suffisait à faire rentrer Gretchen dans le rang, mais pas cette fois-ci.

— Je prendrai ce que je veux, et s'il n'est plus son petit copain, il serait temps que quelqu'un l'en informe. Tu as vu comme il était paniqué quand elle a failli mourir. Et ensuite, il a refusé de quitter son chevet tant qu'elle est restée dans le coma.

— Vlad est resté avec moi pendant ces trois jours ?

C'était un choc pour moi.

Gretchen hocha la tête.

— On aurait dit une de ses gargouilles.

Vu le regard que mon père lança à ma sœur, j'aurais parié qu'il ne se retenait de la frapper que parce qu'elle était sa fille.

— Ça suffit, gronda-t-il.

— Non, répliquai-je sèchement. Rien ne t'autorise à lui ordonner de se taire parce que la vérité te déplaît. Quels que soient les problèmes que j'ai eus avec Vlad, il s'est toujours montré d'une loyauté à toute épreuve. Il a sauvé nos trois vies à plusieurs reprises, alors comme le disait maman, quand on n'a rien de gentil à dire…

Il vaut mieux se taire, finis-je en moi-même avec un regard on ne peut plus éloquent.

Mon père se leva, la bouche crispée, et se dirigea vers la porte en boitant.

— Je suis heureux que tu ailles mieux, mais je ne veux pas que ta sœur se fasse prendre au piège de cet univers de morts-vivants. Et quoi que tu en dises, c'est exactement ce dont il s'agit.

Je ne répondis pas, car la colère m'aurait fait prononcer des paroles que j'aurais regrettées par la suite. Je n'avais pas demandé à avoir les capacités qui me rendaient si fascinante aux yeux des morts-vivants et qui mettaient mon père et ma sœur en danger parce que les ennemis de Vlad voyaient en eux des otages de premier choix. Mon père le savait parfaitement, mais il me le reprochait tout de même.

Gretchen attendit qu'il soit parti pour parler à son tour.

— Eh ben… c'était mesquin de sa part.

Pour une fois, j'étais sur la même longueur d'onde que ma petite sœur.

Chapitre 25

Avec l'aide de Gretchen, je me douchai, heureuse de pouvoir me laver après trois jours de coma et quelques minutes de décès. J'avalai ensuite un bol de soupe et m'assoupis. Le docteur Romanov me réveilla pour m'examiner, puis je reçus la visite de Sandra, de Joe et de mes autres amis humains du sous-sol. Dans la soirée, Marty et Gretchen revinrent. Même mon père m'apporta quelques livres pour que j'aie autre chose à faire que de compter les gouttes tombant de mon intraveineuse… mais la personne que j'avais le plus envie de voir ne se montra pas.

Le lendemain matin, le docteur me déclara apte à quitter l'infirmerie. J'étais ravie. Je venais de passer plusieurs jours dans une petite pièce sans fenêtre à recevoir des transfusions de sang de vampire. Mon corps était peut-être remis à cent pour cent, mais cet enfermement était cauchemardesque pour mon esprit surstimulé. Pourquoi Vlad n'était-il pas revenu me voir ? Il avait passé trois jours à mes côtés pendant que j'étais dans le coma, mais à présent que j'étais guérie, il n'avait même pas daigné me faire un petit coucou en passant ?

Peut-être craignait-il seulement de perdre son arme psychique, insinua ma petite voix. *Maintenant que tu vas mieux, il n'a aucune raison de s'intéresser à toi tant qu'il n'a besoin de rien.*

La ferme, lui rétorquai-je vertement.

Depuis mon retour, Vlad ne m'avait pas demandé une seule fois de faire appel à mes pouvoirs. Bon, d'accord, j'avais passé la plupart du temps dans le coma, mais cela ne voulait pas dire qu'il s'était inquiété pour moi uniquement à cause de mes capacités. Ma vilaine petite voix intérieure pouvait distiller tout le fiel qu'elle voulait. Cela ne changeait rien au fait qu'il y avait toujours quelque chose qui brûlait entre Vlad et moi. Quant à la raison pour laquelle il m'évitait depuis vingt-quatre heures, j'étais bien décidée à la découvrir.

Je montai directement dans ma chambre, relâchai l'énergie accumulée en moi sur le paratonnerre que Vlad avait fait installer à ma fenêtre, puis allai prendre une douche. Ensuite, j'ouvris l'armoire antique qui abritait ma garde-robe… et restai bouche bée.

Vide. Il ne restait même pas un cintre. J'ouvris ensuite les tiroirs des commodes, gagnée par une incrédulité de plus en plus forte.

Tous mes vêtements avaient disparu. Sans les serviettes et le peignoir de la salle de bains, je n'aurais rien eu à me mettre.

Je m'engonçai dans mon peignoir et tirai la corde à pompon située à côté de la porte. Quelques minutes plus tard, le vampire albinos prénommé Oscar apparut.

— Que puis-je faire pour vous ? demanda-t-il avec une courbette.

— Vous savez où sont passés les vêtements qui étaient dans cette chambre ?

— Oui.

J'attendis, mais voyant qu'il estimait visiblement cette réponse suffisante, je grinçai des dents et tentai à nouveau ma chance.

— Et je peux savoir pourquoi ils ne sont plus là ?

Il cligna lentement des yeux.

— Parce que vous ne logez plus ici.

Quoi ?

— Je ne loge plus ici ? répétai-je au cas où j'aurais eu une seconde d'égarement.

— C'est exact, répondit-il en s'inclinant de nouveau.

Vlad me mettait à la porte ? Il était certainement fâché que j'aie abusé de mes pouvoirs, mais jamais je ne l'aurais cru capable d'un geste aussi radical.

Je t'avais bien dit qu'il se fichait de toi ! dit triomphalement ma petite voix.

Va te faire foutre ! rugis-je en réponse.

— Où est Vlad ? demandai-je.

C'était plus un piaillement qu'une question, mais j'espérais que cela ne venait que de mon ouïe trop acérée.

— Dans sa chambre.

Je passai sous le nez d'Oscar en marmonnant un vague remerciement et me dirigeai à pas décidés vers l'escalier. Je commençai à monter en serrant le bas de mon peignoir pour éviter de jouer les exhibitionnistes.

Je ne croisai personne sur les marches. Le long couloir en ardoise du troisième étage était désert lui aussi. Je pris à gauche au croisement et me préparai mentalement au combat qui allait suivre. Il était hors de question que je laisse Vlad agir à sa guise. Il y avait trop de choses en suspens entre nous.

J'entrai dans sa chambre sans frapper. Il ne verrouillait jamais sa porte, probablement parce que quiconque entrait sans permission risquait la mort. Comme j'étais déjà morte une fois cette semaine, cela n'avait pas de quoi m'effrayer.

— Il faut qu'on parle, déclarai-je sans préambule.

Par chance, la lumière était allumée, ce qui devait signifier qu'il était réveillé. J'étais bien déterminée à aller au bout de mes intentions, mais Vlad n'avait pas vraiment le réveil jovial. Je fermai la porte et regardai autour de moi. Sa chambre était agencée en quatre sections : la minibibliothèque, comme j'avais baptisé la partie meublée de canapés et aux murs recouverts d'étagères remplies de livres ; la chambre à coucher ; la salle de bains ; et le dressing.

Vlad sortit de ce dernier, habillé de vêtements sombres. Sa chemise en soie était à peine plus claire que le reste de sa tenue, tout comme la longue écharpe, de soie également, qui pendait à son cou avec une élégance nonchalante. J'avais dû le surprendre avant qu'il ait fini de s'habiller, car il était pieds nus, ce qui rendait ses pas encore plus silencieux que d'habitude.

Je levai la main.

— Avant de dire quoi que ce soit, écoute-moi.

Sans attendre de voir s'il acceptait, je fonçai.

— Je sais qui tu es, qui tu es vraiment, et même s'il y a quelques détails qui me déplaisent, comme ton doctorat en torture médiévale, sans parler de ta répugnance à admettre tes sentiments au-delà de l'affection ou du désir, que, soit dit en passant, le moindre psy expliquerait comme un refus de t'engager… (j'inspirai profondément avant de poursuivre) je t'aime quand même, Vlad. Toi, le dragon, pas le chevalier imaginaire, et je refuse que tu me mettes à la porte, parce que je… je pense que tu m'aimes toi aussi.

J'étais hors d'haleine après cette cascade de mots. Pendant mon discours, plus vigoureux qu'éloquent, Vlad s'était approché de moi. Une senteur de cannelle, d'épices et de fumée m'emplissait les narines. Ce devait être son odeur naturelle. Je ne l'avais pas remarquée avant que mon odorat soit amplifié.

Je le regardai, regrettant de ne pas pouvoir lire dans les pensées comme lui, car son expression ne laissait rien paraître. Tout ce que je découvris en scrutant son visage, c'était que sa petite barbe avait repris sa longueur habituelle, et que ses yeux cuivrés étaient parsemés d'émeraude.

— Tu as raison, dit-il enfin d'une voix que je ne parvins pas à déchiffrer.

— À propos de quoi ? L'abus de torture, le refus de t'engager, ou bien l'autre sujet ?

Son sourire était à la fois captivant et effrayant, comme si j'avais reçu un coup de fouet et que je m'étais rendu compte que j'avais apprécié la douleur. Tandis que je regardais l'homme qui avait encore une emprise aussi dangereuse sur mon cœur, je ne pus m'empêcher de frissonner.

— Les trois.

Il me prit dans ses bras, une main s'enfonçant dans mes cheveux tandis que l'autre s'aplatissait contre mon dos. Leur chaleur était infime à côté de celle de ses lèvres lorsqu'il les appuya sur ma gorge.

— Sais-tu ce qui est arrivé la dernière fois que j'ai aimé quelqu'un ?

Il avait grogné cette question contre ma peau avec une violence si contenue que mon frisson se mua en tremblement. Je hochai la tête.

— Non, tu ne le sais pas, reprit-il sur le même grognement mortel. Tu sais seulement comment elle est morte. Je vais te raconter comment elle a vécu… dans la peur. Elle était horrifiée par mes actions, tout comme tu l'es toi-même. Mes ennemis l'ont utilisée contre moi, comme ils le font avec toi. Si elle s'est jetée de notre toit, ce n'est pas seulement à cause de l'arrivée d'une armée adverse. C'est à cause de moi.

Il avait collé ses canines à mon cou en m'expliquant tout cela, comme pour mieux souligner combien ma vie à ses côtés serait précaire. Je levai les bras et les plaçai autour de son cou. J'ôtai d'abord un gant, puis l'autre, et je plongeai mes mains dans ses cheveux en laissant libre cours à mon électricité tout en le pressant contre ma gorge.

— Je ne suis pas elle, dis-je avec véhémence.

Mes mots vibrèrent d'émotion, et j'en fus heureuse. Je voulais qu'il les entende, mais aussi qu'il les ressente.

— Tu es l'homme le plus effrayant que j'ai jamais rencontré, mais je n'ai pas peur de toi. Quant à tes ennemis, qu'ils viennent. J'ai survécu à leurs attaques jusqu'ici, et je compte bien continuer.

Son rire me chatouilla le cou… chaud, âpre, et plus soyeux que le riche tissu de ses vêtements. Il releva la tête, et ses yeux capturèrent les miens, comme s'il m'avait hypnotisée.

— Tu devrais avoir peur. Très peur. Je t'avais dit que si tu souhaitais que tout s'arrête entre nous, je te laisserais partir mais, Leila… (il s'arrêta et reprit d'une voix plus grave) je t'ai menti.

Chapitre 26

Cela sonnait comme une menace, mais je ne pus retenir le petit sourire qui me vint aux lèvres.

— Est-ce que je dois comprendre par là que tu ne veux plus me jeter dehors ?

Il tourna la tête et regarda l'entrée de son dressing.

— Regarde.

J'avançai, curieuse. Le dressing était toujours aussi vaste que la caravane dans laquelle j'avais vécu avec Marty, et le système télécommandé qui déplaçait les tenues me paraissait toujours aussi extravagant. Mais je ne voyais pas ce qui…

J'eus le souffle coupé, et Vlad m'attira au même moment contre lui en me prenant dans ses bras par-derrière.

— Cela répond-il à ta question ?

La réponse était oui, et je m'étais totalement méprise sur le sens des propos d'Oscar, lorsque ce dernier m'avait dit que je ne logeais plus là. J'avais cru qu'il parlait de la maison de Vlad, mais il s'agissait en fait de mon ancienne chambre. Tout le contenu de l'armoire et des commodes se trouvait désormais là, jusqu'aux soutiens-gorge qui occupaient l'espace auparavant dédié aux cravates de Vlad.

Même lorsque j'avais été sa compagne attitrée, jamais je n'avais eu accès à son dressing pour y ranger mes affaires. Elles avaient été entreposées dans la chambre voisine de celle-ci, où il m'arrivait aussi parfois de dormir. De toute évidence, Vlad voulait que je lui revienne, mais comme toujours avec lui, il pensait qu'il lui suffisait de vouloir une chose pour qu'elle lui tombe toute cuite dans le bec.

Si nous voulions résoudre nos différends, cela devait cesser.

Je me retournai en tentant de contenir le trouble de mes émotions.

— Tu ne peux pas déménager mes affaires dans ta chambre sans m'en parler avant. Et si jamais je n'avais pas envie que les choses aillent aussi vite ?

Il ricana.

— Tu as frôlé la mort pour démontrer que j'étais bien l'homme que tu aimais, mais c'est cela que tu trouves exagéré ?

Je dressai le menton.

— Une seule personne suffit pour aimer, mais il faut être deux pour faire fonctionner un couple. Si tu veux qu'on réessaie, il va falloir que tu prennes un peu plus mes désirs en compte, Vlad.

Il fit glisser ses mains le long de mes bras tout en me regardant d'une manière qui m'évoqua des cris d'extase et des images de sang dégoulinant sur de l'acier. Cela allait bien au-delà de la simple possessivité.

— Je ne veux rien essayer du tout. Je veux t'épouser.

Ma surprise précédente n'était rien à côté de celle que j'éprouvai à ces mots. Pendant plusieurs secondes, je pensai ne pas avoir bien entendu.

Vlad m'adressa un sourire sauvage.

— L'amour est une terrible faiblesse. Il donne une cible idéale à nos ennemis, il trouble le jugement, il pousse à l'impétuosité… et encore, quand tout va bien.

Ses mains descendirent jusqu'à ma taille. Le fin tissu de mon peignoir atténuait à peine la chaleur de cette caresse.

— Et quand ça ne va pas, poursuivit-il, l'amour peut tuer. Je ne voulais pas me trouver de nouveau dans cette situation, et oui, je l'admets, je t'ai gardée à distance. Je t'ai même laissée partir pour me prouver que tu n'avais pas plus d'importance à mes yeux que mes précédentes maîtresses. C'est alors que Martin m'a contacté pour m'apprendre ta mort.

Il me serra douloureusement la taille puis me relâcha en crispant les poings.

— À partir de cet instant, plus rien d'autre n'a compté pour moi. Ni la mort de mes ennemis, ni la protection de ma lignée, ni combien tu me rendais fou à attendre de moi que je me comporte comme un homme moderne, comme si je pouvais effacer les cinq premiers siècles de mon existence pour satisfaire ton caprice.

Ce dernier point était injuste, mais je le mis de côté pour plus tard.

— Ensuite, je suis arrivé à la morgue et j'ai vu que ces os n'étaient pas les tiens, puis j'ai entendu ta voix dans ma tête… et de nouveau, plus rien d'autre n'a compté, conclut-il en fermant les yeux.

Il les rouvrit en crispant les lèvres.

— Bien entendu, j'ai alors appris que tu t'étais enfuie avec Maximus parce que tu pensais que c'était moi qui avais voulu t'éliminer. J'étais furieux, mais déterminé à te retrouver. Et depuis ton retour, tu m'exaspères toujours autant, mais ces derniers jours, j'ai compris qu'il était trop tard.

Vlad me prit le visage dans les mains et me regarda avec une intensité qui fit battre mon cœur à la cadence d'un marteau-piqueur.

— Je t'aime, Leila, et rien d'autre n'importe à mes yeux.

Je n'aurais jamais cru que la joie puisse se traduire par une sensation physique, mais la vague qui me submergea des pieds à la tête n'était pas le fruit de mon imagination. Ma gorge se serra, ma poitrine se gonfla et un fourmillement me picota le bout des doigts. Dans le même temps, un sentiment disparu depuis longtemps sembla se remettre en place au plus profond de moi, et même si je ne le sentis pas de manière physique, il était tout aussi réel… et tout aussi puissant.

— Je t'aime aussi, Vlad.

Je m'apprêtais à développer, mais ses lèvres se posèrent alors sur les miennes en un baiser si passionné que j'en eus le souffle coupé. J'avais même du mal à penser quoi que ce soit de plus construit qu'un « je t'aime, je te veux » incohérent et embrouillé.

Il releva la tête et, contre toute attente, m'arrêta lorsque je commençai à déboutonner sa chemise.

— On n'a pas le temps, maugréa-t-il.

Je n'en croyais pas mes oreilles.

— Tu as des choses plus importantes à faire ?

Ce n'était pas mon cas. Si mes tétons durcissaient encore, ils risquaient de percer le tissu de mon peignoir.

Il baissa les yeux sur ma poitrine, comme pour le vérifier par lui-même, et poussa un soupir rauque.

— Plus importantes, non, mais nous serons tous les deux très occupés jusqu'à la cérémonie qui se tiendra ce soir.

— Cérémonie ? Quelle cérémonie ?

Il m'adressa un sourire mi-amusé, mi-carnassier.

— Notre cérémonie de mariage.

Pendant une fraction de seconde, je me dis que je devais être en train de rêver. C'était forcément cela, car le vrai Vlad n'aurait jamais annoncé que nous devions nous marier ce soir.

— Je n'ai pas dit que j'étais d'accord.

Son sourire s'effaça.

— Tu dis non ?

— Non. Euh, pas non, mais pas, enfin, tu vois…

Je savais que mes paroles n'avaient ni queue ni tête, mais mon esprit n'était plus qu'un tourbillon de joie, de surprise et d'incrédulité. Dans le même temps, la partie rationnelle de mon cerveau m'ordonna sèchement de me reprendre. Si je continuais de bafouiller, j'allais me transformer comme par magie en espèce de Scarlett, m'éventant pour ne pas m'évanouir sous le coup de cette demande en mariage soudaine…

Je me forçai à revenir sur Terre et recommençai.

— Je sais que c'est la manière dont j'ai interprété le dernier anneau que tu m'as offert qui a entraîné notre rupture, mais comme je te l'ai dit alors, ce n'était pas parce que je tenais absolument à ce que tu me proposes de t'épouser. C'était parce que tu refusais d'envisager de céder à l'amour…

Il éclata de rire, et j'en arrêtai de parler. Ce n'était ni son petit gloussement sensuel, ni son rire supérieur et dédaigneux. C'était quelque chose d'inédit, qui semblait me dire très clairement que je n'avais plus le choix.

— Que pensais-tu qu'il arriverait lorsque tu m'as fait comprendre que j'étais tombé amoureux de toi ? Que nous continuerions à sortir ensemble ? Que nous nous fiancerions pour le simple plaisir de le faire ?

Il partit d'un nouvel éclat de rire qui me donna la chair de poule en dépit de la chaleur qui émanait de son corps. Puis son rire s'étiola et il se pencha pour amener sa bouche à quelques millimètres de la mienne.

— Tu pensais vraiment que je ne te ferais pas entièrement mienne, et le plus tôt possible ?

Nous étions si près l'un de l'autre que ses traits m'apparaissaient flous, mais ses yeux avaient un éclat presque aveuglant. Je baissai les paupières, mais cela ne changea rien. Leur lueur me traversait la peau.

— Je suis à toi, murmurai-je.

Ce n'était pas seulement une constatation… C'était une promesse.

Je me frottai contre lui, car le contact de ses mains ne me suffisait plus. Pendant quelques secondes torrides, il céda à mes désirs et m'embrassa si farouchement que mes jambes en tremblèrent. Mais lorsque je recommençai à déboutonner sa chemise, il recula avec un sourire aussi sensuel que cruel.

— Pas tant que nous ne serons pas mariés.

Je restai bouche bée.

— C'est du chantage ?

Son sourire s'élargit.

— Qu'est-ce qui te faisait croire que je n'utiliserais pas tous les coups à ma disposition ?

Je faillis sourire à mon tour, mais le sujet était trop grave.

— Je veux vraiment t'épouser, Vlad. Ce soir, c'est trop tôt, mais…

— Pourquoi ?

Il avait prononcé ce mot avec le sérieux le plus absolu. Je comprenais enfin qu'il ne plaisantait pas, ce qui fit remonter à la surface la jeune oie blanche d'*Autant en emporte le vent* que j'avais imaginée quelques minutes plus tôt.

— Parce que c'est vraiment trop précipité !

Après ce cri du cœur que n'aurait pas renié Scarlett, je tentai de m'exprimer de manière plus articulée.

— J'ai envie que notre mariage soit inoubliable. Je n'ai pas de robe, tu n'as pas de témoin, et à la place des fleurs, ce sont des cadavres plantés sur des pieux qui décorent la façade.

— Les fleurs arrivent, tout comme mon témoin, trois couturières attendent pour créer la robe de tes rêves, et je vais faire enlever les cadavres, répondit-il du tac au tac.

Des couturières prêtes à bondir, des fleurs et un témoin sur le point d'arriver… Il comptait vraiment que je l'épouse ce soir. Mieux encore, il avait tout prévu !

Une bataille faisait rage en moi. J'aimais Vlad et je voulais passer le reste de mes jours à ses côtés, cela ne faisait aucun doute pour moi. Son arrogance et la complexité de sa personnalité m'exaspéraient, et je ne m'habituerais certainement jamais à sa manie d'empaler tous ceux qui le contrariaient... Sur ces deux points, je n'avais aucun doute non plus. Des fiançailles prolongées changeraient-elles tout cela ? Non, mais d'un autre côté, n'était-il pas plus sage d'attendre de voir si nous étions réellement compatibles...

— Au fait, t'ai-je dit que j'honorais la tradition du douaire ? demanda-t-il sur un ton désinvolte, comme s'il n'avait pas écouté mes pensées en fronçant les sourcils. Au cas où le terme te serait inconnu, le douaire est un cadeau que le marié fait à son épouse. Il est censé refléter la valeur que l'homme donne à sa femme. Comme tu comptes plus que tout pour moi, tu peux me demander ce que tu veux. Si c'est en mon pouvoir, tu l'auras.

Je m'étais raidie au début de son explication, vexée que Vlad puisse croire que l'argent suffirait à m'amadouer. Mais il avait si bien poli les mots de sa dernière phrase qu'ils brillaient aussi fort que la pomme avec laquelle le serpent avait tenté Ève. Que pensait-il que je désirais ? Il m'aimait... cela avait été mon plus grand souhait, et cela faisait longtemps que je n'avais pas noyé mes pensées dans les pires tubes des années 1980...

Ce fut alors que je compris. Tout ce qui serait en son pouvoir, quoi que ce soit. *Ce que tu peux être diabolique et cruel*, pensai-je, pantoise et admirative à la fois.

— Laisse-moi deviner... Tu ne paieras qu'une fois que nous serons mariés, n'est-ce pas ?

— Tout à fait, répondit-il avec un sourire rusé.

— Tu ne recules vraiment devant rien quand tu veux quelque chose, n'est-ce pas ? soufflai-je.

Ses yeux étincelèrent.

— Tu n'as pas idée.

C'était à la fois une promesse et une menace. Tout comme la décision que je venais de prendre, porteuse de l'espoir d'un bonheur infini, mais aussi du risque d'un chagrin irréparable.

— Tu m'as dit que tu voulais m'épouser, dis-je d'une voix que l'intensité de mes émotions rendait rauque. Mais tu ne me l'as pas demandé.

Il ne s'en était probablement pas rendu compte. Il ne devait même pas voir la nuance, et cela ne faisait que souligner une bonne partie des problèmes de notre couple. *Tu vois ? Tu ne peux pas l'épouser, ni ce soir, ni jamais, vous êtes complètement incompatibles !* m'assena ma petite voix intérieure.

Vlad me regarda, et l'émeraude de ses yeux s'effaça progressivement au profit de leur teinte cuivrée d'origine. Puis, toujours avec le même air de défi enjôleur, il s'agenouilla lentement devant moi.

— Leila Dalton, mon grand amour, me feriez-vous l'honneur de devenir ma femme ?

J'avais enfin mis Vlad à genoux, mais je n'étais pas dupe. Par bien des aspects, jamais il ne plierait. Je le savais aussi sûrement que je savais que je l'aimerais toujours, et cela dicta ma réponse à sa question.

— Oui, Vlad, je t'épouserai. Ce soir.

Jamais ma détestable petite voix ne m'avait fait prendre la bonne décision. Je n'allais pas choisir ce moment pour céder à ses sirènes.

Chapitre 27

Je savais désormais ce qui avait tenu Vlad si occupé la veille au point de l'empêcher de venir me voir : il avait organisé les préparatifs d'un mariage dont je n'étais même pas au courant. Les couturières, les fleurs et tout le reste, tout était vrai. Son personnel s'affairait à une vitesse surnaturelle pour mettre les décorations en place, préparer assez de plats pour nourrir une armée – à en croire le chaos qui régnait aux abords de la cuisine –, et installer un tel nombre de bougies que toute la région devait être en rupture de stock. Contrairement aux jours précédents, le personnel de Vlad était tout sourires avec moi, et me faisait tellement de révérences que j'avais l'impression de m'être métamorphosée en princesse de contes de fées.

Mais avant de choisir ma robe ou de m'occuper de toutes les choses urgentes que la cérémonie à venir avait générées, je devais parler à mes proches. À tous mes proches, y compris le vampire avec lequel je n'avais aucun lien biologique.

Vlad était assis à côté de moi dans le salon aux tapisseries. Des scènes de vie médiévale, de batailles et de nature étaient savamment brodées sur les immenses tentures qui recouvraient les murs. Le plafond était découpé en plusieurs gravures incrustées reproduisant les scènes des tapisseries. L'effet était époustouflant, mais quelque chose me disait que pour l'heure, il laissait mon père complètement froid. Il me regardait fixement avec une expression d'horreur semblable à celle des condamnés à mort avant leur exécution.

— Vous vous mariez ce soir ?

Pour une fois, ma sœur réagit plus calmement que lui.

— Ça explique pourquoi tous ces gens courent dans tous les sens comme s'ils avaient le feu aux fesses.

Le visage de Marty n'exprimait aucun sentiment, mais ses yeux passaient de Vlad à moi avec une lueur loin d'être joyeuse.

— Pourquoi aussi vite ? demanda Gretchen, qui posa aussitôt les yeux sur mon ventre. Tu n'es pas enceinte, au moins ?

— Les vampires sont incapables de se reproduire, la rassurai-je.

Mon père parut soulagé, mais j'étais troublée. Même si Vlad avait été humain, je savais depuis l'adolescence que je ne pourrais jamais avoir d'enfant, car aucun fœtus n'aurait survécu à l'électricité qui courait dans mes veines.

Le visage de mon père se durcit.

— Tu pensais vraiment que j'allais te donner ma bénédiction pour cette erreur désastreuse ?

C'était à moi que ces mots s'adressaient, mais ce fut Vlad qui répondit.

— Je ne vous ferais même pas l'affront de vous le demander. Nous savons tous les deux que vous n'approuvez pas cette décision, comme nous savons tous les deux que je m'en fiche. La seule opinion qui m'importe est celle de Leila, et elle a dit « oui ».

Avec un air calculateur, mon père regarda les objets posés sur le plateau en argent qui se trouvait devant lui. Vlad lui adressa un sourire charmant.

— Vous n'auriez aucune chance.

Il me fallut quelques secondes pour comprendre où il voulait en venir… puis je restai bouche bée.

— Papa ! Tu n'envisageais tout de même pas de poignarder mon fiancé avec un couteau en argent ?

Marty se leva d'un bond et s'approcha de mon père.

— Hugh, calmez-vous, marmonna-t-il en jetant des regards méfiants en direction de Vlad. Et si nous allions faire un tour ?

— C'est inutile, je ne le tuerai pas, dit Vlad avec autant de détachement que s'il discutait de la météo.

— C'est trop bizarre, maugréa Gretchen. Je vais avoir Dracula pour beau-frère.

Sans lui prêter la moindre attention, je continuai à fusiller mon père du regard.

— Je me doutais que tu ne sauterais pas de joie, mais je ne pensais pas que ça te donnerait des envies de meurtre. J'ai vécu pendant des années avec un vampire, tu te rappelles ? Ils ne sont pas si différents de nous.

— Tu penses que c'est sa nature de vampire qui me fait tiquer ? rétorqua vivement mon père. Si tu épousais Marty, je n'y verrais rien à redire, parce que c'est quelqu'un de bien. Lui… (il pointa Vlad du doigt) non.

Je soupirai.

— Tu as vu les cadavres sur la pelouse, c'est ça ?

Mon père partit d'un rire méprisant.

— Comme si je ne le savais pas avant ! Je te l'ai déjà dit, Leila, je vois clair dans les gens, et Vlad est sans aucun doute la personne la plus violente que j'ai jamais rencontrée.

— Vous avez raison.

Vlad avait conservé sa pose détendue et son sourire amical. Il fit un signe de la main à destination de Gretchen et de Marty.

— Puisque vous êtes tous les deux résignés à ce mariage, laissez-nous seuls.

Gretchen se leva avec un regard de biais en direction de ma main.

— Toujours pas de bague en diamant. Ça t'apprendra à faire ta difficile, sœurette.

Je levai les yeux au ciel.

— Si tu veux m'aider à mettre la robe au point, retrouve-moi dans la bibliothèque dans une demi-heure.

Marty me regarda longuement.

— J'espère que tu sais ce que tu fais, petite, dit-il avant de sortir à son tour.

Je reportai mon attention sur Vlad et vis que mon père et lui étaient en train de se regarder droit dans les yeux. Les pupilles de Vlad étaient de leur couleur cuivrée normale ; mais même sans être confronté à ses pouvoirs vampiriques, mon père n'avait pas la moindre chance de gagner à ce petit jeu de volonté.

— Papa, je sais que tu as certaines opinions sur Vlad, mais une fois que tu le connaîtras mieux, je suis sûre que..., commençai-je avant d'être interrompue par le petit rire de Vlad.

— Cela ne servira à rien, parce qu'il a raison. Je suis un homme violent, et je l'ai toujours été. Quand j'étais encore humain, et que j'avais la moitié de son âge, j'ai invité les nobles de la région chez moi pour un banquet. Au beau milieu du repas, je les ai tous massacrés, et j'estimais avoir passé une excellente soirée.

— Je me serais volontiers passée des détails, maugréai-je.

Il ignora ma remarque et reposa les yeux sur ceux de mon père.

— Mais voici une chose que vous ignorez : ma violence n'est jamais gratuite. Ces nobles avaient trahi mon père.

Ils lui avaient ensuite crevé les yeux avant de l'enterrer vivant. Certains d'entre eux l'avaient enseveli en personne, mais ils étaient venus sans crainte chez moi parce qu'ils me sous-estimaient. Ce n'est pas votre cas, ce qui est l'une des deux raisons pour lesquelles je vous respecte.

Il se pencha en avant et cessa de sourire.

— Voici l'autre raison : votre loyauté. Vous avez vu les richesses que je possède, et les pouvoirs dont je suis doté, mais vous n'avez pas une seule seconde envisagé de vous servir de vos filles pour goûter à toutes ces choses.

— Cela n'a rien à voir avec la loyauté. C'est ce qu'on appelle la paternité, répondit mon père entre ses dents.

— Mon père nous a livrés, mon petit frère et moi, à son pire ennemi en échange de la sécurité politique, poursuivit Vlad d'une voix éteinte. Au cours des siècles qui se sont écoulés depuis, j'ai vu bien pire. Ce n'est pas parce que vous êtes père que vous faites passer vos filles avant l'argent, le pouvoir ou même la guérison de votre jambe, que je pourrais vous offrir. Cela vient de votre loyauté, et je suppose que cette notion a encore plus d'importance à vos yeux à cause de la perte que vous avez subie la seule fois où vous l'avez piétinée.

Je ne savais pas ce qui me choquait le plus : que Vlad dise qu'il était capable de guérir la jambe de mon père, ou qu'il lui jette son ancien adultère au visage. Vlad était au courant à cause du remords que j'éprouvais toujours pour la mort de ma mère. Je l'avais avertie de l'existence des lettres compromettantes dans le sac de mon père parce que j'étais en colère qu'elle ait décidé de nous faire déménager en Allemagne, là où mon père était affecté, ce qui m'aurait éloignée de mon entraîneur. J'avais alors treize ans et je me souciais plus de ma qualification aux Jeux olympiques que de la douleur de ma mère. Elle l'avait alors quitté et nous nous étions installées chez ma tante. C'était là qu'elle avait trouvé la mort en volant à ma rescousse lorsque j'avais touché une ligne à haute tension.

Mon père semblait lui aussi abasourdi. Il se leva et pointa le bout de sa canne en direction de Vlad.

— Comment osez-vous !

Sa voix était tremblante de colère, mais Vlad ne broncha même pas.

— J'ose parce que je veux que les choses soient bien claires entre nous. Je suis tout ce que vous pensez que je suis, mais j'aime votre fille, et je protège toujours ce que j'aime avec toute la violence qui est en moi, et qui est, comme vous l'avez deviné, considérable.

Lorsque Vlad se tut, le silence se fit autour de nous. Même son personnel avait dû interrompre ses préparatifs frénétiques, parce que j'aurais pu entendre une mouche voler dans la pièce voisine. Le visage de mon père, aux traits durcis, semblait gravé dans le marbre, et j'engageai un débat en moi-même.

Il aurait pu éviter de mentionner toutes ses victimes…

Pourquoi ? Il n'y a qu'à chercher sur Internet pour le savoir.

D'accord, mais mettre l'aventure de papa sur le tapis…

Il s'est montré impoli pour prouver qu'il avait raison ? C'est de Vlad l'Empaleur qu'il s'agit. Généralement, c'est avec un pieu acéré qu'il souligne ses propos.

Oui, mais ils feront bientôt partie de la même famille…

Tu as entendu la description que Vlad fait de sa propre famille ? Et encore, il n'a même pas mentionné le fait que son frère n'arrêtait pas d'essayer de le tuer.

Et ainsi de suite. Comme je le craignais, je m'étais transformée en Gollum.

Au bout de plusieurs secondes, je rompis le silence.

— Je comprends que tu sois fâché, papa. Si ma fille m'apprenait qu'elle allait se marier avec le Prince des ténèbres, je monterais sur mes grands chevaux moi aussi. Rien ne te force à apprécier cette idée, ni à l'approuver, mais tu ne peux pas m'en empêcher, et j'espère…

J'avalai ma salive pour faire partir la boule qui venait d'apparaître dans ma gorge.

— … j'espère que tu seras présent à mon mariage.

Je m'approchai alors de lui, l'embrassai sur la joue et quittai le salon. Je ne savais pas ce que mon père, Gretchen ou Marty décideraient de faire, mais je devais me préparer pour la cérémonie.

Chapitre 28

J'étais persuadée que j'allais finir par me réveiller. Cette princesse vêtue d'une robe de mariée qui semblait avoir été cousue d'un coup de baguette magique par trois bonnes fées ne pouvait pas être moi. J'étais une fille qui avait perdu sa mère avant d'avoir la chance de vraiment la connaître. Une fille dont les rêves avaient été brisés, dont la famille était minée par le ressentiment, qui ne pouvait toucher personne sans causer de douleur physique, et qui se noyait dans les ténèbres de tous les péchés que ses pouvoirs la forçaient à revivre.

La fille que je voyais dans le miroir n'avait rien à voir avec ce portrait. Ma robe était constituée d'un corset couleur crème renforcé au niveau de la poitrine pour accentuer mes modestes courbes, qui s'évasait en jupe faite de multiples voiles de mousseline et ornée de bouquets de dentelle et de perles minuscules. Le boléro de dentelle ne recouvrait pas mon décolleté mais me moulait le cou et les épaules avant de redescendre en manches aussi fines que des toiles d'araignées. Le tissu allait jusqu'à mes doigts, et des grappes brodées camouflaient le long zigzag de ma cicatrice. J'avais les cheveux relevés en chignon dans lequel se trouvait une barrette sertie de diamants qui retenait un voile parsemé de perles. Celui-ci était rejeté en arrière au cas où j'aurais besoin de peaufiner mon maquillage à la dernière minute.

Non, la fille qui se reflétait dans ce miroir ne donnait pas l'impression d'avoir souffert de solitude, d'isolement ou d'un trop-plein d'images des pires tourments que l'homme pouvait infliger à ses semblables. Elle semblait heureuse. Rayonnante, même. Il n'y avait donc rien d'anormal à ce que j'aie autant de mal à admettre qu'il s'agissait de moi.

Gretchen apparut dans le reflet.

— Ne pleure surtout pas pendant l'échange des vœux. Ça ferait couler ton maquillage.

Ce commentaire me fit reprendre pied dans la réalité, ce qui n'était pas plus mal. Ma petite sœur se tenait derrière moi, vêtue d'un fourreau de satin améthyste qui soulignait des formes bien plus opulentes que les miennes. Elle avait relevé ses cheveux noirs, ce qui lui donnait encore plus de classe, et ses yeux maquillés de noir la faisaient paraître plus âgée qu'elle ne l'était.

— Tu es magnifique, lui dis-je.

— Non, répondit-elle d'une voix plus douce. C'est toi qui es magnifique.

Puis elle me serra dans ses bras, à ma grande surprise. Sous les odeurs de laque et de crème, je perçus son parfum naturel, un mélange de citron et d'écume. J'inspirai en sachant que je ne pourrais plus jamais sentir ces odeurs sans penser à ma sœur.

Elle me relâcha avec un grognement.

— Je rêve ou tu viens de me renifler ?

Je hochai la tête d'un air penaud.

— Avec tout le sang que Vlad m'a donné, il n'y a pas que mes oreilles qui fonctionnent en surrégime.

Elle grogna une deuxième fois.

— Tu es de plus en plus bizarre, tu sais ça ?

Elle regarda autour d'elle, mais les trois couturières virtuoses étaient parties.

— Je sens bon, au moins ? Pas moyen de se procurer la moindre goutte de parfum dans cette baraque.

Dans un château rempli de personnes à l'odorat surdéveloppé ? Cela n'avait rien d'étonnant. Pour un vampire, le parfum équivalait à une overdose olfactive.

— Très bon, la rassurai-je.

On frappa à la porte. Gretchen alla ouvrir et Marty entra. Il portait un smoking noir qui devait être flambant neuf, car il n'en possédait pas, et celui-ci lui allait comme un gant. Ses favoris broussailleux étaient taillés et il avait plaqué son épaisse chevelure noire en arrière, ce qui donnait une petite touche désinvolte à son apparence formelle.

— C'est l'heure, dit-il avant d'ouvrir de grands yeux. Eh ben, tu es superbe. Euh, vous l'êtes toutes les deux, ajouta-t-il précipitamment.

Je tournai sur moi-même pour lui montrer toute ma robe en prenant soin de ne pas piétiner ma traîne.

— Je n'arrive toujours pas à croire que Sinead, Frances et Bertrice n'aient mis que six heures à la faire. Elles l'ont cousue si vite que les fils ont failli prendre feu.

Je me tus en voyant quelqu'un d'autre apparaître derrière Marty. Mon père portait lui aussi un smoking, et il sortait visiblement de chez le coiffeur. Les rides de son visage semblaient plus marquées, mais ses lèvres se décrispèrent légèrement lorsqu'il me regarda.

— Quoi que je puisse penser de tout ceci, Leila, tu es ma fille, et il est hors de question que je ne te mène pas jusqu'à l'autel.

J'avalai difficilement ma salive.

— Maquillage, siffla ma sœur en me donnant un coup de coude, mais je remarquai qu'elle avait elle aussi les yeux brillants.

Cela faisait longtemps que nous n'avions rien fait tous les trois.

Marty prit le bras de Gretchen.

—Allez, ma belle. Je vais te montrer le chemin.

Elle corrigea une dernière fois sa coiffure et m'envoya un baiser.

—À tout à l'heure, sœurette.

Ils sortirent. Mon père me regardait toujours fixement, puis il poussa un soupir qui semblait venir du plus profond de son âme.

—Tu es bien sûre de toi ?

—Oui, répondis-je d'une voix assurée.

Il me prit le bras. Comme mes nouveaux gants isolants couleur ivoire ne montaient que jusqu'à mes poignets, il encaissa un choc électrique, mais il masqua sa grimace de douleur sous un sourire forcé.

—C'est la réponse que je craignais.

Ce fut à peine si je reconnus le deuxième étage. Les meubles habituels avaient disparu, et les murs noirs avaient été recouverts de soie blanche. Des tentures étaient également pendues au plafond, créant un effet de chapiteau très élégant. Dans le couloir, des fleurs enrobaient les torches en pierre blanche séparées par des boucliers polis qui reflétaient la lumière de l'âtre, nimbant l'endroit d'un rougeoiement doré. Grâce à mon odorat amélioré, je sentais que l'air était à la fois plus lourd et plus doux. J'avais l'impression de traverser non plus un simple couloir, mais un tunnel enchanté.

Marty et Gretchen franchirent la grande porte de la salle de bal. Je les suivis au bras de mon père. Lorsque nous entrâmes dans la pièce, un orgue commença à jouer, et j'eus le souffle coupé.

Ce n'était pas à cause du nouveau décor de la salle. L'allée centrale était formée d'immenses piliers de roses blanches qui, sous la lueur des centaines de bougies du gigantesque lustre antique, transformaient la pièce en un merveilleux chef-d'œuvre gothique. Non, ce qui m'époustoufla tant, ce fut toutes les têtes qui se tournèrent vers nous. L'assemblée comptait au moins deux mille personnes, formant une mer de smokings noirs égayée des couleurs des robes qui les accompagnaient.

Vlad a-t-il invité la ville entière ? me demandai-je, incrédule.

Mais j'oubliai tout cela dès que j'aperçus mon fiancé. Vlad se tenait sur une estrade blanche couronnée d'une arche de vignes métalliques entrelacées. Il ne portait pas de smoking. Toujours à contre-courant, décidément… Il avait revêtu une veste ébène ornée de fourragères, semblable à la tenue de cérémonie d'un roi. Son haut col boutonné encadrait sa forte mâchoire ciselée. Son pantalon était de la même couleur, mais la cape qui descendait de ses épaules jusqu'à ses pieds était écarlate. Elle était bordée d'hermine et fermée par une large chaîne en or, au bout de laquelle se trouvait un pendentif d'or et de jais de la taille de son poing.

Bref, il était magnifique.

J'avançai jusqu'à l'autel en ne voyant que lui. Même la pression de la main de mon père s'évanouit. Vlad avait plaqué ses cheveux en arrière, ce qui dégageait entièrement son front et accentuait encore la finesse de ses traits, la force de ses sourcils et la saillie de ses pommettes. Quant à ses yeux couleur cuivre, ils semblaient pénétrer jusqu'au tréfonds de mon âme.

« Viens à moi », paraissaient-ils m'ordonner. Même si j'avais voulu résister, je n'en aurais probablement pas été capable.

J'étais à moins de dix mètres de lui lorsque des flammes s'enroulèrent autour des vignes finement ciselées de l'arche. Mon père s'arrêta et me serra le bras pour me retenir.

— Leila…

— Tout va bien, répondis-je.

Je n'avais rien à craindre du feu lorsque Vlad était là.

Je fis glisser mon bras de celui de mon père et franchis seule les derniers mètres. L'arche flambait toujours, mais pas une seule étincelle ne tomba par terre. Lorsque j'arrivai sur l'estrade et pris la main de Vlad, le fer rougeoyait sous l'effet de la chaleur, et toute l'arche semblait constituée d'or fondu.

C'était un moment que, je le savais, je n'oublierais jamais.

J'étais si époustouflée par le spectacle qu'il me fallut quelques secondes pour me rendre compte que l'estrade comportait également des marches de l'autre côté. Un homme aux cheveux gris, vêtu d'une longue tunique blanche, s'approcha de nous, puis il fit le signe de croix avant de psalmodier quelque chose en latin. Lorsqu'il eut terminé, tout le monde s'assit en un mouvement presque uniforme. Cette coordination inhumaine ne pouvait signifier qu'une seule chose : que la grande majorité de nos invités étaient des vampires.

Je ne pensais pas que tu avais autant d'amis ! pensai-je par inadvertance, avant de me rendre compte de ce que ces mots insinuaient.

Vlad réprima un petit sourire, puis le prêtre se mit à parler en anglais, ce qui me permit enfin de le comprendre.

— Chers amis, dit-il avec un fort accent italien. Nous sommes réunis ce soir pour unir cet homme et cette femme par les liens sacrés du mariage.

Grâce à mes pouvoirs, j'avais déjà revécu énormément de cérémonies de ce genre, mais aussi assez de divorces pour savoir que le serment que nous nous apprêtions à faire avait plus d'une chance sur deux d'être brisé... pourtant, cela ne me faisait pas peur. J'avais déjà affronté des situations encore moins favorables, et Vlad valait largement la peine de prendre ce risque.

Il sourit en entendant cette pensée : un sourire entendu, plein de défi, et d'une sensualité insoutenable.

— Il n'y a aucun risque, murmura-t-il. Désormais, nous sommes unis pour l'éternité. Cette première cérémonie ne sert qu'à l'officialiser à tes yeux et à ceux des autres.

Première cérémonie ? m'interrogeai-je, mais le prêtre reprit la parole.

— Pouvons-nous avoir les alliances ?

Je me figeai. Au milieu de toute la frénésie des heures qui venaient de s'écouler, j'avais oublié que nous n'avions pas d'alliance. Qu'allait-il donc se passer maintenant ?

À ma grande surprise, Gretchen monta sur l'estrade en compagnie de Mencheres. Le vampire égyptien devait être le témoin de Vlad. Il lui tendit quelque chose, et ma sœur me débarrassa de mon bouquet tout en posant un petit objet dans ma main.

Je regardai dans ma paume et vis avec soulagement qu'il s'agissait d'anneaux en or entremêlés qui formaient une alliance étrange. Par curiosité, je tournai les yeux vers la main fermée de Vlad. À quoi la mienne pouvait-elle bien ressembler ?

— Passez-lui l'alliance au doigt, demanda le prêtre. Vladislav Basarab, voulez-vous prendre cette femme, Leila Dalton, pour épouse...

Le reste de ses mots se brouilla lorsque je vis l'épais anneau en or que Vlad me glissa au doigt. J'aperçus un dragon parsemé de diamants gravé sur sa surface. Je compris d'office qu'il ne s'agissait pas d'une reproduction. Je le sentais aux vibrations de l'essence de tous les princes qui l'avaient porté avant moi, Vlad y compris.

Il ne s'était pas contenté de me donner une alliance ordinaire. Il s'agissait du sceau royal de la lignée des Dracul, retaillé aux dimensions de mon annulaire.

Je n'entendis pas le prêtre terminer, mais je reconnus soudain la voix de Vlad.

— Oui, dit-il en anglais, puis en roumain.

Le rugissement des invités me fit reprendre mes esprits. Les applaudissements n'auraient-ils pas dû éclater lorsque nous aurions tous les deux dit « oui » ?

Ce fut alors mon tour, et je passai l'alliance au doigt de Vlad tout en promettant de l'aimer, de l'honorer et de le chérir. Aucune explosion de joie ne vint couronner mes paroles. Au contraire, un grand silence se fit lorsque le prêtre déclara que si quelqu'un voyait une objection à notre union, il ou elle devait parler ou se taire à jamais.

À mon grand soulagement, ni mon père ni Marty ne dirent quoi que ce soit. C'était sage de leur part, car l'assistance, tout acquise à la cause du marié, n'aurait pas manqué, en effet, de les faire taire à jamais.

Vinrent alors les mots que je n'aurais jamais cru entendre, mari et femme, suivis par un baiser d'une tendresse infinie qui resterait pour toujours gravé dans ma mémoire.

Les cris de l'assemblée retentirent enfin, et ils étaient assourdissants.

CHAPITRE 29

Je découvris l'identité de quatre-vingt-quinze pour cent des invités pendant le défilé des félicitations. Il s'agissait des membres de première génération de la lignée de Vlad, c'est-à-dire des vampires qu'il avait transformés lui-même. Visiblement, son château, pourtant immense, ne pouvait pas accueillir tous ceux que ces vampires avaient transformés à leur tour. À en croire leurs accents divers et variés, les rejetons morts-vivants de Vlad venaient des quatre coins de la planète. Ils avaient dû abandonner leurs affaires en cours pour se précipiter en Roumanie.

D'un autre côté, ils avaient peut-être eu trop peur pour refuser. J'imaginais mal quelle excuse Vlad aurait acceptée de qui aurait manqué son mariage.

À cause du nombre d'invités, je passai les trois premières heures à tendre ma main gantée et à entendre des noms que je n'arriverais jamais à retenir. Durant l'heure suivante, je pris quelques bouchées d'un festin si gargantuesque que les restes auraient eu de quoi nourrir la ville voisine pendant plusieurs jours. Suivit une avalanche de toasts, et je dus faire semblant de boire pour éviter de me soûler à mon propre mariage.

Gretchen ne s'encombrait pas de tels scrupules. Elle gloussait comme une dinde et semblait déjà ne plus tenir debout. Mon père ne la lâchait pas d'une semelle et fusillait du regard tous les vampires mâles qui faisaient mine de s'intéresser à elle. Il n'avait pas porté de toast, mais au moins, il était toujours là.

Deux heures venaient de sonner à la gigantesque pendule lorsque Vlad se leva et me tendit la main. Je la pris, surprise des cris de joie qui suivirent. Était-ce le signal indiquant la fin des réjouissances ? Je l'espérais. Mon énergie commençait à décliner et je n'avais pas envie d'en dépenser les derniers vestiges ici, malgré la somptuosité de la réception.

Vlad rit doucement.

— Ne t'en fais pas pour ça.

Il me souleva alors dans ses bras au son renouvelé des cris, accompagnés de quelques rires entendus. Sans me laisser le temps de dire bonne nuit, il sortit de la salle de bal et s'engagea dans l'escalier, traversa le couloir en trombe et claqua la porte derrière lui.

Ce n'était pas moi qui venais de porter quelqu'un sur une centaine de mètres en moins de cinq secondes, mais mon cœur se mit tout de même à tambouriner. Comme pour marquer le contraste avec la vitesse fulgurante dont il venait d'user, Vlad me fit glisser langoureusement contre lui, centimètre par centimètre, jusqu'à ce que mes pieds touchent le sol, tout en me regardant avec une intensité à laquelle aucun mot n'aurait pu rendre justice.

J'oubliai les milliers de personnes à l'ouïe surnaturelle qui se trouvaient en dessous de nous. J'oubliai également que quelque part, une vampire et ses sbires devaient désormais savoir que j'étais encore vivante et que j'avais épousé Vlad. Sous le poids de son regard, tout cela s'effaça, et il ne resta plus que nous deux.

Vlad détacha la chaîne en or qui fermait sa cape royale. Elle tomba par terre avec un bruit sourd. De mon côté, je défis la pince à laquelle mon voile était attaché et libérai mes cheveux de leur chignon. La dentelle vaporeuse tomba à mes pieds en même temps que ma chevelure cascadait sur mes épaules.

Il y enfouit les mains, puis les fit descendre jusqu'aux fermetures cachées dans mon dos. Je retins ma respiration en sentant la chaleur de ses doigts remplacer le contact de la dentelle et de la mousseline. J'essayai alors de lui ôter sa veste, mais j'étais gênée par mes gants. Je les enlevai et mon alliance partit en même temps, mais Vlad la rattrapa au vol. Avec des éclairs verts dans le regard, il la glissa à mon doigt nu.

Il passa ensuite la main sur sa poitrine, et les fermoirs se détachèrent comme par magie. J'entraperçus la chemise qui se trouvait en dessous, mais il l'enleva en un éclair et se retrouva torse nu. J'admirai ses pectoraux musclés, parsemés de poils noirs et de nombreuses cicatrices. Vlad ressemblait à ce qu'il était : un guerrier, survivant d'innombrables batailles auxquelles la plupart des gens auraient succombé. Même lorsqu'il était nu, sa virilité brûlante et son air dangereux n'étaient pas diminués. Au contraire, ils s'amplifiaient, et c'était exactement ce que je voulais. Je poussai un grognement involontaire et tendis la main pour toucher sa chair chaude et dure.

Il fit glisser ma robe de mes épaules et dégagea mes bras des manches. Je me retrouvai en bustier, en culotte et en bas de soie. Je n'étais même pas nue, mais lorsqu'il passa les yeux sur moi, je me sentis exposée comme jamais. Vlad semblait me percer du regard et atteindre des parties de mon âme que je n'avais jamais ouvertes à personne. En l'espace de ces quelques instants, il venait de se les approprier.

Je lui rendis son regard possessif. Peu m'importait ce qu'il avait pu faire, qui il avait été ou qui il deviendrait, il était à moi. S'il protégeait encore certaines parties de son cœur, j'arracherais ses défenses, ou je les ferais exploser.

— *Je t'appartiens tout entière,* lui dis-je silencieusement, *mais je te veux tout entier en retour.*

Il me répondit par un sourire à la fois sensuel et provocant, comme s'il me mettait au défi de tenir cette promesse. Il m'attira alors dans ses bras, et la chaleur de sa peau me fit l'effet d'une onde de choc. Il me souleva, repoussa du pied ma robe et posa sa bouche sur la mienne.

Il avait un goût de champagne, mêlé à celui du sang qu'il fit couler en se coupant la langue avec une canine. Je ressentis un éclair de douleur lorsqu'il en fit de même sur la mienne, mais son propre sang guérit immédiatement ma plaie. Le goût cuivré s'intensifia, mais lorsque je reculai, par aversion instinctive, il resserra son étreinte.

— Je pensais que puisque tu me voulais tout entier, cela incluait le partage de notre sang.

Il mettait déjà mon serment à l'épreuve. Je n'en attendais pas moins de lui, mais s'il pensait me voir rendre les armes, il se trompait.

— Ne me ménage pas.

Je le sentis sourire contre mes lèvres.

— Je n'en ai aucune intention.

Il me souleva entièrement et me porta non pas jusqu'au lit, mais devant la cheminée. Il me posa sur l'épaisse fourrure qui tenait lieu de tapis, et sans lâcher mon regard, ôta mes chaussures, puis mes bas.

Je voulus déboutonner son pantalon, mais il m'intercepta les mains et les leva au-dessus de ma tête tout en détachant mon bustier. Le souffle court, je le sentis tomber. Je n'avais plus que ma culotte. La faim que je lisais en lui me fit durcir les tétons, et lorsqu'il abaissa le regard, je pus presque sentir mon sang affluer là où il portait les yeux. Le désir faisait vibrer tous les endroits que je voulais qu'il touche, et mon entrejambe semblait avoir une volonté propre. Cela faisait si longtemps que je ne l'avais plus senti en moi. Je ne voulais pas attendre une seconde de plus.

J'essayai de l'attirer au-dessus de moi, mais il resserra les mains autour de mes poignets.

— Pas encore.

Je n'étais pas d'accord. Mes mains étaient peut-être coincées, mais pas mes jambes. J'en enroulai une autour de sa hanche et frottai mon bas-ventre contre le sien. J'eus le souffle coupé au contact de son membre massif et rigide. Il partit d'un rire grave, érotique et menaçant.

— Tu vas adorer regretter ce que tu viens de faire.

Il baissa alors la bouche et ses rapides coups de langue, humide et brûlante, me picotèrent les tétons. Il me lâcha les poignets, me caressa le dos, puis fit lentement glisser ma culotte le long de mes jambes. Mais chaque fois que j'essayais d'attraper son pantalon, il m'en empêchait avec un petit gloussement. Après m'avoir ôté ma culotte, il me repoussa en arrière et se plaça au-dessus de moi. Pendant quelques secondes, je me régalai de son poids, du contact de ses muscles, de la manière sensuelle dont les poils de sa poitrine me chatouillaient les tétons… puis ses lèvres se refermèrent sur mon sein. Il aspira jusqu'à ce que les picotements se transforment en élancements, et lorsque je sentis ses canines s'allonger, je me cambrai, comme pour l'inviter en moi.

La douleur fugace se mua en plaisir avant même que je commence à gémir. Je ressentis alors une chaleur se répandre dans tout mon corps, générée par les minuscules gouttes de venin de ses canines. Il aspira encore plus fort, puis me retourna pour que je sois au-dessus de lui avant de s'attaquer à mon autre sein.

Il le suça si intensément que je m'agrippai à lui, vacillant sous le désir. Je fis glisser mes jambes pour le chevaucher, et lorsque la bosse de son pantalon frôla mon clitoris, le déluge de sensations fut tel que des étincelles jaillirent de ma main.

Il me mordit au même moment. La température de mon sein grimpa en flèche et une délicieuse brûlure enflamma mon téton. Je laissai tomber la tête en arrière et un son animal jaillit de ma gorge. Vlad me saisit les hanches pour me coller encore plus à lui, puis il se cambra pour accentuer la friction tout en enfonçant ses canines plus profondément.

Je succombai à ce double assaut de plaisir. Je me mis à crier, toutes mes terminaisons nerveuses tendues simultanément. Mon cri se mua en gémissement lorsque l'extase me submergea, et mon désir se transforma en soulagement hébété. Mon pouls affolé commença à ralentir et une étrange langueur me gagna tous les membres, qui me semblèrent s'alourdir.

Vlad ôta la bouche de mon sein après l'avoir léché une dernière fois. Sa langue imprima une trace brûlante sur mon épaule, puis le long de mon cou avant qu'il m'embrasse en me reposant sur la fourrure soyeuse. Cette fois-ci, ce fut à peine si je remarquai la saveur cuivrée de sa bouche. J'étais trop concentrée sur les caresses que sa langue prodiguait à la mienne, sur le contact de ses pectoraux musclés contre mes tétons hypersensibles, et sur le désir qui se raviva d'un seul coup lorsqu'il enleva son pantalon.

J'écartai les jambes et gémis en le sentant me saisir la cuisse pour l'attirer contre sa hanche. Délicieusement, mes muscles internes se contractèrent d'impatience, augmentant encore mon excitation. Lorsqu'il descendit la main et me pénétra de ses doigts, je lui agrippai les épaules et me cambrai avec une violence à peine contenue.

Son petit rire se noya dans un nouveau baiser enflammé. Il enfonça les doigts encore plus loin, intensifiant les élancements qui me poussaient à me frotter contre sa main. Ma respiration était hachée et étouffée, et ses baisers se faisaient de plus en plus sauvages. Ses lèvres et sa langue me ravageaient la bouche. Sa main cessa alors sa torture sensuelle, et il la glissa sous mon dos pour me soulever.

J'étais plus que prête, mais son membre était d'une taille impressionnante et cela faisait longtemps que nous n'avions pas fait l'amour. Je sentis les parois de mon entrejambe se tendre à mesure qu'il entrait en moi, et lorsqu'il me pénétra entièrement, je poussai une sorte de sanglot.

Il ôta sa main de ma hanche et l'enfouit dans mes cheveux en me caressant la mâchoire avec le pouce. Il modifia également son baiser pour l'accorder au rythme lent de ses hanches alors qu'il commençait à se retirer. Mon corps n'était pas encore complètement ajusté, mais j'enroulai mes jambes autour de lui et lui adressai un ordre sec et passionné.

— *Ne t'arrête pas et ne te retiens pas.*

Il émit un son étrange, trop âpre pour un gémissement, trop primaire pour un grognement, puis il s'enfonça en moi tout en plongeant ses canines dans mon cou.

Une douleur fulgurante enflamma ces deux parties de mon corps, puis je ne ressentis plus qu'un plaisir insoutenable et brûlant comme de la lave. Sans me laisser le temps de crier, il me gratifia d'un nouveau coup de reins et d'une nouvelle morsure qui me firent le même effet. Je lui labourai le dos avec les ongles, et des courants électriques que je ne pouvais contrôler se précipitèrent en lui. Il y répondit en m'agrippant encore plus fort tout en continuant ses mouvements brutaux et voluptueux. Lorsque je me rendis compte qu'il avait cessé de me mordre, je m'aperçus que je m'en moquais. Il aurait pu boire mon sang jusqu'à la dernière goutte. Tant que j'éprouvais ce genre de sensations, cela m'allait très bien.

Les sens de plus en plus affûtés, je constatai que mon plaisir allait crescendo. Jamais l'odeur de fumée et d'épices de Vlad ne m'avait paru aussi enivrante. Son corps était brûlant, les muscles de ses cuisses étaient durs comme de la pierre, et sa bouche mettait le feu à tout ce qu'elle touchait. J'avais l'impression d'être perdue en lui, et lorsque je fus prise de spasmes qui me secouèrent de la tête aux pieds, je sentis une étrange vulnérabilité m'envahir. Il avait tout voulu de moi, et c'était ce que je lui avais donné. Cela signifiait-il qu'il ne me restait plus rien ?

— Non, marmonna-t-il, la voix chargée de passion. Tu m'as, moi, et je t'aime.

Il m'embrassa alors en accélérant ses mouvements de hanches, et tout se brouilla une nouvelle fois autour de moi. Lorsqu'un orgasme puissant le secoua, je ne me rappelais plus la raison de mon inquiétude. En me perdant, je le gagnais, et vice versa. Cela valait bien tous les sacrifices.

Chapitre 30

La veille, j'étais sortie du sommeil à l'infirmerie, le cœur brisé. Mais ce matin, je m'éveillai dans le lit de Vlad, en tant qu'officielle Mme Dracula. J'avais du mal à croire tout ce qui avait pu changer en vingt-quatre heures.

— Essaie de dire aux gens que tu t'appelles Mme Dracula et je te mordrai d'une manière que tu trouveras fort déplaisante.

Je souris sans ouvrir les yeux. Certaines choses, par contre, ne changeraient jamais, comme l'humeur bougonne de Vlad au réveil.

— Je tremble de peur.

— Tu devrais, et je suis déjà debout depuis un moment, mon adorable épouse.

J'ouvris les yeux à ces mots. Vlad était habillé, à ma grande déception, et il était installé dans un fauteuil, son iPad sur les genoux. Il se leva et avança vers moi avec une expression si sérieuse qu'elle me mit en alerte.

— Qu'est-ce qu'il y a ?

— J'étais en train de lire mes messages, répondit-il.

Il pianota rapidement sur le minuscule clavier puis me montra l'écran.

« Un membre de la maisonnée m'a trahi. »

Je retins mon souffle. Avec un sourire ironique, il se remit à taper.

« Quelqu'un d'autre que Maximus, je veux dire. »

J'ignorai ce coup bas.

— *Comment le sais-tu ?* pensai-je.

Il recommença à taper rapidement.

« J'ai eu mes premiers soupçons lorsque mes hommes ont localisé le portable de Maximus dans votre motel et que Hannibal m'y a devancé. Tu disais qu'il était au courant de certains détails sur tes capacités que seuls quelques membres de ma lignée connaissaient. Et Mencheres vient de m'envoyer un message qui confirme de nouvelles fuites d'informations ne pouvant provenir que d'ici. »

Je n'avais pas oublié toutes les données dont disposait Hannibal, mais c'était passé au second plan. Avec un enlèvement, sept minutes de mort, trois jours de coma, mon mariage… j'avais connu une semaine chargée.

Vlad, lui, avait gardé cela à l'esprit.

— *Tu sais de qui il s'agit ?*

Il leva les yeux au ciel.

« Tu ne crois pas que je serais déjà en train de le torturer si c'était le cas ? »

Très juste. Et si la description de mes capacités avait pu accidentellement tomber dans les mauvaises oreilles, ce n'était certainement pas par inadvertance que l'employeur de Hannibal avait appris où Maximus et moi nous cachions.

Je compris alors pourquoi Vlad me parlait par écrit.

— *Tu penses que le coupable se trouve à cet étage.*

Les vampires étaient dotés d'une ouïe très efficace, mais la chambre de Vlad était très bien isolée. De plus, son château grouillait toujours d'activité, ce qui assurait un bruit de fond permanent. S'il n'avait pas soupçonné le traître de se trouver tout près de nous, il m'aurait dit tout cela à voix haute.

Et seuls logeaient à cet étage les membres de son personnel en qui il avait le plus confiance.

Je grimaçai.

—*Je suis désolée.*

« Inutile de me prendre en pitié », tapa-t-il, vif comme l'éclair. « Celui qu'il faut plaindre, c'est l'homme qui connaîtra une mort atroce une fois que je l'aurai démasqué. »

Lorsque cela arriverait, je plaindrais certainement cette personne, en effet, mais pour commencer, nous devions mettre la main dessus. Je levai vigoureusement la main droite.

—*Je t'aiderai à le trouver.*

Vlad me regarda, et son expression froide devint impénétrable. Lorsqu'il me montra sa réponse, je la relus trois fois, incrédule.

« Tant que tu seras humaine, c'est hors de question. »

Je m'engageai dans l'étroit escalier menant aux oubliettes. Les gardes que j'avais dû mystifier lors de mon dernier passage s'inclinèrent devant moi. Marty me précédait, deux cimeterres en argent à la ceinture. Les lames lui arrivaient aux genoux, ce qui lui donnait un air presque comique, mais je savais à quel point il pouvait être rapide. Vlad le savait lui aussi. C'était pour cette raison qu'il me l'avait assigné comme garde du corps.

Si j'avais refusé que Vlad m'accompagne lui-même, ce n'était pas seulement à cause de la dispute que nous venions d'avoir. J'avais toujours su que notre mariage serait tumultueux, mais jamais je n'aurais imaginé que nous recommencerions à nous chamailler moins de vingt-quatre heures après la cérémonie.

Ce n'est pas toi qui disais qu'une petite journée pouvait faire toute la différence ? railla ma maudite petite voix intérieure.

J'ignorai cette remarque insidieuse et continuai à avancer, saluant de la tête le garde qui nous laissa franchir la porte.

Une fois à l'intérieur, les torches généraient assez de lumière pour que je voie où je mettais les pieds. Les menottes fixées au monolithe étaient vides, tout comme les pieux plantés devant. Je ne savais pas ce que cela signifiait, mais je n'avais aucune envie de le demander.

— Par ici, m'indiqua Marty en prenant à droite.

Je ne m'étais jamais aventurée de ce côté-là, et lorsque je vis la pièce suivante, je me dis que je ne voulais jamais y revenir. À la lueur des torches, j'aperçus des machines, anciennes et modernes, ainsi que des accessoires macabres auxquels même mon imagination, pourtant riche de toutes les scènes revécues grâce à mon pouvoir, ne parvenait pas à attribuer de fonction. L'endroit avec le monolithe et les pieux semblait aussi inoffensif qu'une salle d'attente en comparaison.

— Ça fiche la trouille, hein ? grogna Marty. Quand Vlad reçoit un prisonnier, il commence par lui offrir une visite des lieux. Ensuite, il l'attache au monolithe pour lui laisser le temps de méditer sur ce qu'il vient de voir. Puis il l'empale sur un pieu pour le premier round de l'interrogatoire. Si les réponses ne sont pas jugées satisfaisantes, il est transféré ici.

Je regardai autour de moi et frissonnai. Qui aurait encore envie de trahir Vlad en sachant qu'il finirait dans cette antichambre de l'enfer s'il se faisait prendre ?

D'un autre côté, c'était exactement à ce genre de personne que j'étais venue rendre visite.

Marty me fit traverser cette affreuse salle de torture et pénétra dans un nouveau passage étroit. Ce dernier ne déboucha pas sur une nouvelle pièce, mais devant plusieurs cellules creusées dans la roche. La plupart étaient à peine assez grandes pour Marty, et les malheureux prisonniers qui y logeaient ne pouvaient pas se redresser. Il y faisait également plus froid. Je portais une jupe turquoise descendant jusqu'aux chevilles, ainsi qu'un haut à manches longues, mais je regrettai de ne pas avoir enfilé un manteau.

Rien ne bougeait dans les petites cellules. Tout comme le reste de l'étage des oubliettes, elles semblaient vides.

Il fallait que je sache.

— Tu sais où sont les prisonniers ?

Marty ouvrit la bouche pour répondre, mais une autre voix le devança.

— Vlad les a tous fait exécuter en l'honneur de son mariage.

Le ton de Maximus était plus dur que les murs de pierre qui nous entouraient. J'avalai ma salive, puis suivis le couloir en direction de sa voix. Les dernières cellules, au moins, étaient de taille normale.

— Comme c'est magnanime de sa part.

Ce n'était pas du sarcasme. Je préférerais mourir plutôt que de subir les tortures des oubliettes, et si quelqu'un contrariait Vlad au point de terminer ici, la mort était la seule échappatoire.

Enfin, presque la seule.

J'approchai de la cellule de Maximus. Depuis la dernière fois que je l'avais vu, on lui avait donné de nouveaux vêtements, mais ses cheveux étaient encore rouges de sang séché. Il s'appuya aux barreaux et une lueur verte apparut dans ses yeux gris. Il regarda l'alliance sur ma main gantée et fit la moue.

— Je te présenterais volontiers mes félicitations, mais nous savons l'un comme l'autre que ce ne serait pas sincère.

Je serrai les doigts autour des barreaux.

— Vu où tu te trouves, je comprends.

— Ce n'est pas pour ça.

D'un mouvement vif comme l'éclair, il me saisit les mains et serra les doigts pour m'empêcher de les retirer.

— Après votre rupture, je pensais que Vlad faisait une fixation sur toi parce que c'était toi qui l'avais quitté. Mais ensuite, il a demandé à Mencheres de l'accompagner sur le bateau, même si le fait de quérir l'aide d'un autre Maître pour sauver des membres de sa lignée passait pour une marque de faiblesse de sa part. C'est là que j'ai su.

— Su quoi ?

— Qu'il t'aimait, répondit-il aussi lugubrement que s'il m'avait appris la mort d'un proche.

— Ouais, il me l'a dit, rétorquai-je avec un rictus. Et même s'il ne l'avait pas fait, je m'en serais doutée au moment de sa demande en mariage.

Avec un souffle rauque, Maximus me lâcha et se mit à tourner en rond dans sa minuscule cellule.

— Tu as beau présenter ça sous un angle très romantique, tu es désormais coincée. Il n'a pas permis à sa première femme de le quitter. Pourquoi est-ce qu'elle a sauté du toit, à ton avis ?

— Parce qu'elle pensait qu'il était mort et qu'elle allait tomber entre les mains de l'armée ennemie qui approchait.

Même Wikipédia le savait.

— Et elle aurait laissé leur jeune fils affronter seul l'ennemi ? répliqua-t-il en se retournant vers moi. Je n'y crois pas. Il comptait plus que tout pour Clara.

Je me tus et assimilai ces deux informations nouvelles pour moi. Vlad ne m'avait jamais dit le nom de sa première femme, et celle-ci n'était pas passée à la postérité. Mais le second détail était encore plus lourd de sens.

— Tu l'as connue.

Un sourire morne passa furtivement sur ses lèvres.

— Je faisais partie de la garde personnelle qui l'avait accompagnée chez son nouvel époux.

Les mots que Vlad m'avait dits la veille me revinrent aussitôt en mémoire. *« Elle était horrifiée par mes actions, tout comme tu l'es toi-même… Si elle s'est jetée de notre toit, ce n'est pas seulement à cause de l'arrivée d'une armée adverse. C'est à cause de moi. »*

Maximus avait-il raison ? La première épouse de Vlad s'était-elle tuée parce que c'était le seul moyen qu'elle avait de lui échapper ?

J'inspirai profondément.

— Je ne connais pas ses raisons, mais je ne suis pas Clara. Je connais le côté obscur de Vlad et je peux l'accepter.

Maximus soupira.

— Tu crois ? Les cicatrices de ton poignet montrent pourtant que tu as déjà cédé une fois à l'appel de la mort.

Je me raidis.

— Si tu trouves que Vlad est si horrible que ça, pourquoi es-tu resté à ses côtés pendant toutes ces années ?

Il répondit avec un rire creux.

— Tu m'as mal compris. J'aime Vlad et je donnerais ma vie sans hésiter pour lui. Mais chaque fois que lui aime quelque chose, il finit toujours par le détruire. Il n'y peut rien. C'est sa nature, c'est tout.

Marty m'adressa un regard sévère. Il partageait visiblement les inquiétudes de Maximus.

— Fais ce que tu es venue faire, se contenta-t-il de dire.

Tout en regardant Maximus dans les yeux, je tapotai un code sur le clavier incrusté dans le mur. Malgré leur aspect médiéval, les oubliettes étaient agrémentées de toutes les commodités d'une prison moderne. Les barres disparurent dans le sol avec un murmure.

Maximus ne bougea pas.

— Qu'est-ce que tu fais ?

— C'est mon douaire, répondis-je froidement. Vlad m'a dit de lui demander tout ce que je voulais. J'ai choisi ta liberté, comme il se doutait que je le ferais.

Maximus ne bougeait toujours pas. Je fis un geste du bras.

— Si tu espérais un tapis rouge, ce n'est pas inclus dans le prix.

Très lentement, il sortit de sa cellule en regardant autour de lui, comme s'il s'attendait à voir des lames en argent jaillir à tout moment. Ma mission remplie, je tournai les talons et repartis.

— Vu qu'on ne se reverra probablement jamais, merci de m'avoir sauvé la vie. Nous sommes désormais quittes, alors bonne chance pour la suite.

— Attends.

Il m'enserra l'épaule de ses doigts froids. Je me retournai vivement et ôtai mon gant droit, furieuse après les lugubres prédictions qu'il m'avait faites.

— Lâche-moi ou je t'électrocute.

Maximus laissa retomber sa main, un mélange de frustration et d'empathie sur le visage.

— Leila, si j'avais su plus tôt les véritables sentiments que Vlad avait pour toi, je n'aurais pas…

— Quoi, tu ne m'aurais pas convaincue que c'était peut-être lui qui avait commandité cette explosion ? Tu ne lui aurais pas menti en lui faisant croire que j'étais morte ? Ou bien tu n'aurais pas tant insisté pour que je couche avec toi ?

— Les trois, répondit-il calmement. Mais ne baisse jamais ta garde. Tu ne le connais pas aussi bien que moi.

C'est vrai, il a raison, murmura ma petite voix.

Je lui tournai le dos une nouvelle fois. J'étais peut-être en colère contre Vlad, mais il était hors de question que j'écoute Maximus continuer à le dénigrer.

— Il te laisse partir, Maximus. Je parie que tu ne l'avais pas vu venir, n'est-ce pas ? C'est peut-être toi qui ne le connais pas aussi bien que tu le crois.

Chapitre 31

Vu la foule des invités présents la veille au soir, le château aurait dû déborder de monde. Pourtant, tout semblait normal. C'était un soulagement pour moi : je ne me sentais pas d'humeur à faire la causette à des centaines d'inconnus. Contrairement à ce que certains semblaient croire, je savais parfaitement de quoi j'étais capable ou pas. J'avais beau être une humaine entourée de vampires infiniment plus âgés, personne ne me connaissait mieux que moi-même.

— Merci, Marty, dis-je lorsque nous arrivâmes en bas du grand escalier. Je retourne dans ma chambre.

— Tout droit ? demanda-t-il en fronçant les sourcils.

— Bien entendu, répondis-je en croisant les doigts pour qu'il ne détecte pas mon mensonge.

Avec un dernier regard suspicieux, il me laissa seule.

Je montai précipitamment les marches en claironnant les paroles de la chanson *Ice Ice Baby* dans ma tête. Si Vlad voulait entendre mes intentions réelles, il lui faudrait surmonter ce calvaire. Mais je n'avais pas beaucoup de temps devant moi. Vlad ne tarderait pas à se rendre compte que j'avais mis fin à ma visite d'adieu à Maximus depuis déjà vingt minutes.

Je me rendis directement au troisième étage, mais plutôt que de me diriger vers ma nouvelle chambre, je pénétrai dans un couloir où je n'avais jamais mis les pieds. Quelque part à cet étage, le traître avait forcément laissé son essence.

Je retirai mon gant droit et posai la main sur la poignée de la première porte.

Des images d'Oscar m'apparurent. À part le fait que le vampire albinos était généralement fatigué lorsqu'il entrait dans sa chambre, je ne découvris rien de notable. Je lâchai la poignée et m'arrêtai un instant. Ni vertige, ni saignement de nez… Parfait. Je n'étais pas encore dans le rouge ; je pouvais donc passer à la porte suivante.

Il s'agissait de l'ancienne chambre de Lachlan. Je perdais mon temps, car il avait été tué par Szilágyi dans une embuscade quelques mois plus tôt. Ne remarquant toujours aucun signe annonciateur d'une crise, je me dirigeai vers la troisième porte.

C'était la chambre de Maximus, et la profonde solitude imprimée dans la poignée désarma la colère que je ressentais encore contre lui après ses prédictions lugubres. Était-ce l'une des raisons pour lesquelles il avait menti à Vlad à mon propos ? Parce qu'il préférait être avec une femme qui n'était pas pour lui plutôt que de passer une nuit de plus à souffrir d'être seul ?

Je lâchai la poignée. Quelles qu'aient été ses raisons, on ne pouvait pas revenir sur le passé, et je n'avais pas le temps de m'appesantir sur le sujet. J'allai à la quatrième porte, mais avant que j'aie eu le temps de saisir la poignée, elle s'ouvrit. Shrapnel apparut et me regarda avec surprise, les sourcils froncés.

— Leila ? Qu'est-ce que vous faites ici ?

Je reculai vivement la main.

— Euh, je…

La porte de Maximus s'ouvrit. Encore plus étonnée, je tournai la tête. Ce ne fut cependant pas lui qui en sortit mais une belle rousse.

— Je t'avais dit de frapper à la troisième porte, Leila, dit-elle en adressant un sourire radieux à Shrapnel. Remarque, je comprends que tu te sois perdue, c'est si grand ici…

Je l'avais déjà rencontrée quelques mois auparavant. Vlad la considérait comme une amie, et c'était à ce titre qu'il l'avait invitée à notre mariage, mais je ne parvenais pas à me rappeler son nom. J'en profitai néanmoins pour faire un petit geste d'excuse à Shrapnel tout en cachant ma main dans la poche de ma jupe. S'il se rendait compte de ce que j'étais en train de faire, il irait tout droit le dire à Vlad.

— Désolée, je me suis trompée de porte. Tu es prête ? dis-je ensuite à la jolie rousse.

— Tout à fait, répondit-elle avec un nouveau sourire éclatant.

Son allure de poupée Barbie raviva ma mémoire. Elle s'appelait Cat et elle était mariée à Bones, le vampire qui m'avait appris comment empêcher Vlad de lire dans mes pensées en chantant dans ma tête. C'était de cette manière qu'elle avait su que j'étais sur le point d'être démasquée par Shrapnel. Elle aussi lisait dans les pensées, et en volant à mon secours, elle m'avait démontré que je pouvais compter sur elle. Sinon, elle aurait laissé Shrapnel me surprendre.

— *Merci*, lui dis-je mentalement.

Elle agita vaguement la main.

— J'ai hâte de voir la salle des communications, dit-elle en feignant de reprendre une conversation que nous aurions eue plus tôt. Elle est à cet étage, je crois ?

Cette question était adressée à Shrapnel, qui fronça de nouveau les sourcils.

— Oui, mais seules les personnes autorisées peuvent y accéder.

Cat étouffa un petit rire.

— Et la femme de Vlad n'en fait pas partie ?

Shrapnel ouvrit la bouche… mais aucun son n'en sortit. À présent que j'étais mariée à son patron, il ne savait plus vraiment jusqu'où allaient mes prérogatives. Cat me prit le bras, absorba le choc électrique avec un sifflement, puis reprit son bavardage enjoué.

— Je parie que Vlad a du matériel dernier cri pour protéger sa lignée. Quand tu verras la salle des communications, ça devrait te donner de super idées pour le logiciel à activation vocale que tu cherches.

J'avais une envie folle de l'embrasser. Où le traître était-il susceptible d'avoir laissé les traces les plus compromettantes ? Dans la pièce où se trouvait l'équipement utilisé pour localiser le signal du portable de Maximus. Cat avait dû écouter mes pensées ce matin pour savoir de manière aussi précise ce que je cherchais.

Je réprimai difficilement un sourire.

— Génial. J'en ai vraiment marre de ne pas pouvoir utiliser ce genre de truc, répondis-je avant de me tourner vers Shrapnel. C'est par où, déjà ?

Avec une moue désapprobatrice, Shrapnel se décida à me répondre.

— À gauche au bout du couloir, puis la première porte du deuxième couloir sur la droite.

— Merci !

Dès que nous eûmes tourné au coin, j'arrêtai Cat.

— *Ce n'est pas la peine que tu ailles plus loin*, pensai-je rapidement. *Si Vlad découvre que tu m'as aidée, il sera furax.*

— C'est justement pour ça que Bones est en train de faire nos valises, répondit-elle avec un petit rire.

Elle se pencha vers moi et poursuivit à voix basse.

— Mais on ne se prive pas de son arme la plus efficace parce qu'on a peur de la casser. C'est Vlad lui-même qui me l'a dit un jour. Simplement, ces temps-ci, il joue trop au mâle protecteur pour s'en souvenir.

— Je ne te le fais pas dire, répliquai-je sèchement.

Elle leva les yeux au ciel.

— Si tu savais combien de fois j'ai connu ça… Un de ces jours, il faudra qu'on se raconte nos malheurs autour d'un verre. Mais ne commets pas la même erreur que moi, Leila. Admets tes limites, et lorsque tu les auras atteintes, demande de l'aide.

— Crois-moi, je n'ai aucune intention de creuser ma propre tombe.

Elle m'adressa un regard si intense que je me demandai si je ne m'étais pas trompée sur son âge. Ses yeux semblaient porter le poids des siècles, alors que j'aurais juré qu'elle n'avait été transformée que récemment.

— Parfois, la tombe te trouve d'elle-même, que tu la cherches ou pas.

Je ne répondis rien et couvris une nouvelle fois mes pensées avec le seul et unique tube de Vanilla Ice. Même si cela devait me rapprocher de la tombe, je ne reculerais pas. Tant que nous n'aurions pas identifié le traître, aucun des membres de cette maison ne serait en sécurité, et moi moins que quiconque.

La salle des communications ressemblait à un centre opérationnel de la NASA, en plus petit. Une dizaine de postes de travail entouraient une grande carte du monde agrémentée de nombreux points lumineux représentant les endroits sûrs pour la lignée de Vlad. Sur une seconde carte interactive, les données pouvaient être modifiées par de simples gestes de la main dans l'air, et la pièce comportait également une représentation numérique en 3D de la maison.

Pour l'instant, tous les voyants étaient verts. Si l'un d'entre eux virait au rouge, cela indiquait un problème de sécurité.

Lorsque Cat et moi ouvrîmes la porte, le voyant de la pièce devint rouge. Mais, tout comme Shrapnel, aucun des hommes de Vlad ne voulut prendre la responsabilité de me dire que mon alliance n'était pas un laissez-passer suffisant, et le vert se réenclencha.

— Regarde, Leila, dit Cat en me montrant l'écran le plus proche. Les sections de cette grille indiquent que le périmètre de sécurité s'étend sur le sol, dans les airs, mais aussi jusqu'à trente mètres sous terre.

— C'est exact, confirma l'informaticien, vaguement surpris.

Cat hocha sèchement la tête.

— J'ai conçu un système similaire pour mon ancien boulot.

Je me penchai à côté de Cat en feignant d'être fascinée par tous ces détails. En fait, je saisis un stylo et l'enfouis dans la poche de ma jupe. Nous passâmes au poste de travail suivant, où je volai un trombone. Nous fîmes ainsi le tour de la pièce, et je remplis ma poche d'objets dérobés.

Cat m'aida en me camouflant au maximum. Si jamais un employé plus observateur que les autres avait vu quelque chose, j'espérais qu'il mettrait mes chapardages sur le compte de la kleptomanie. Le moment était venu de battre en retraite. J'avais profité au maximum de la demi-heure que j'avais demandée pour libérer Maximus. Le temps que Vlad apprenne ce que j'avais fait, j'aurais déjà fait le tri dans mes trouvailles pour savoir si le traître se trouvait parmi les employés que je venais de voir.

— C'était super, merci, dis-je à la cantonade avant de sortir.

Une fois dans le couloir, j'adressai un sourire reconnaissant à Cat.

— Je te dois une fière chandelle. Maintenant, sauve-toi d'ici en vitesse.

Elle me sourit en retour.

— Tu as fait tellement plaisir à mon mari, tu sais. Un jour, Vlad s'est moqué de la manière excessive dont il me couvait, en lui disant qu'il aurait dû épouser une fille docile qui ne se serait jamais trop éloignée de sa cuisine.

Elle me serra rapidement dans ses bras avant de s'éloigner.

— C'est moche le karma ! me lança-t-elle joyeusement avant de disparaître en un clin d'œil.

Je souriais encore lorsque je sortis du couloir… et manquai de rentrer dans Vlad. *Ice Ice Baby, too cold!* trompetai-je immédiatement en moi-même tout en lui adressant mon sourire le plus candide.

— Salut. Cat me tenait compagnie en attendant que tu reviennes.

Il jeta un coup d'œil dans la direction où elle avait disparu, puis reporta son attention sur moi.

— Mille quatre cent trente et un.

Je clignai des yeux.

— Pardon ?

— Mon année de naissance. C'est une manière subtile de te dire que je ne suis pas né de la dernière pluie.

J'étouffai un grognement. J'étais déjà démasquée.

— Vlad, je…

— Pas ici, m'interrompit-il en me prenant le bras.

Il me propulsa alors jusqu'à notre chambre, d'une manière franchement moins romantique que la veille. Une fois la porte refermée, je repris ma défense.

— Écoute, j'ai fait attention, tu vois ? Pas de sang, pas de problème.

Vlad se pencha vers moi pour murmurer à mon oreille.

— Avant que Maximus quitte la maison, je n'avais toujours pas payé ton douaire. Plutôt que sa liberté, tu aurais pu me demander l'autorisation d'utiliser tes pouvoirs pour trouver le traître.

— Ce n'est pas juste, sifflai-je sur le même ton.

— La vie n'est pas juste, répondit-il avec un petit baiser.

Je le repoussai et lui adressai mon argument suivant par la pensée. J'étais trop en colère pour être sûre de ne pas élever la voix.

— *Tu ne penses quand même pas que je vais rester sans rien faire alors que j'ai les capacités nécessaires pour identifier la personne qui a donné des informations à Hannibal, et qui a aussi sans doute aidé la personne qui a commandité l'explosion du cirque ?*

Vlad croisa les bras d'un geste presque nonchalant.

— Si cela risque de te tuer à tout instant, c'est exactement ce que je souhaite.

— *Je n'ai rien !* criai-je mentalement.

— Tu n'avais rien non plus le jour où tu es morte d'une hémorragie dans mes bras après avoir utilisé tes pouvoirs, rétorqua-t-il sur un ton sec devant lequel j'avais vu des vampires de plusieurs siècles se recroqueviller de peur.

Mais au lieu de m'intimider, cela ne servit qu'à alimenter ma fureur.

— *Je vois, mais si je me vide de mon sang pendant que tu me transformes en vampire, là, par contre, ça ne te pose aucun problème ?*

— Non, répondit-il sans la moindre vergogne.

Piquée au vif, je me raidis.

— *À moins de m'enfermer dans cette chambre, tu ne peux pas m'empêcher d'utiliser mes capacités pour identifier le traître.*

Au sourire qu'il m'adressa, je compris que je venais de commettre une erreur cruciale.

— Tu n'oserais pas, dis-je à voix haute.

Il s'approcha de moi sans se départir de son charmant sourire carnassier, puis me prit dans ses bras. Je ne me détendis pas, malgré les réactions que le contact de son corps éveillait en moi.

— Je ne plaisante pas. Essaie seulement, et je te jure que tu le regretteras.

Il m'effleura de nouveau l'oreille de ses lèvres.

— Enfermer ma jeune épouse dans notre chambre ? Ce serait digne des pires caricatures de Dracula.

Il ne céderait pas si facilement. Lorsqu'il commença à me grignoter sensuellement le lobe de l'oreille, je gardai donc ma posture rigide.

— Par contre, si jamais tu utilises encore tes pouvoirs, murmura-t-il, je te noierai dans mon aura et je les réduirai à néant pendant des mois.

L'enfoiré ! C'était peut-être même exactement ce qu'il était en train de faire. Je le repoussai, mais cette fois-ci, il ne bougea pas d'un millimètre.

— Tu n'as rien à craindre pour le moment, ajouta-t-il, et tu as raison… je ne peux pas t'empêcher de faire ce que tu penses devoir faire. Mais si cela arrive, alors moi aussi, je ferai ce que je dois faire, et tu ne pourras pas m'en empêcher non plus.

Il se servait de ma propre tirade contre moi. Pour une fois qu'il agissait vraiment comme un homme moderne…

Il fit glisser sa bouche jusqu'à ma mâchoire, et j'aperçus son petit sourire.

— Attention à ce que tu souhaites, car tu risquerais de l'obtenir. Ce n'est pas ce qu'on dit ?

Sans me laisser le temps de répondre, il m'embrassa avec une telle sauvagerie que je ne pus rester froide malgré ma frustration. La colère aiguillonnait mon désir, et je lui saisis la tête si violemment que j'arrachai quelques mèches de ses cheveux lorsque je le collai contre moi pour lui rendre son baiser.

Avec un petit rire, il me jeta par terre et arracha ma jupe d'un seul geste.

— Je crois que tu vas découvrir le plaisir de faire l'amour sous le coup de la colère, après tout.

Chapitre 32

Plusieurs heures plus tard, je me levai et m'enroulai dans le drap comme s'il s'agissait d'une serviette géante.

De l'autre côté du lit, Vlad poussa un grognement amusé.

— La pudeur te vient bien tard.

Ma vessie n'était pas d'humeur à papoter.

— Ce n'est pas pour toi, c'est au cas où des membres de ton personnel décideraient de faire le ménage dans le salon pendant que je me rends aux toilettes de l'autre chambre.

— J'en déduis que tu n'as pas remarqué l'ajout qui a été fait à la salle de bains ce matin.

Un ajout ? Quel ajout ?

J'entrai dans la salle de bains en marbre noir, que je n'avais pas utilisée jusque-là car je m'étais douchée par habitude dans mon ancienne chambre. Dans l'espace qui séparait l'immense baignoire et la cabine de douche en verre se trouvaient maintenant des toilettes d'un noir brillant. L'objet en lui-même était loin d'être romantique, mais il me faisait le même effet qu'un bouquet de roses.

— Vlad, c'est…

— Tu es censée t'en servir, pas composer un sonnet en son honneur.

Je fermai la porte. Il pouvait se montrer aussi sarcastique qu'il le voulait, mais ce geste me touchait. Je ressortis quelques minutes plus tard, les cheveux brossés et les dents lavées. Les toilettes n'étaient pas la seule nouveauté. La moitié du meuble de salle de bains en marbre était désormais remplie de tout le nécessaire pour que je puisse y faire ma toilette.

— Ton personnel a vraiment dû s'activer dans tous les sens hier, remarquai-je.

— Cette installation ne date pas d'hier, répondit-il sans ouvrir les yeux.

La lumière des flammes se reflétait sur son corps, donnant à sa peau pâle une teinte chaude et ambrée. Je remontai dans le lit et passai le doigt de son torse à ses abdominaux.

— Tu as fait faire tout ça pendant que j'étais dans le coma ?

Il garda les yeux fermés.

— Non, le lendemain du jour où tu m'as annoncé que tu me quittais.

Je restai sans voix… Mais mon esprit, lui, n'avait pas perdu sa langue.

— *Quoi ? Pourquoi ? Tu ne donnais pas l'impression de vouloir me retenir. Tu m'as évitée pendant des jours et tu n'es même pas venu me dire au revoir !*

— Je pensais que tu changerais d'avis, répondit-il avec un sourire sardonique. Mon orgueil m'empêchait d'envisager que tu partirais vraiment, alors j'ai fait modifier la salle de bains en attendant que tu viennes me présenter tes excuses.

J'émis un son étranglé. Vlad cessa de sourire.

— Imagine le choc que j'ai ressenti lorsque tu es montée dans l'avion. Je me suis alors dit qu'au bout d'une semaine ou deux, tu te rendrais compte à quel point je te manquais, et que tu reviendrais. J'ai donc attendu encore, mais le seul appel que j'ai reçu a été celui de Martin pour m'apprendre l'explosion. Et lorsque j'ai compris que tu n'étais pas morte… j'en ai eu assez d'attendre.

« Je viens te chercher », avait-il dit la première fois que nous nous étions reparlé. J'avais tout d'abord cru qu'il s'agissait d'un rêve, puis je m'étais dit qu'il ne faisait qu'assurer sa réputation de protecteur impitoyable de sa lignée. Visiblement, nous nous étions mutuellement sous-estimés.

— Tu ne m'as jamais demandé pourquoi je t'avais proposé de te transformer en vampire.

Cette phrase me surprit, et pas seulement à cause du brusque changement de sujet. Vlad ouvrit les yeux, leur teinte cuivrée cerclée d'un anneau émeraude, les iris presque scintillants.

— Et je ne change pas de sujet, au fait.

Je déglutis pour faire disparaître la boule qui m'obstruait la gorge.

— Je pensais que c'était parce que tu craignais que mes pouvoirs finissent par me tuer.

— C'est l'une des raisons. Pas la principale.

Il passa le doigt sur ma cicatrice, de ma tempe à ma main, et reprit la parole.

— Je te l'avais proposé avant cela, et si jamais tes pouvoirs te tuaient aujourd'hui, tu as bu assez de mon sang pour que je te ramène en tant que goule. Tu serais tout aussi immortelle, ce n'est donc pas la raison.

— Pourquoi, alors ? demandai-je doucement.

— Pour commencer, la plupart des vampires ne reconnaissent pas la validité de notre union.

— Quoi ?

Mon ton outré le fit sourire.

— Les vampires n'admettent qu'un serment de sang devant témoins, et il faut être un vampire pour faire un tel serment. Ma lignée te considère comme ma femme parce que je le dis, mais dans le monde des vampires en général, tu ne l'es pas.

À présent qu'il le mentionnait, je me souvins que Marty m'avait dit exactement la même chose plusieurs années auparavant, lorsque je lui avais posé des questions sur son espèce. Cela expliquait également pourquoi Vlad avait déclaré qu'il s'agissait de notre première cérémonie.

— Tu veux me changer en vampire pour faire de moi une femme honnête ? Comme c'est chevaleresque de ta part, lui répondis-je en plaisantant.

— Généralement, je me fiche de l'opinion des autres, mais ce n'est que si tu deviens légalement ma femme que tu auras droit à certaines protections dans notre monde. C'est un aspect qui compte à mes yeux, mais ce n'est toujours pas ma principale raison.

Vlad me caressa la main. Après toute l'énergie que j'avais dépensée pendant que nous faisions l'amour, mon électricité était presque à plat, et son contact ne provoqua qu'un faible grésillement, tout à fait insignifiant à côté de la décharge que je ressentis en voyant l'intensité soudaine de son regard.

— J'ai horreur des discours fleuris, parce que ceux qui les font sont généralement susceptibles de commettre les pires trahisons. Si l'on ajoute à cela l'existence que j'ai vécue, tu comprendras que je suis incapable de te dire les mots doux que tu mériterais d'entendre. Mais si tu devenais une vampire, tu pourrais ressentir mes émotions aussi clairement que j'entends tes pensées.

Il me prit la main et la posa sur son cœur.

— Si je n'ai jamais transformé aucune de mes maîtresses, c'était parce que je ne voulais pas qu'elles se rendent compte du peu d'amour que j'éprouvais pour elles. Toi, je t'aimais, et pourtant tu m'as quitté parce que je ne pouvais pas exprimer mes sentiments avec des mots. Cela se reproduira probablement, mais si tu pouvais ressentir à quel point tu comptes pour moi, Leila, conclut-il d'une voix plus profonde, les mots n'auraient plus aucune importance.

Son cœur était inerte sous ma paume. Il l'était depuis des siècles, mais Vlad était néanmoins plus vivant que toutes les personnes que j'avais jamais rencontrées. Il était aussi l'homme le plus complexe que je connaissais, et l'idée de pénétrer ses multiples couches en me connectant à ses émotions me faisait frémir d'envie. Je voulais connaître ses sentiments, ses secrets, tout ce qui composait l'homme que j'aimais. Mais malgré tout, cela ne suffisait pas à me convaincre d'accepter.

Je touchai ma propre poitrine. Les battements réguliers que je sentais sous ma main me maintenaient en vie, mais ils ne résumaient pas à eux seuls ce qu'était l'existence. Cela, je l'avais appris grâce à mes capacités. Non, les battements du cœur n'avaient d'importance que d'un point de vue biologique. L'amour et la haine, la passion et la douleur, la force et les hésitations, le désespoir et le pardon… La vie, c'était la somme de ces sensations contradictoires, et une seule question se posait : comment voulais-je vivre ? En tant qu'humaine qui avait besoin de boire du sang de vampire ? Ou en tant que vampire se nourrissant de sang humain ? Ces deux états comportaient chacun leur part de tristesses et de joies, mais lorsque je réfléchissais à mon avenir, le choix me semblait évident.

Je roulai pour me retrouver sur Vlad et je repoussai ses cheveux en arrière pour pouvoir voir son expression dans ses moindres nuances lorsque je lui donnerais ma réponse.

— Il y a un mot qui a de l'importance. Oui, Vlad. Ma réponse est oui.

Vlad n'était pas là lorsque je me réveillai, mais je ne m'en étonnai pas cette fois-ci. Avant que je m'endorme, il avait dit qu'il devait voir Mencheres ce matin pour resserrer les mailles du filet sur le traître. Vlad faisait déjà surveiller tous les appels, les textos et les e-mails, et il avait interdit à son personnel de quitter la maison en se servant de l'importance du mariage comme prétexte. Je ne voyais pas comment il pouvait aller encore plus loin, mais il devait certainement avoir un plan. Je le lui demanderais à son retour.

D'ici là, j'avais mes propres problèmes à régler, comme avertir ma famille de ma décision. Je n'allais pas sauter le pas dans la journée, mais je ne voyais aucune raison d'attendre plusieurs années, ni même plusieurs mois. Entre mes capacités et les années passées dans l'intimité de Marty puis de Vlad, je savais parfaitement dans quoi je me lançais. D'ailleurs, par rapport à la manière dont mon accident avait changé ma vie, cette transformation en vampire aurait l'air d'une promenade de santé.

Je sortis du lit et heurtai du pied un objet mou alors que je me dirigeais vers la salle de bains. La chemise de Vlad. Je la soulevai d'un habile coup de pied, puis commençai à ramasser les autres vêtements éparpillés dans toute la chambre. Il avait peut-être l'habitude qu'une horde de serviteurs ramassent tout ce qu'il semait sur son passage, mais ce n'était pas mon cas. Lorsque je saisis ma jupe turquoise, je me figeai en sentant la bosse dans sa poche.

Elle contenait le fruit de mes rapines. J'avais cru que tous les objets avaient volé dans la pièce lorsque Vlad me l'avait arrachée. En les sentant à travers le tissu, j'éprouvai la même tentation qui avait poussé Pandore à ouvrir la fameuse boîte. L'identité du traître se trouvait-elle sous mes doigts ? Ou bien ces divers objets allaient-ils précipiter mon trépas avant que j'y sois prête ?

L'idée de devenir une goule et de devoir me nourrir de chair humaine n'avait rien d'attirant, mais comment aurais-je pu renoncer à venger la mort de tous mes amis du cirque, ainsi qu'à protéger ceux qui m'entouraient aujourd'hui ? Lorsque j'avais utilisé mes pouvoirs la veille, je n'avais subi aucun contrecoup. Peut-être avais-je encore assez de sang de Vlad dans l'organisme pour contrer les effets néfastes de mes capacités. Pour l'instant, en tout cas.

Une autre raison me poussait à agir sans attendre. Cette transformation en vampire risquait de faire disparaître définitivement mes pouvoirs. Dans le meilleur des cas, ils seraient hors d'usage pendant un bon moment. C'était peut-être ma dernière chance de découvrir qui avait trahi Vlad avant qu'il y ait un autre blessé… ou pire.

« *Je ne peux pas t'empêcher de faire ce que tu penses devoir faire* », m'avait dit Vlad avant de me prévenir de ce qu'il ferait lui s'il s'en rendait compte. Je pris une longue inspiration et ôtai mon gant droit.

Il faut que je le fasse.

Je plongeai la main dans ma poche. Une cascade d'images me submergea lorsque je touchai tous les objets d'un seul coup. Au milieu des souvenirs accélérés de plusieurs membres de la maisonnée, un individu ressortit… et c'était la dernière personne que je m'attendais à voir.

Qu'est-ce que Sandra faisait dans la salle des communications ?

Chapitre 33

Le regard que Vlad me lança était si suspicieux que si j'avais été n'importe qui d'autre, il serait passé directement à un interrogatoire en règle.

— Tu veux aller faire les boutiques ? répéta-t-il.

— Oui, dis-je, et c'était la stricte vérité. Allez, aucun des vêtements que je porte n'est à moi…

— Mais si, et ils sont tout neufs, m'interrompit-il.

— … et tu t'es occupé de tout pour notre mariage, jusqu'à choisir toi-même ton alliance. Et même si je n'avais pas envie de m'acheter deux ou trois choses, ce qui est le cas, j'ai envie de trouver quelque chose pour toi. Si tu m'accompagnais, ça gâcherait la surprise, tu ne crois pas ?

Cela me valut un autre regard plein de soupçons, mais mes pensées étaient en accord avec mes paroles, et mon expression était littéralement angélique.

— Allez, la ville est à toi, de toute façon, continuai-je. Ce n'est pas comme si je t'empruntais ton jet pour une petite virée à Paris.

Je voyais à son visage qu'il se méfiait, mais que d'un autre côté, il pensait, comme tant de gens, que les femmes adoraient le shopping.

— Des gardes t'accompagneront, finit-il par dire.

— Bien sûr. Gretchen et Sandra viennent avec moi, au fait.

Il agita la main pour indiquer que leur sort lui importait peu. Je souris en moi-même, mais continuai à ne songer à rien d'autre qu'à des vêtements, des chaussures et des dessous affriolants. Je vis au frémissement de ses narines que ce dernier point lui plaisait.

— Ton escorte sera prête dans vingt minutes.

Il se pencha vers moi et me frôla la joue de sa barbe.

— Inutile de m'acheter quoi que ce soit. Tout ce que je veux, c'est toi.

Cette fois-ci, je ne contins pas mon sourire. *Et tu prétends ne pas être doué pour les phrases romantiques.*

— Je ne serai pas longue, promis-je.

Vingt minutes plus tard, Sandra, Gretchen et moi montâmes à l'arrière de la limousine. Shrapnel conduisait, car il avait remplacé Maximus comme bras droit de Vlad. Oscar était à la place du passager, et quatre autres gardes nous suivaient dans une seconde voiture.

— C'est quoi, toute cette armée ? demanda Gretchen.

Je haussai les épaules comme si je n'en avais pas la moindre idée.

— Leila est la femme du voïvode, c'est normal qu'elle ait une escorte, répondit Sandra.

— C'est quoi ça, « voui-vod » ? interrogea ma sœur.

— En gros, ça veut dire prince, lui expliquai-je. C'était le titre de Vlad à l'époque.

Ma sœur m'adressa un sourire en coin.

— Alors ça fait de toi une princesse ?

— Non, répondis-je.

— Oui, dit Sandra en même temps que moi.

— Non, répétai-je fermement. On me fait déjà la révérence, alors si on commençait à m'appeler Votre Majesté, je crois que ma tête exploserait.

Sandra éclata de rire et passa la main dans ses cheveux blond vénitien.

— Si c'était moi la princesse, j'y tiendrais beaucoup. Et j'exigerais une tiare.

Tiens donc, pensai-je froidement, mais je souris comme s'il s'agissait d'une plaisanterie.

— Les Roumains sont habitués à la royauté. Les Américains, beaucoup moins.

La limousine s'engagea dans la pente de la colline. Je regardai rapidement par la vitre pour voir le toit du château disparaître derrière un mur d'arbres et de roche. Nous allions rouler pendant trente minutes dans ce style de paysage. C'était la seule route menant à la ville, et seul le personnel de Vlad l'empruntait.

Gretchen continuait de bavarder sur mon statut de princesse, et sur le fait qu'elle était désormais célèbre, elle aussi. Comme Pippa, la sœur de Kate Middleton. Je m'abstins de lui dire qu'à part les membres de sa lignée ou les très vieux vampires roumains, personne ne considérait Vlad comme un prince. Après tout, elle s'en rendrait compte bien assez tôt.

J'attendis que nous soyons à mi-chemin de la ville pour passer à l'action. Je n'avais rien fait jusque-là, car il était possible que Sandra se soit rendue à la salle des communications parce que l'un des techniciens avait un petit creux. Si Vlad savait que j'avais le moindre soupçon la concernant, il emploierait ses propres méthodes pour lui extirper la vérité, et je n'avais pas envie de faire subir cela à une amie si je pouvais obtenir les mêmes résultats sans laisser de cicatrice, physique ou émotionnelle.

Une fois assez loin de la maison pour que Vlad ne puisse plus lire dans mes pensées et que Sandra ne puisse pas s'échapper, grâce à la conduite plus que musclée et typiquement vampirique de Shrapnel, je souris à la jeune femme, ôtai mon gant droit et posai la main sur son bras.

Elle poussa aussitôt un cri de douleur à cause du choc électrique, mais il se noya dans le flot d'images qui me submergea.

Je venais de m'endormir, mais je me réveillai instantanément en entendant ma porte se refermer. Une ombre noire se projetait sur les murs rose bonbon. Elle s'approcha, et je reconnus immédiatement le vampire dont il s'agissait à la lumière de la lune.

— Qu'est-ce que vous faites ici ? demandai-je d'une voix empâtée par le sommeil. Je ne suis pas de service ce soir.

Toujours silencieuse, la forme continua d'avancer. Sans la moindre raison, j'éprouvai de la crainte. Cela ne tenait pas debout. Vlad ne permettait pas que l'on nous maltraite, et j'avais déjà nourri ce vampire à plusieurs occasions. Mais lorsqu'il arriva près de mon lit, je me recroquevillai, mon instinct prenant le dessus sur ma raison.

Pas encore! *avais-je envie de crier sans savoir pourquoi. La terreur et la culpabilité m'envahirent, deux sensations à la fois étrangement familières et irrésistibles. Avant que j'aie eu le temps de parler, une lueur émeraude m'aveugla. Aussitôt, toutes mes craintes s'évanouirent. Tandis que le vampire me murmurait ses instructions, je hochai la tête. Je relaierais son message, bien entendu, et j'en avais moi aussi un à lui transmettre…*

Le hurlement de Gretchen me tira subitement de ma transe. L'espace d'un instant, je restai suspendue entre l'esprit de Sandra et le mien. Ce fut pour cela que je ne réagis pas lorsque le vampire assis devant moi sortit un petit appareil dont je connaissais parfaitement la nature. J'en avais déjà vu un, et même s'il n'était pas plus gros qu'un portable, il s'agissait d'un engin de mort.

Les derniers fils qui me rattachaient encore à la mémoire de Sandra s'évanouirent. La main noyée dans une lueur blanche, j'envoyai un éclair en direction du siège avant, mais trop tard. Shrapnel appuya sur le bouton du détonateur une fraction de seconde avant que je le touche.

L'explosion secoua la limousine, mais elle resta intacte. Ce fut la voiture qui nous suivait qui sauta, et je perdis ma concentration pendant quelques secondes très précieuses. Shrapnel en profita pour braquer le volant à gauche. Notre véhicule se précipita sur la barrière de sécurité et le vampire sauta par la portière.

La limousine plongea dans le vide. Gretchen poussa un hurlement, puis tout devint noir.

Du sang.

J'avais ce goût dans la bouche, et son odeur cuivrée m'emplissait les narines. Je déglutis, m'attendant à ce que la douleur qui irradiait dans tout mon corps disparaisse, mais ce ne fut pas le cas. Je me rendis alors compte que ce n'était pas le sang d'un vampire que je venais d'avaler, mais le mien.

Je me forçai à ouvrir les yeux. J'avais l'impression que mes paupières avaient été remplacées par des lames de rasoir, mais ce que je vis alors me fit oublier ma douleur. Gretchen était suspendue au-dessus de moi, le visage masqué par ses cheveux noirs. Des gouttes rouges tombaient sur les monceaux de verre qui m'entouraient. Sandra était elle aussi coincée par sa ceinture, mais elle perdait plus de sang. Nous étions séparées par une branche épaisse dont les feuilles étaient maculées d'un liquide écarlate.

Pourquoi sommes-nous encore vivantes ? me demandai-je immédiatement. *Et où est Shrapnel ?* Je me redressai en retenant un cri de douleur. Je regardai devant moi et vis que le siège conducteur était vide, contrairement au siège passager. Le visage pâle d'Oscar portait une expression de surprise que même le flétrissement accéléré de sa peau ne pouvait effacer. Lui aussi était suspendu à l'envers par sa ceinture de sécurité, un couteau en argent planté jusqu'à la garde dans le cœur.

Je me jetai sur le couteau, et de nouvelles flammes embrasèrent mon organisme. J'avais certainement des fractures aux côtes, à la clavicule et au bras gauche, sans compter les innombrables coupures dues aux éclats de verre. Mais je pouvais m'estimer heureuse. Sans les airbags frontaux et latéraux, je n'aurais pas survécu. J'avais détaché ma ceinture avant l'accident, car je m'étais tenue prête à bondir sur Sandra au cas où elle aurait tenté quelque chose. Jamais je ne me serais doutée que c'était à l'avant de la voiture que se trouvait le danger.

Avec des grognements de douleur, je me hissai sur le verre brisé jusqu'à l'avant de la limousine. À travers ce qui restait du pare-brise, je vis que notre chute avait été interrompue par un arbre. C'était la bonne nouvelle. La mauvaise, c'était les flammèches orange qui sortaient du capot.

Je retirai le poignard de la poitrine d'Oscar pour libérer Gretchen et Sandra de leurs ceintures de sécurité lorsqu'un bruit tout proche m'immobilisa. Quelqu'un approchait, et je n'avais pas la naïveté d'espérer qu'il s'agisse des secours.

Je léchai le sang qui maculait la lame du couteau, si vite que je me coupai la langue, mais la douleur disparut avant même que j'aie eu le temps de la ressentir. Au bout des quelques secondes qu'il me fallut pour lécher l'autre côté de la lame, tout mon corps se sentait déjà un peu mieux. Et lorsque Shrapnel arracha la portière du côté passager, j'étais recroquevillée devant Gretchen et Sandra, le couteau dans une main et l'autre crépitant d'électricité. Le vampire recula immédiatement d'un bond, les muscles tendus, prêt à éviter mes éclairs.

— Pourquoi ? lui demandai-je.

La moitié de sa chemise et de sa veste était en lambeaux, et une plaie rouge indiquait l'endroit où je l'avais touché. Malgré la gravité de la blessure, il avait survécu. Il lui avait simplement fallu un peu de temps pour se remettre avant de revenir terminer le travail.

— Parce que tu es au courant désormais, répondit-il d'une voix dure.

— Non, pas ça, répliquai-je en désignant l'épave de la limousine d'un geste de la tête. Pourquoi as-tu trahi Vlad ?

— Je n'en avais pas l'intention.

Sa voix était devenue un murmure. Je lus du désespoir sur ses traits, puis de la résolution teintée de lassitude.

— Rien de tout cela n'était censé arriver. Tu crois que j'avais envie de tuer ta sœur et ton amie ? Même toi, je ne veux pas te tuer, mais je n'ai pas le choix.

Je levai la main droite plus haut.

— Fais seulement mine de bouger et je te coupe en deux pour de bon.

Il était trop loin pour que j'essaie, mais s'il se rapprochait, il se mettrait à ma portée. Je n'osais pas prendre le risque de le charger à cause de l'inclinaison de la pente. De plus, cela laisserait Gretchen et Sandra sans défense. Je préférai attendre qu'il me saute dessus de toute sa vitesse surhumaine, mais les secondes passèrent sans qu'il esquisse le moindre mouvement. La méfiance me gagna. D'accord, il savait que je ne bluffais pas, mais Vlad ne tarderait pas à apprendre ce qui s'était passé. Il devait le savoir, alors pourquoi n'essayait-il pas de…

Le vent porta alors une odeur désagréable à mes narines. Je compris tout de suite. Il était inutile que Shrapnel bouge pour me tuer. Il n'avait tout simplement qu'à attendre que les flammes atteignent le réservoir percé.

Chapitre 34

— Si tu t'enfuis tout de suite, tu auras peut-être une chance d'échapper à Vlad, dis-je en changeant de tactique.

Je n'avais pas le temps de libérer mes deux compagnes et de vaincre Shrapnel avant l'explosion. Nous le savions tous les deux.

— Il est déjà trop tard. Tu n'es pas morte dans l'accident et il m'a fallu trop longtemps pour me guérir avant de pouvoir venir t'achever.

Cette fois encore, sa voix était plus lasse que maléfique. Il poussa même un soupir, comme s'il portait un fardeau trop lourd pour lui.

— Tout ce que je peux faire désormais, c'est m'assurer que tu meures.

— Mais qu'est-ce que je t'ai fait ? répliquai-je sèchement tout en espérant qu'un occupant du château ait vu la fumée et que les secours étaient en route.

— Rien. C'est ce que tu feras si tu restes en vie, répondit-il en regardant ma main droite. Mon sort est déjà scellé. Elle, par contre, elle a encore une chance.

« Elle ». Je tentai une nouvelle fois de l'obliger à fuir ou à m'attaquer.

— Tu veux parler de la jolie vampire brune ? dis-je en misant toutes mes billes sur l'espoir qu'il parlait bien de la femme que j'avais aperçue dans ma vision. Désolée de te décevoir, mais cela fait déjà plusieurs jours qu'elle a été localisée. Vlad a déjà lancé des hommes à ses trousses. La seule chose qu'on ignorait encore, c'était l'identité du traître.

— Tu mens, siffla Shrapnel.

Il fit un pas vers moi et je retins mon souffle. *Allez, avance encore un peu !*

— Tu crois ? Alors écoute : un mètre soixante-trois, plus plantureuse que moi, une épaisse chevelure châtaine, un petit accent… tu veux que je continue ?

J'en aurais été bien incapable, mais j'étais de plus en plus désespérée à mesure que l'odeur d'essence s'intensifiait. J'hésitais à lui foncer dessus malgré la pente et sa vitesse… mais il fit alors un deuxième pas en avant.

— Comment as-tu rompu le sort qu'elle avait jeté pour t'empêcher de te connecter à elle ?

— Oh, rien de plus facile, répondis-je en me disant qu'il était heureux que Shrapnel ne lise pas dans les pensées, car je n'avais aucune idée de ce dont il voulait parler. D'où crois-tu que me viennent mes cheveux noirs et lisses ? J'ai un quart de sang cherokee dans les veines. Ma grand-mère était une chamane très puissante. Ma mère et moi avons appris d'elle plein de trucs mystiques, et le pauvre sort de ta petite pétasse n'était pas de taille contre ma magie.

Tout cela était faux, à part l'histoire du sang cherokee. Je retins mon souffle en espérant que Shrapnel ne s'en rendrait pas compte.

— Ne parle pas d'elle comme ça ! rugit-il.

Il fit un nouveau pas en avant et je saisis ma chance. Je bondis dans sa direction et mobilisai toute l'électricité qui était en moi pour former un fouet aussi lumineux qu'un éclair. Il plongea de côté pour l'éviter, mais trop tard, malgré toute sa vitesse. La lanière le toucha à la hanche et le trancha d'un bout à l'autre.

Ses jambes s'écroulèrent comme deux troncs d'arbres. Le haut de son corps fut projeté en avant par l'élan qu'il avait pris. Son torse m'atterrit dessus avec une violence qui me coupa le souffle. Avant que j'aie eu le temps de le repousser, il se mit à me bourrer de coups de poing et à mordre tout ce qui était à portée de ses canines.

Je hurlai, surprise par la férocité de ce double assaut. Shrapnel avait été coupé en deux, mais cela n'avait pas diminué son énergie. Au contraire, il semblait mû d'une détermination à me tuer presque démoniaque. Son poing percuta violemment ma cage thoracique, ce qui interrompit mon cri. La sauvagerie de la douleur prit le pas sur ma faculté de penser, et mon instinct de survie se mit en marche. Sans même m'en rendre compte, je l'attrapai et lui envoyai une décharge électrique. D'un seul coup, son poids disparut et je me retrouvai transportée dans une ruelle décrépite.

Les lampadaires étaient cassés, mais je n'avais pas besoin de leur lueur et j'avançais sans hésiter dans l'étroite allée entre les bâtiments.

— Tu as aussi tué le type qui a fait la bombe ? Mais est-ce que tu vas arrêter de prendre tous ces risques inutiles ?

Plusieurs personnes se retournèrent en entendant mon cri de colère. Je m'en fichais. La plupart des vampires évitaient les repaires de sans-abri. Ils sentaient trop mauvais pour offrir un repas agréable.

— Je n'ai couru aucun risque, répondit tranquillement ma maîtresse. J'ai réglé le problème, mon chou. Il est mort et plus personne ne pourra remonter jusqu'à nous.

De rage, je serrai le téléphone entre mes doigts, mais je me forçai à détendre la main pour éviter de le casser et de mettre un terme à notre conversation.

— Si tu ne t'étais pas servie de lui pour tuer Leila, il n'y aurait eu aucun problème à régler. Si j'avais su ce que tu

comptais faire, je ne t'aurais pas dit où elle se trouvait. Si Vlad ne croit pas que l'explosion était un accident, il fera tout pour retrouver ses meurtriers.

— Tu t'inquiètes pour rien, dit-elle, et la lassitude que j'entendis dans sa voix me fit l'effet d'une giclée d'acide. Même s'il y a des soupçons, ils ne mèneront nulle part. Je ne sais pas à quel point elle comptait pour lui, mais de notre point de vue, elle est moins dangereuse morte…

J'éclatai d'un rire âpre.

— Un de ces jours, tu m'expliqueras la vraie raison pour laquelle tu ne veux pas que Vlad soit au courant pour nous deux. En attendant, je ne vois qu'un motif qui ait pu te pousser à tuer Leila : la jalousie.

J'avais voulu la blesser par cette remarque, mais je n'étais pas préparé au venin de sa réponse.

— Mes raisons n'ont aucune importance. Ce qui compte, en revanche, c'est que c'est toi qui m'as dit où la trouver. Il te tuera pour ça, mon chou, mais seulement après t'avoir torturé pendant des années. À moins que cette perspective ne t'attire, tu n'as pas le choix : tu es obligé de garder le secret.

Je raccrochai. J'étais désespéré, mais je savais qu'elle avait raison. Si Vlad apprenait le rôle que j'avais joué dans la mort de Leila, sa réaction était prévisible, et il ne s'arrêterait pas là. Il ferait la même chose à ma maîtresse, et malgré la colère que j'éprouvais envers elle, je ne pouvais pas le permettre. Je l'aimais, et si sa sécurité ne dépendait que de mon mensonge, alors je mentirais.

La ruelle se dissipa et je me préparai à revenir à ma propre réalité, mais sans même l'avoir voulu, je me connectai alors à la complice de Shrapnel. Pendant une fraction de seconde, je la vis, vêtue d'un tailleur et allongée sur un divan, un Martini à la main. Mais avant que je parvienne à me concentrer sur son visage, ses traits se brouillèrent, et je ne vis plus qu'une tache floue entourée d'une cascade de cheveux châtains.

Je fus alors prise de vertiges, comme si l'on m'avait frappée derrière le crâne avec une planche. Je rompis la connexion et revins à mon présent. J'étais recroquevillée sur le flanc et j'essayais de respirer entre deux quintes de toux. Le sang coulait de ma bouche, et la pression dans ma poitrine augmentait jusqu'à en devenir insoutenable.

Cela ne venait pas des coups de Shrapnel. Non, je reconnaissais cette douleur. Mes capacités étaient entrées dans la zone rouge, et le seul vampire assez près de moi pour me guérir était mort.

L'injustice de la situation me donnait envie de hurler de frustration. Mon seul but avait été d'utiliser mes pouvoirs sur Sandra pour voir si elle était coupable ou innocente. Je n'avais jamais eu l'intention de revivre le pire péché de Shrapnel, et encore moins de me connecter à la traînée qui avait entamé toute cette histoire en faisant exploser le cirque. Et à présent, j'allais en mourir.

J'entendis un grognement et j'ouvris les yeux. À travers un voile rouge, j'entraperçus Shrapnel. La décharge que je lui avais envoyée l'avait fait reculer de quatre mètres. Il lui manquait désormais les deux bras en plus des jambes, et sa peau ressemblait à un morceau de viande passé au mixeur. Mais malgré tout cela, il était encore en vie. Il tourna alors la tête, et nos regards s'accrochèrent.

J'étais en train de perdre connaissance, mais je ressentis une pincée de surprise. Je ne m'étais pas attendue à la moindre empathie de sa part, mais je n'étais pas préparée au mélange de soulagement et de fierté que je lus sur son visage. Le soulagement était logique : il voulait ma mort, et à en croire la douleur qui m'écrasait la poitrine, son vœu ne tarderait pas à être exaucé. Mais pourquoi de la fierté ? Il n'avait rien à voir dans la surcharge mortelle de mes capacités…

Je compris alors… mais il était bien trop tard.

« Comment as-tu rompu le sort qu'elle avait jeté pour t'empêcher de te connecter à elle ? » m'avait demandé Shrapnel. J'avais alors cru qu'il voulait dire que la jolie brune avait concocté une formule magique pour m'empêcher de voir clairement son visage, mais cela allait plus loin.

Le sort avait aussi été conçu pour me tuer.

Chapitre 35

— Leila !

Je perçus la voix de ma sœur dans les affres de mon agonie. Je n'avais qu'une envie : rester en position fœtale, ou mourir, selon ce qui se révélerait le moins douloureux. *Gretchen. Elle a l'air effrayée*, parvins-je à penser, puis la gravité de la situation me revint. *La limousine a pris feu.*

Je me mis à genoux et poussai un hurlement rauque. Ma vision commençait à s'assombrir, mais j'aperçus tout de même un éclat orange. Les flammes s'étaient étendues au-delà du capot. Elles risquaient d'atteindre le réservoir à chaque seconde.

Je me précipitai vers la voiture. L'effort me fit vomir alors que j'essayais de respirer malgré la pression presque paralysante sur ma poitrine. Je ne voyais plus assez bien pour retrouver le couteau que j'avais lâché et j'avais l'impression que mon corps avait pris feu. C'était peut-être le cas, d'ailleurs, mais je ne pouvais pas m'arrêter. Je me concentrai sur les cris de ma sœur, et ils me firent l'effet d'une piqûre d'adrénaline, me donnant la force de continuer vers la limousine. Je trébuchai et heurtai la portière avec le visage.

Je ne voyais désormais plus rien et la voix de Gretchen était de plus en plus lointaine, mais mon cerveau tournait toujours. De la main gauche, je tâtonnai jusqu'à trouver l'attache de la ceinture de sécurité, puis j'étendis la main droite par-dessus mon bras. Puisant dans mes dernières réserves d'énergie, je brisai l'attache avec un éclair.

Ma sœur s'écroula lourdement sur mes épaules. Jamais je n'avais rien ressenti d'aussi merveilleux.

— Sauve Sandra, tentai-je de lui dire, mais seul un gargouillis incompréhensible sortit de mes lèvres.

Je sentis qu'on me poussait violemment, aiguillonnant encore plus ma douleur. *Shrapnel est revenu ?* me demandai-je. Mais je m'en moquais, car je me sentais enveloppée d'une délicieuse torpeur. *Arrête !* me hurla le peu de raison qui me restait. *Ne perds pas connaissance ! Tu ne te réveilleras pas !*

J'essayai de me forcer à lutter contre l'obscurité et l'extase enivrante générée par cette diminution de la douleur. J'avais l'impression de me débattre dans des sables mouvants ; plus je m'agitais et plus je coulais. Je repris alors conscience en sentant qu'on me traînait sans le moindre ménagement. J'avais l'impression que mes côtes étaient des brindilles enfoncées dans mon corps, mais je parvins à prendre quelques inspirations hachées. L'apport d'oxygène, combiné au nouveau déluge de souffrance, chassa la léthargie qui me gagnait. J'entendis alors un bruit assourdissant. J'ouvris brutalement les yeux et me retrouvai momentanément aveuglée par un voile orange.

Les flammes avaient fini par atteindre le réservoir.

À travers mes yeux réduits à de minuscules fentes, je découvris que j'avais été traînée derrière des arbres. Les troncs avaient absorbé le gros des débris de l'explosion. Sandra gisait à côté de moi, inconsciente, et Gretchen…

Je devais être en train de rêver. Sinon, comment expliquer que ma sœur se trouvait à cinq ou six mètres de moi, accroupie sur Shrapnel ? Elle avait enfoncé dans sa poitrine le couteau avec lequel il avait tué Oscar, et malgré son air terrifié, elle agrippait fermement le manche des deux mains.

— Ne songe même pas à tenter quoi que ce soit, ordonna-t-elle d'une voix pantelante.

Shrapnel gardait les yeux fixés sur elle. Les membres squelettiques qui poussaient au bout de ses épaules et de ses hanches tressaillirent. Ses bras et ses jambes ne tarderaient pas à avoir entièrement repoussé, et ses blessures internes guériraient également. Je m'apprêtais à avertir Gretchen que Shrapnel tenterait forcément quelque chose lorsque trois silhouettes atterrirent à côté d'eux aussi brutalement que des météorites. Une quatrième se posa près de moi, les yeux d'un vert éclatant, ses longs cheveux noirs battant ses épaules tandis qu'il s'ouvrait le poignet avant de me le coller contre la bouche.

Vlad. Quelqu'un avait dû repérer la fumée de l'accident.

Alors que je commençais à boire son sang, ses gardes s'emparèrent de Shrapnel. L'un d'entre eux ôta le couteau fiché dans sa poitrine pour éviter qu'il se suicide. Ma vision se brouilla alors complètement. J'avalai une nouvelle gorgée, mais la douleur qui me ravageait ne diminua pas. Au contraire, elle augmenta encore. J'avais l'impression qu'on m'enfonçait des lames de rasoir dans le crâne, et la pression qui m'enserrait la poitrine s'étendit à tout mon corps. Je ne pouvais plus avaler. Je ne pouvais même plus mobiliser assez de force pour respirer. Une grande sensation de froid m'envahit et la douleur disparut, remplacée par une caresse glacée. Je compris alors qu'il était arrivé trop tard.

— Non !

Le cri de Vlad me garda en vie, mais un instant seulement. Les chaînes de mon existence, que je n'avais jamais éprouvées jusque-là, se brisèrent, et je me sentis projetée en avant comme une balle de fusil. Je ne gisais plus brisée sur le sol. Je flottais, et cette sensation était encore plus grisante que voler dans un rêve. L'atroce voile noir et rouge s'était levé de mes yeux. Désormais, tout était nimbé d'une lumière éclatante, et j'étais entourée d'un parfum rassurant, un mélange de pluie et de freesia. Je l'avais déjà senti, il y avait si longtemps que je l'avais oublié, mais je savais désormais à qui cette odeur était reliée. Et enfin, je la vis.

Les mèches grises de sa chevelure noire semblaient irradier, tout comme les minuscules rides qui apparurent lorsqu'elle sourit. D'un seul coup, toute ma culpabilité s'envola. Elle ne dit pas un mot. C'était inutile. Je sentais qu'elle ne m'en avait jamais voulu d'avoir causé sa mort, et qu'elle avait pardonné toutes mes autres fautes. Je me précipitai vers elle, mais sans se départir de son adorable sourire, elle tendit la main pour m'arrêter.

Pas encore, ma puce. C'était comme un murmure qui me traversa l'esprit.

Je me sentis tirée en arrière avec une grande brutalité. Son doux parfum s'évanouit, tout comme la lueur cristalline dans laquelle je flottais. J'entamai une chute d'une vitesse terrifiante, et chaque fois que je voulus me rattraper, je me sentis tirée impitoyablement en arrière. Le sol approchait très vite, mais j'étais incapable de lutter contre la poigne invisible qui continuait à me tirer vers le bas.

Lorsque j'atterris sur cette surface dure, l'impact me brisa. J'attendis la froide caresse de la mort, mais elle ne vint pas.

À sa place, je ne sentis que du feu.

Chapitre 36

Du sang.

Son goût emplissait ma bouche et son odeur dominait l'air ambiant. Il n'avait plus rien de cuivré ou d'âpre. Au contraire, il était devenu capiteux et enivrant. J'avalai et inspirai simultanément pour tenter de m'approprier le plus possible ce délicieux nectar qui faisait disparaître la douleur. L'espace de quelques instants, je me noyai dans une satisfaction si complète qu'elle me fit l'effet d'un orgasme combiné à l'extase que procure la drogue.

Puis, comme chaque fois que j'avais revécu ce genre de pic grâce à mes capacités, le retour à la réalité fut terrible. Frissonnante et percluse de douleur, j'en voulais plus, désespérément plus.

— Encore, grogna une voix d'animal enragé.

Je reçus alors un torchon humide et glacé sur le visage. Il fit disparaître le sang que j'étais en train de lécher, et j'ouvris brutalement les yeux, furieuse. La lumière me parut si vive qu'elle m'aveugla un instant.

— J'ai dit encore !

Je me rendis alors compte de deux choses. Que cette voix animale était la mienne, et que je n'avais pas respiré entre mes deux phrases. Les deux pointes acérées qui me perçaient les lèvres ne firent que confirmer mes soupçons.

Alors là, tu as décroché le pompon, ironisa ma petite voix intérieure.

Je grinçai des dents, et mes canines s'enfoncèrent encore plus profondément dans ma lèvre inférieure. Visiblement, ma mort et ma transformation en vampire n'avaient pas suffi à tuer cette petite voix que je détestais tant.

Le kaléidoscope de couleurs se mua alors en formes distinctes, et j'aperçus Vlad. Son pantalon noir et sa chemise indigo empestaient la fumée et le caoutchouc brûlé, mais ces deux odeurs ne parvenaient pas à masquer l'arôme du sang, et tout le reste s'effaça.

Je lui sautai dessus pour me repaître de ces traces succulentes avec une telle violence que je lui arrachai la peau et les vêtements avec les dents. Il murmura quelque chose que je ne compris pas, car je concentrais toute mon attention pour identifier l'origine de cette odeur. J'étais vaguement atterrée de mon comportement, mais une seule chose comptait.

Du sang. J'en veux. Tout de suite !

Vlad me repoussa. Il me tint éloignée d'une main et passa l'autre derrière son dos. Tout mon être recommençait à se consumer de l'intérieur, et la douleur était si intense que je ne ressentais plus rien que l'envie qu'elle cesse. À ce moment-là, un divin nectar se mit à couler dans ma gorge, m'emplissant d'un tel réconfort que je sentis des larmes de reconnaissance me couler sur les joues. J'avalai comme si je voulais me noyer dans ce délice et je fermai les yeux avec un soulagement proche de l'évanouissement.

Je sentis alors autre chose. De la colère, suivie d'un véritable tsunami de l'émotion la plus crue, la plus débridée que j'avais jamais ressentie. Dire que c'était de l'amour revenait à comparer une averse de printemps à un ouragan, et lorsque je compris qu'elle ne provenait pas de moi, mais du vampire qui tenait toujours mon menton d'une poigne de fer, je ressentis un véritable choc.

— Je sens ce que tu ressens, murmurai-je.

Ses yeux se mirent à étinceler comme jamais, mais je pouvais désormais soutenir son regard sans mal.

— Parce que ta petite cachotterie t'a coûté ton humanité.

Si je n'avais pas senti la nouvelle vague qui submergea mes émotions, j'aurais tressailli au ton de sa voix. Mais il était en colère parce qu'il avait eu peur de me perdre. Je n'aurais jamais cru que la peur avait la moindre prise sur Vlad, pourtant c'était bien ce sentiment qui submergeait mon esprit, entremêlé à son amour sans limites. Je pensais que sa manie de vouloir tout contrôler était due à son arrogance, mais elle venait en fait de son besoin pathologique de me protéger. Si j'avais été moins obnubilée par mon désir de sang, j'aurais été émerveillée par tout ce que je venais de découvrir sur lui.

Un nouveau déferlement de douleur me fit oublier tout le reste. J'avais l'impression de mourir de faim des milliers de fois en quelques secondes. Si Vlad ne m'avait pas soutenue, je me serais écroulée, et avant que j'aie le temps de hurler, une autre gorgée de nectar apaisa mes souffrances.

J'avalai tout aussi goulûment que précédemment, mais je retrouvai cette fois mes esprits avant qu'il m'ôte les lambeaux de sachets plastique des mains. Des poches de plasma, remarquai-je tout en me léchant les mains sans pouvoir me retenir. C'était très moderne venant de lui. Si mes souvenirs étaient exacts, il me faudrait plusieurs jours avant de trouver la volonté nécessaire pour ne pas massacrer tous ceux qui passeraient à ma portée. Cette perspective n'avait rien de réjouissant.

Je compris alors autre chose.

— Pourquoi est-ce que je suis un vampire et pas une goule ? Je me souviens d'être morte…

Et d'avoir vu ma mère. J'en oubliai un instant ma question. Elle n'avait été ni un rêve, ni une illusion, j'en étais absolument convaincue. Cela voulait donc dire qu'il y avait bien quelque chose après la mort. Je n'y avais jamais cru, car je n'avais jamais rien expérimenté de tel dans tous les décès que j'avais revécus. Mais peut-être l'au-delà était-il une chose qu'il fallait expérimenter personnellement.

Vlad détendit la main, me lâcha la mâchoire et me caressa la gorge.

— Cette fois-ci, mon sang n'a pas suffi à te guérir. Par contre, il a entamé le processus de transformation.

— Comment ?

— Dans une transformation normale, répondit-il avec un sourire terne, je t'aurais saignée à blanc, puis je t'aurais fait boire mon sang. Tes blessures ont entraîné une hémorragie mortelle, mais il y avait tellement de mon sang dans tes veines que le peu que je t'ai donné t'a fait basculer de l'autre côté.

Il laissa retomber la main, et je sentis un tourment plein de colère frôler mes émotions avant qu'il poursuive.

— Bien sûr, je ne m'en suis aperçu qu'après ta mort, lorsque tu t'es jetée d'un seul coup sur ma gorge.

Je ne me souvenais pas de ce détail, pas plus que de la manière dont j'avais été transportée ici. La dernière chose que je me rappelais, c'était les gardes qui emmenaient Shrapnel, et Vlad agenouillé à côté de moi.

— Gretchen. Elle va bien, n'est-ce pas ?

— Elle n'a que des blessures bénignes.

Cette fois-ci, mon soulagement n'était pas dû à une dose de sang.

— Et Sandra ?

— C'est un peu plus grave, mais elle s'en remettra.

La question me répugnait, mais il fallait que je sache.

— Shrapnel ?

Vlad crispa les lèvres.

— À l'endroit où il doit être.

Traduction : les oubliettes. Peut-être était-ce aussi où nous étions. La pièce ressemblait à une version plus chic des cellules de Vlad. Les murs, le plafond et le sol étaient en pierre, et je ne voyais aucune porte ou fenêtre, mais il y avait deux matelas empilés dans un coin, recouverts de plusieurs grosses couvertures. Aucune des cellules que j'avais vues n'avait contenu de matelas, même si l'absence de lampe était…

Je voyais comme en plein jour. Je clignai des yeux pour voir si cela changeait quelque chose, mais bien entendu, rien ne se passa.

La petite cellule baignait dans l'obscurité la plus complète, mais j'en voyais chaque détail, jusqu'aux taches rouges qui maculaient les murs, et dont la délicieuse odeur me donnait envie de les lécher. Je sentis alors deux petites piqûres sur la lèvre. Mes canines venaient de ressortir.

Je fermai les yeux, submergée par les événements. Je n'avais pas voulu que cette transformation arrive si vite, et je ne savais pas si j'arriverais à l'appréhender. Mais prête ou pas, j'étais dorénavant une vampire. Je passai la main sur mon cœur. Il avait battu pendant vingt-cinq ans, mais il se taisait désormais à jamais, tel un tambour à l'abandon.

Lorsque je rouvris les yeux, Vlad me regardait. Il ne dit rien, mais un étrange mélange d'empathie et de froideur envahit mon esprit. *Tu ne peux t'en prendre qu'à toi-même,* semblaient me dire ses émotions, *mais je ne te laisserai pas seule.*

Je le regardai à mon tour et remarquai une nouvelle petite cicatrice sur son nez. Ce n'était pas tout. Sa peau ne me paraissait plus pâle, mais légèrement luminescente, comme si elle couvrait une lumière qui brûlait en lui. Ses cheveux n'étaient pas uniformément brun foncé, mais plutôt d'un riche mélange de noir, de terre d'ombre et de noisette. Autour de lui, l'air crépitait d'énergie, et lorsqu'il me caressa à nouveau la gorge, sa main frémit, comme si c'était en lui que l'électricité bouillonnait.

— Toi aussi, tu es différent, m'émerveillai-je.

Il me répondit avec un sourire mi-moqueur, mi-amusé.

— Tu es une vampire. Tu vois des détails qui échappent aux humains, tu es sensible à des pouvoirs qui dépassent leur compréhension, et tu ressens les émotions avec une force qu'ils ne peuvent même pas imaginer.

Il me saisit par les cheveux et me tira la tête en arrière avant d'approcher sa bouche de la mienne.

— Et maintenant, regarde.

La rugosité de sa petite barbe et la souplesse sensuelle de ses lèvres n'étaient rien à côté des émotions qui embrasèrent mon esprit. Un désir insoutenable prit possession de moi, et je dus m'accrocher pour ne pas tomber à genoux. Cette sensation était aussi brûlante que l'avait été ma faim, la douleur en moins. Je me sentis submergée par le besoin de lui tirer des cris de plaisir… et de le faire sur-le-champ.

J'ouvris la bouche et entremêlai ma langue à celle de Vlad tout en agrippant sa chemise. Celle-ci se désagrégea entre mes doigts aussi facilement que du papier mouillé, et lorsqu'il m'attira contre lui, sa chaleur me coupa le souffle. Il avait toujours été chaud, mais désormais, j'avais l'impression que des flammes tournoyaient sous sa peau. Il arracha ma robe, mon soutien-gorge et ma culotte tout aussi brutalement que j'avais déchiré sa chemise, puis me jeta sur le matelas.

Je poussai un gémissement lorsqu'il se coucha sur moi, surprise une nouvelle fois par les différences de sensation. Chaque frôlement de sa peau me poussait à me cambrer contre lui sous l'emprise d'un désir animal. Chacune de ses caresses semblait s'insinuer dans des parties cachées et insatiables de mon être. Tous nos précédents ébats n'étaient plus que des souvenirs ternes, semblables aux visions psychiques que j'avais du passé. On aurait dit que c'était la première fois que nous faisions l'amour. Lorsqu'il m'écarta les jambes et posa la bouche entre mes cuisses, je hurlai, terrassée par l'extase.

Je ne sais combien de temps je me tortillai contre lui. Chaque coup de langue m'emportait dans un tourbillon de plaisir. Lorsqu'il se redressa pour déchirer son pantalon, j'étais encore toute frissonnante de mon orgasme, mais à la vue de son membre dressé, mon désir se ranima d'un seul coup. Je me tortillai pour le faire passer au-dessus de moi, mais la force de son baiser me repoussa la tête en arrière.

Le goût de ses lèvres était plus âpre, plus salé, et si charnel que mon sexe se contracta presque douloureusement. Son corps était un enfer de flammes, et mes émotions se mirent à bouillir viscéralement lorsqu'il glissa la main entre nous. Je rompis notre baiser et lui mordis l'épaule sans réfléchir, choquée que cela me paraisse si naturel. J'enfonçai mes canines plus profondément et le plaisir résonna en moi. Je ne savais pas s'il s'agissait du sien ou du mien, et je m'en moquais, car au même moment, il m'attira violemment par les hanches pour me coller à lui.

Je cessai de le mordre et hurlai en sentant sa chair brûlante s'enfoncer en moi. Les sensations avaient-elles été aussi intenses auparavant ? Non, c'était impossible. Jamais je n'aurais pu supporter la délicieuse crispation de mon entrejambe lorsque son ventre frotta mon clitoris car il était enfoncé en moi aussi loin qu'il pouvait aller. Pas plus que l'extase que je ressentis lorsqu'il referma les lèvres sur ma gorge et mordit à l'endroit où mon pouls avait encore battu quelques heures auparavant. Il donna un coup de reins, les canines toujours plantées dans mon cou, et toutes mes inhibitions disparurent, balayées par le sentiment que j'étais complètement dominée tout en n'ayant jamais été aussi puissante.

J'arrachai sa bouche de mon cou. Ce fut à peine si je remarquai la piqûre de ses canines lorsqu'elles me déchirèrent la peau. Je le pris dans mes bras et le mordis au même endroit. Reliée de la sorte à ses sensations, je sentis le plaisir me submerger et démultiplier mon excitation. Il se mit à bouger plus vite, plus fort. Ses doigts s'incrustèrent dans ma peau, mais je n'en ressentis que plus de plaisir et je plongeai mes canines dans sa gorge au rythme de ses coups de reins. Je lui labourais le dos de mes ongles, faisant apparaître un fluide qui n'était pas de la sueur. L'extase enflait, et j'étais prise d'un besoin impérieux qu'il m'en donne encore plus, même si c'était trop. Il était trop brûlant, trop bien membré, trop brutal… et je mourrais s'il s'arrêtait.

J'arrachai mes lèvres de son cou.

—Je t'aime tellement, haletai-je, juste avant qu'un nouvel orgasme me ravage avec une intensité terrifiante.

À travers mes paupières à moitié closes, je vis que Vlad avait rejeté la tête en arrière et que des coulées écarlates lui maculaient la gorge. Il baissa la tête et me regarda tout en me caressant le visage de ses mains chauffées à blanc.

—Je t'aime aussi, ma femme.

Je n'eus pas le temps de répondre. Il glissa vers le bas et plaça sa bouche entre mes jambes avec une férocité passionnée. Je me cambrai contre lui avec un gémissement de plaisir mêlé de frustration. C'était incroyablement agréable, mais je voulais encore le sentir en moi…

Mon esprit se vida de toute pensée cohérente lorsqu'il remplaça sa langue par ses canines et qu'il arrêta de lécher mon clitoris pour le transpercer. Une vague de plaisir insoutenable me submergea, et un éclair jaillit de ma main droite. De la fumée s'éleva du trou qu'il avait fait dans le matelas, mais je serrai les draps entre mes doigts crispés tandis que Vlad commençait à aspirer à longues gorgées.

Je prononçai son nom dans un sanglot étranglé. Je le hurlai à la succion suivante, puis je perdis la faculté de penser. Je ne pouvais plus que m'agripper à lui tout en poussant des cris inarticulés, et lorsqu'il me retourna après une dernière aspiration étourdissante, je ne pouvais même plus bouger.

Il me tira par les hanches et me pénétra profondément, ce qui m'arracha un nouveau cri étouffé. Mon sexe, vibrant et fourmillant de sensations, se serra convulsivement lorsque Vlad se retira. Il me souleva, m'installa au-dessus de lui et me pénétra d'un nouveau coup de reins. Les mains sur ses cuisses, je me recollai à lui. Il m'écarta les cheveux pour poser un baiser brûlant sur mon cou. Puis je ne sentis plus rien que le rythme sauvage qui m'amena à l'orgasme en même temps que lui, et les frissons qui nous secouèrent l'âme et le corps.

Chapitre 37

Lorsque Vlad me lâcha, je retombai contre le matelas. Je ne haletais pas, mais c'était uniquement parce que je n'avais plus besoin de respirer. Et même si je n'avais jamais fumé, j'aurais volontiers allumé une cigarette en l'honneur du moment que nous venions de partager.

Ce fut alors que mon ventre se crispa. Mon impression de satiété disparut au profit d'une faim si intense que je commençai à trembler.

Vlad me redressa brutalement et me plaqua d'une main contre le mur tandis qu'il pianotait un code sur un clavier que je n'avais pas remarqué auparavant. Un tiroir sortit de la paroi en pierre, et en voyant ce qu'il contenait, je me sentis submergée par un besoin impérieux.

Au cours des minutes qui suivirent, je me retrouvai entraînée dans un tourbillon de douleur et de soulagement. Lorsque je recouvrai mes esprits, j'étais toujours contre le mur, en train de vider les restes d'une poche de sang sous les yeux de Vlad.

Il tendit la main et je me forçai à lui donner la poche malgré les succulentes traînées rouges qu'elle contenait encore. Mais il était hors de question que je me comporte comme un animal plus longtemps que nécessaire.

Il la prit, ainsi que les autres tombées à mes pieds et posa le tout dans le tiroir.

— Comment as-tu su ? parvins-je à demander d'une voix calme.

Il haussa les épaules.

— C'est toujours ce qui arrive après une transformation. Le sexe, la violence et la colère aiguillonnent la faim. Tant que tu ne la contrôleras pas, tu dois apprendre à l'anticiper.

Je baissai les yeux. J'avais la poitrine maculée de sang d'avoir ouvert si sauvagement les poches de plasma. Je ressemblais à une actrice dans un film d'horreur pornographique. J'allais encore connaître de telles fringales pendant plusieurs jours, mais certaines choses ne pouvaient pas attendre que je maîtrise ma faim.

J'avançai jusqu'au lit et m'enveloppai dans le drap. Ce que j'avais à dire était trop sérieux pour en discuter nue.

— Tu as donc compris que c'était Shrapnel le traître, commençai-je.

Il m'interrompit avec un ricanement.

— Je me suis dit que si tu l'avais découpé en morceaux, ce n'était pas seulement parce qu'il conduisait mal.

Je soutins son regard.

— Il était le seul traître de ton entourage, mais pas le seul complice.

Les yeux de Vlad virèrent au vert étincelant.

— Explique-toi.

— Sandra passait des messages…

Sans me laisser le temps de continuer, Vlad posa la main sur une portion du mur qui semblait tout à fait normale. Une porte apparut.

— Waters, aboya-t-il dans l'ouverture. Arrête immédiatement Sandra.

Non, criai-je dans ma tête. *Ce n'est pas sa faute !*

Il ne répondit pas. Je me rappelai alors qu'il ne pouvait plus lire dans mes pensées. Outre le plaisir charnel exacerbé, c'était l'un des grands avantages de mon nouveau statut.

— Elle ne savait pas, repris-je à voix haute. Shrapnel l'avait hypnotisée pour la forcer à le faire. Je l'ai vu quand je l'ai touchée.

Il se retourna vers moi, l'expression toujours aussi sombre, mais il corrigea toutefois son ordre.

— Arrête-la en douceur, Waters, dit-il avant de refermer la porte aussi mystérieusement qu'il l'avait ouverte. Qu'as-tu vu d'autre ?

Je ne savais pas si son mécontentement, qui s'insinuait dans mes propres émotions, était dirigé contre Shrapnel ou contre moi.

— Tout d'abord, promets-moi que tu ne feras aucun mal à Sandra.

Il croisa les bras. Entre sa carrure impressionnante et le sang dont je l'avais aspergé en me jetant sur les poches, il n'aurait pas pu avoir l'air plus menaçant, mais je ne me laissai pas intimider.

— Promets-le-moi, répétai-je.

— J'ai d'autres moyens à ma disposition pour découvrir la vérité, dit-il d'une voix soyeuse.

Je répondis avec un ricanement sardonique.

— Pourquoi crois-tu que j'ai agi derrière ton dos ? Je connais parfaitement les « moyens » dont tu te sers pour obtenir des informations. C'est pour cela que je ne voulais pas que tu en fasses usage sur mon amie si elle était innocente.

Il crispa les lèvres et je ressentis les échos de sa colère en moi, mais ce n'était pas tout. Aussi poignant qu'un souvenir doux-amer, je découvris du regret qui flottait dans mon esprit. J'avais perdu ma mortalité par ma propre faute, mais je compris que Vlad s'en accusait également.

Il appuya sur le mur et la porte invisible se rouvrit.

—Après toi, dans ce cas, dit-il avec un grand geste de la main.

Je regardai l'ouverture avec suspicion.

—Je ne suis pas censée rester à l'isolement à cause du danger que je représente ?

—Si, mais tu m'accompagnes, pour constater de tes propres yeux qu'aucun mal ne sera fait à Sandra, si elle ne m'a pas sciemment trahi. À moins, bien sûr, que tu ne lui arraches la gorge toi-même, ajouta-t-il avec un sourire carnassier.

Je ne m'étais pas attendue à revenir si tôt dans les oubliettes. J'y étais pourtant, après m'être douchée et habillée, puis avoir subi une nouvelle fringale qui m'avait forcée à tout recommencer. Lorsque nous pénétrâmes dans la première salle, la puanteur me stoppa net. On aurait dit un mélange d'essence, de fruit pourri, de sang moisi, d'urine et de crotte de chien. Comment avais-je pu ne pas le remarquer jusque-là ? Même sans respirer, cette odeur rance parvenait à s'infiltrer dans mes narines.

—Mais ça pue, ici !

—Comment cela, les gardes auraient-ils oublié le désodorisant ? s'exclama Vlad d'une voix faussement indignée avant de m'adresser un regard blasé. Ce sont des oubliettes, Leila. Elles sont censées sentir aussi fort.

Le seul point positif, c'était que cette puanteur avait peut-être réussi à couper mon nouvel appétit. Un pet de Satan n'aurait pas pu être pire.

—Leila !

Je me retournai en entendant la voix de Sandra. À mon grand soulagement, on ne l'avait pas attachée au grand monolithe. Elle était recroquevillée par terre, avec une expression si dévastée qu'il était clair qu'elle pensait ne jamais ressortir vivante de cette prison. Dès qu'elle m'aperçut, elle se précipita vers moi.

— S'il te plaît, dis-leur que c'est une erreur !

Un garde jaillit de nulle part et l'intercepta en pleine course. C'était aussi bien. Elle aussi s'était douchée et changée après l'accident, mais je pouvais sentir le sang séché sur ses plaies, sur ses croûtes et sur les points de suture de sa tête, et tout cela malgré l'odeur nauséabonde des lieux. Mes canines commencèrent à pointer.

Tu viens de manger, me fustigeai-je, *et Sandra n'est pas un dessert.*

— Tout va bien, la rassurai-je. Vlad doit juste fouiller dans tes souvenirs.

Cette scène se déroulait ici parce que mon mari voulait que Shrapnel, qui, bien entendu, se trouvait attaché au monolithe, voie que sa traîtrise avait été démasquée. Malgré tous les efforts de self-control que cela me demandait, il était hors de question que je reparte tant que Vlad n'aurait pas fini ses recherches dans l'esprit de Sandra. J'étais sa seule alliée, et elle avait bien besoin d'une présence amie pour ne pas succomber à la terreur des oubliettes. Malgré ce que Vlad m'avait dit plus tôt, jamais il ne me laisserait faire le moindre mal à Sandra.

Je voulais également en savoir plus sur la vampire brune qui avait conquis le cœur de Shrapnel. Pourquoi elle était si déterminée à me tuer, par exemple.

D'un autre côté, cela me forcerait aussi à voir la facette obscure de Vlad, qu'il ne tarda pas à faire entrer en scène.

— Détachez-le, dit-il en désignant son ex-lieutenant.

Trois vampires bondirent de l'ombre comme des ninjas, mais je remarquai que leurs mouvements ne me paraissaient plus d'une rapidité surhumaine alors qu'ils libéraient Shrapnel de ses nombreuses entraves. Lorsque la dernière chaîne en argent tomba, Vlad ramassa un long pieu en bois et l'enfonça dans le ventre du prisonnier.

Sandra en eut le souffle coupé. Son rythme cardiaque s'envola, comme pour me tenter, mais j'essayai de ne pas y prêter attention. À la dérobée, je serrai le sachet de plasma que j'avais fourré dans ma poche. Si je sentais la faim s'emparer de moi, je me jetterais sur ce sang conditionné, ce qui laisserait plus de temps aux gardes pour protéger Sandra. On ne pouvait pas dire que je n'avais pas pris mes précautions.

Vlad porta Shrapnel sur son pal jusqu'à l'un des trous dans la pierre et y enfonça l'extrémité du pieu, aussi nonchalamment que s'il mettait une fleur dans un vase. Le prisonnier émit quelques grognements rauques, mais rien de plus. Il témoignait d'une force morale impressionnante. Plus il ferait preuve de courage et plus Vlad le torturerait pour essayer de découvrir au profit de qui et pour quelles raisons il l'avait trahi. Shrapnel avait par deux fois tenté de me supprimer, mais je ne pouvais pas m'empêcher de le prendre en pitié.

Sandra renifla, ce qui me rappela qu'elle était là. Elle baissait la tête, et ses longs cheveux blond-roux lui camouflaient le visage.

— J'ai fait une chose horrible, n'est-ce pas ? murmura-t-elle. Je ne m'en souviens pas, mais lorsque tu m'as touchée dans la voiture, je l'ai senti.

J'avais envie de la prendre dans mes bras pour la consoler, mais comme son pouls commençait déjà à me faire l'effet d'une cloche sonnant le déjeuner, je jugeai plus prudent de ne pas m'approcher d'elle.

— Vlad n'est pas en colère contre toi, lui dis-je de ma voix la plus rassurante. Tu vas même nous aider à trouver l'autre personne qui t'a forcée à le trahir, et dès que nous l'aurons identifiée, nous arrêterons cette femme.

Vlad arqua les sourcils.

— « Cette femme » ?

— Oui, répondis-je en regardant Shrapnel. Et visiblement, elle pratique la magie.

Chapitre 38

Shrapnel leva la tête vers moi, ses yeux noirs piquetés de points verts.

— Tu m'as menti. Tu ne sais pas qui elle est.

Il semblait plus surpris qu'indigné. D'un autre côté, il aurait été mal placé pour me jeter la pierre.

— On ne le sait pas encore, mais ça ne va pas tarder, répondis-je froidement.

À présent que Shrapnel avait une vue panoramique de la situation, Vlad se dirigea vers Sandra.

— Si tu ne te souviens de rien de ce que tu as fait parce qu'ils ont modifié tes souvenirs, je te tiendrai pour innocente.

Ces paroles rassurantes étaient conditionnelles, mais elles eurent tout de même l'effet désiré. Sandra s'inclina sur un genou et baissa la tête.

— Vous m'avez tirée de la rue lorsque mes parents m'ont abandonnée. Vous m'avez offert un toit, une éducation et la promesse d'un avenir meilleur. Jamais je ne vous trahirais volontairement.

Avec un sourire sardonique, Vlad jeta un regard à Shrapnel.

— Dans ce cas, tu m'auras été plus fidèle que deux de mes amis les plus proches.

À ces mots, un mélange cinglant de colère et de douleur s'immisça dans mon esprit. Je grimaçai et me rappelai que Shrapnel avait fait pire que simplement se rebeller contre son maître. Les coups de poignard dans le dos étaient encore plus insupportables quand ils venaient d'une main amie.

Sandra se releva et dégagea ses cheveux de son cou.

— *Lasă-mă să-ţi dovedesc, prinţul meu !*

Vlad posa la main sur son cou et abaissa la bouche. Il la mordit, et un sentiment inattendu monta en moi. Ce n'était pas de la faim, même si l'odeur de sang frais fit sortir mes canines. Ce n'était pas non plus de l'inquiétude pour Sandra, qui allait perdre encore plus de sang alors qu'elle était déjà faible. Non, j'avais d'un seul coup envie de l'arracher des bras de Vlad et de la fusiller de tous les éclairs dont j'étais capable jusqu'à la réduire à un tas de cendres.

J'étais jalouse. Je savais pourtant à quel point c'était absurde dans cette situation. Il était un vampire, et elle une humaine dont les souvenirs avaient été modifiés, et le meilleur moyen de surmonter cet obstacle était de boire son sang avant de l'hypnotiser. Je le savais, mais rien n'aurait pu retenir ce sentiment dévastateur qui faisait jaillir des étincelles de ma main.

Sa bouche sur sa peau. La manière dont elle rejetait la tête en arrière, et qui ne traduisait pas du tout la douleur. La ligne du cou de Vlad pendant qu'il avalait…

Un éclair percuta le sol sous ma main. Ma transformation n'avait pas dû altérer le moins du monde mon pouvoir électrique. Je cachai immédiatement la faille avec le pied, comme si cela pouvait empêcher quiconque de s'en apercevoir.

Vlad leva la tête et braqua le regard droit sur le sol avant de le reporter sur moi. Je m'attendais à ce qu'il lève les yeux au ciel après cette démonstration de jalousie irrationnelle, mais à ma grande surprise, il avait l'air pensif.

Il relâcha Sandra et referma les trous de morsure d'une goutte de sang qu'il tira de son pouce. Je tentai de maîtriser mes émotions – ainsi que les courants qui généraient toujours des étincelles au bout de mes doigts – tout en chantant dans ma tête *Every Breath You Take* de Sting. *C'est une question de vie ou de mort, Leila. Retrouve le sens des priorités.*

— Il est entré dans sa chambre pour l'hypnotiser, dis-je, au cas où ce détail serait utile.

Les yeux de Vlad devinrent entièrement verts et il regarda Sandra comme s'ils étaient seuls au monde.

— Shrapnel est entré dans ta chambre, répéta-t-il d'une voix résonnante. Il voulait que tu transmettes un message. Lequel ?

— Je ne sais pas, murmura-t-elle.

— Si, tu le sais.

L'air crépita et les poils se dressèrent sur mes bras. J'avais l'impression que Vlad générait une vague invisible, si puissante que j'en avais la chair de poule. Mais que faisait-il ?

— Tu peux le voir dans ta chambre, poursuivit Vlad d'une voix toujours aussi vibrante. Tu entends sa voix. Que dit-il ?

— Il dit…, répondit Sandra, et son visage se tendit, comme si elle essayait d'entendre un murmure inaudible, « Dis-lui que ses pouvoirs sont revenus. Elle a frôlé la mort en les utilisant, mais Vlad l'a ramenée à la vie et ne la quittera plus jamais. Si elle reprend connaissance, j'essaierai d'empoisonner sa nourriture. »

Je fusillai Shrapnel d'un regard accusateur. Il avait eu l'intention de m'empoisonner pendant que j'étais dans le coma ?

Je ressentis la colère de Vlad dans mon esprit, mais il ne dit rien et ne détourna pas les yeux de Sandra.

— Ce n'était pas tout. Qu'a-t-il dit d'autre ?

Sur le ton monocorde que j'associais désormais aux personnes hypnotisées par des vampires, Sandra raconta tout ce que Shrapnel avait appris à sa complice à propos de mes capacités, de l'emplacement de ma caravane dans le cirque et de l'endroit où se trouvait le motel où je m'étais cachée avec Maximus. Il avait même précisé qu'il faudrait neutraliser ce dernier en employant tous les moyens, même les plus extrêmes. Je me souvins alors des balles en argent liquide. En effet, on faisait difficilement plus extrême.

Lorsque Vlad ordonna à Sandra de répéter les messages de la femme brune, elle commença par des questions apparemment innocentes, mais leur nature se fit plus menaçante après l'attentat du cirque. Une fois ses véritables intentions dévoilées, je découvris sans surprise que les messages suivants n'étaient que des variations sur le thème : « Tue Leila. Tue-la immédiatement. » Ma colère s'amplifia, mais nous savions déjà tout cela en grande partie, et je n'avais pas besoin de ressentir les émotions de Vlad pour savoir que lui aussi était frustré par ces réponses.

— Où la retrouves-tu pour lui transmettre ces messages ? demanda-t-il.

Sandra fronça les sourcils.

— Je ne l'ai jamais rencontrée, mais tous les deux jours, je vais à la librairie de la ville. J'écris les messages et je les cache dans une édition de l'*Odyssée*. S'il y a un message de sa part dans le livre, je l'apprends par cœur avant de le jeter et je le répète à Shrapnel, mais seulement s'il me le demande. Sinon, je n'en parle pas. Je ne me rappelle même pas la teneur des messages.

Sandra dit ces dernières phrases comme si elle répétait des instructions. C'était indubitablement le cas, et elle les avait reçues sous hypnose, comme elle l'était pour l'instant.

— Allez à la librairie, ordonna Vlad sans détourner les yeux de Sandra.

L'un des gardes s'inclina immédiatement et sortit.

— Tu ne l'as jamais rencontrée, mais est-ce qu'il t'a dit son nom ?

L'énergie émise par Vlad s'intensifia encore, et je me surpris à me frotter les bras pour faire disparaître les picotements qu'elle générait. Était-ce ce que Marty avait voulu dire lorsqu'il m'avait expliqué que les vampires pouvaient évaluer la puissance de leurs semblables à l'aura qu'ils dégageaient ? Si c'était bien le cas, celle de Vlad devait irradier la menace à des kilomètres à la ronde.

— Je ne crois pas que je sois censée le connaître, répondit Sandra, qui semblait déconcertée. Mais une fois, Shrapnel l'a appelée Cynthiana.

Les traits de Vlad se figèrent, comme s'il s'était pétrifié d'un seul coup. Visiblement, il avait reconnu ce nom. Il me paraissait familier à moi aussi, mais je ne parvenais pas à me rappeler où je l'avais entendu. Shrapnel ferma les yeux. Son expression trahissait plus de douleur que lorsque Vlad l'avait empalé. Malgré tout ce qui s'était passé, il l'aimait toujours, et la pire de ses craintes venait de se concrétiser : elle venait de gagner le statut d'ennemie numéro un de Vlad.

Je tournai les yeux vers mon mari, et j'eus un déclic.

— Cynthiana. Ce n'est pas le nom de la fille que tu as fréquentée avant moi ?

— Si, répondit Vlad, le regard toujours braqué sur Shrapnel.

Je me torturai les méninges pour essayer de me remémorer ce que Maximus m'avait dit sur elle. Vlad et elle étaient restés ensemble extrêmement longtemps – c'était un détail que je n'avais pas oublié – et lorsqu'il l'avait larguée, elle avait fait quelque chose. Mais quoi donc ? Ah oui, elle avait couché avec l'un de ses amis pour tenter d'éveiller sa jalousie. C'était un truc vieux comme le monde, mais il n'avait pas fonctionné...

Et cet ami, c'était Shrapnel. Je regardai ce dernier, les yeux écarquillés.

— Est-ce que Cynthiana pensait qu'elle aurait une nouvelle chance de conquérir Vlad si je mourais ? Et si c'était le cas, qu'est-ce qui a pu te pousser à accepter ? Tu l'aimes ; je l'ai senti quand je t'ai touché.

Shrapnel ne répondit pas. Son silence ne faisait que confirmer ses sentiments, mais si ce n'était pas la jalousie qui la motivait, pourquoi Cynthiana risquait-elle sa propre vie en s'acharnant à ce point à me tuer ?

Je ne savais pas quelles étaient ses raisons, mais elle avait assassiné énormément d'innocents avant que son piège psychique finisse par avoir ma peau… temporairement. Je revis alors le visage de Dawn. Jamais elle n'aurait dû mourir avant même d'avoir commencé à vivre, pas plus que les autres victimes du cirque, ou que les gardes de Vlad tués par Shrapnel lorsqu'il avait tenté désespérément de couvrir ses traces. Et enfin, je n'avais pas mérité de subir ce cauchemar à cause des intentions haineuses de Cynthiana.

— Tu peux partir, Sandra, dit Vlad, et ses yeux s'assombrirent pour retrouver leur couleur cuivrée habituelle. Ce que tu as fait est pardonné.

Libre de l'emprise de son regard, elle cligna des yeux, puis dit quelques mots très rapides en roumain.

— Bien sûr que tu es toujours chez toi, répondit impatiemment Vlad avant de la congédier d'un geste. Va.

Sandra sortit, escortée par un garde barbu. J'étais heureuse de cette issue. Elle n'était coupable en rien, contrairement au vampire empalé sur le grand pieu en bois.

Vlad regarda Shrapnel. L'espace d'un instant, une tornade de colère, de frustration et de regret m'assaillit, puis j'eus l'impression qu'une muraille se dressait d'un seul coup pour ne me laisser que mes propres sentiments de colère. Même l'énergie tourbillonnante émise par Vlad se dissipa.

— Tu sais ce qui va se passer, dit-il sur un ton tout à fait neutre.

Je le savais parfaitement. *Vas-y à fond!* grognai-je vindicativement en moi-même.

Je me rappelai alors les instruments de torture qui emplissaient la salle suivante. Vlad ne ferait preuve d'aucune pitié pour découvrir où se trouvait Cynthiana, mais si je parvenais à me connecter à elle, je pourrais éviter quelques souffrances à Shrapnel. Il méritait de mourir pour ce qu'il avait fait, mais si mes pouvoirs avaient survécu à ma transformation, je pourrais rendre sa mort plus rapide et moins atroce. Si je n'essayais même pas, cela voulait dire que j'étais aussi cruelle que la salope qui avait tué de sang-froid plusieurs innocents pour tenter de m'éliminer.

— Essayons d'abord autre chose.

Seuls les yeux de Vlad bougèrent pour se fixer sur moi.

— Il est allé trop loin pour qu'on lui demande gentiment de la trahir.

Shrapnel montra les dents. Ce n'était pas un sourire, mais l'avertissement d'un prédateur à un autre. Il dit ensuite quelque chose dans une langue qui ressemblait au roumain, mais en plus guttural. Vlad grogna.

— Je ne doute pas que tu vas me forcer à t'arracher ces informations, mon ami.

Il s'adressa ensuite à moi.

— Sors. Tu n'as pas envie de voir ça.

Il avait raison sur ce point, mais je refusais de renoncer aussi facilement.

— C'est un dur à cuire, ça pourrait te prendre des semaines… Moi, je peux le faire en quelques minutes.

Vlad regarda mes mains avec un petit sourire froid.

— Il est peu probable que tes capacités fonctionnent si tôt après ta transformation. Je ne sais même pas si elles reviendront.

— J'ai toujours plein d'électricité en moi. Le reste est forcément encore là.

Sur ces mots, je me baissai et touchai le sol de la main droite. Rien. Au bout de quelques secondes, Shrapnel laissa échapper un bruit, qui tenait à la fois du soupir et du rire. Il savait que cela le condamnait à la torture, mais il était tout de même soulagé.

En crispant les lèvres, je touchai le sol une deuxième fois. Toujours rien, à part la froideur des pierres inégales. Je recommençai, mais malgré toutes les essences dont cette roche devait être imprégnée, je ne vis rien.

— Leila, dit Vlad sur un ton presque las. Tu ne peux rien contre cela.

Par ces mots, sans le vouloir, il ne fit que renforcer ma détermination. Toute ma vie, j'avais entendu cette formule : « Tu ne peux pas. » « *Tu ne peux pas arriver au niveau olympique* », mais j'avais participé aux sélections de l'équipe nationale de gymnastique. Après mon accident avec la ligne à haute tension, on m'avait dit : « *Tu ne pourras plus jamais marcher.* » Non seulement j'avais remarché, mais j'étais même devenue acrobate dans un cirque. Ensuite, cela avait été « *Tu ne peux pas toucher les gens* », mais j'avais alors rencontré Marty, un vampire qui était alors devenu mon partenaire et mon meilleur ami. Et récemment, j'avais eu droit à « *Tu ne peux pas me demander de t'aimer* », mais j'étais désormais Mme Vlad Dracul, et fière de l'être.

Je regardai le sol de roche grise. Il était hors de question que je recule face à un tas de cailloux après tout ce que j'avais traversé.

Je ne me contentai pas de le toucher… je passai la main dessus, si fort que je me coupai sur les minuscules éclats. Puis je me concentrai jusqu'à ne plus entendre la pluie de réprimandes de Vlad ou le rire moqueur de Shrapnel.

Là. Aussi ténu qu'un murmure, encore plus furtif qu'une vision entraperçue, il y avait bien quelque chose ! Tout mon être se focalisa sur la pierre sous ma paume, et je les vis enfin : les images macabres, mais tellement bienvenues, d'un vampire carbonisé heurtant le sol à l'endroit où j'avais posé la main, la bouche ouverte dans un dernier cri.

Je me relevai et remarquai enfin que Vlad était agenouillé à côté de moi. Avec un regard exaspéré, il décolla ma main du sol.

— Leila, ça suffit…

Il s'interrompit en voyant mon visage, puis, très lentement, il me lâcha. Il se releva à son tour, et je sentis un étrange mélange de fierté et d'agacement saupoudrer mes émotions.

— La bonne nouvelle, c'est que tu évites la torture, dis-je à Shrapnel. La mauvaise, c'est que je vais traquer ta copine, et que ses sorts n'ont plus aucune importance, parce que je suis déjà morte.

Chapitre 39

Je voulais me connecter immédiatement à Cynthiana, mais Vlad me fit remarquer que le jour allait se lever. Je le crus sur parole, car je n'avais pas la moindre idée de l'heure. De plus, Cynthiana n'était pas au courant que la donne avait changé. C'était à son tour d'être traquée sans relâche, et dès le coucher du soleil, la curée commencerait.

Nous quittâmes les oubliettes pour remonter à la cellule sécurisée du troisième étage. Comme je m'en doutais, la plupart des vampires récemment transformés étaient logés au sous-sol, près des oubliettes, même si Vlad disposait de l'équivalent d'une suite présidentielle pour ceux qu'il voulait gâter. Mais dès que nous arrivâmes dans les niveaux d'habitation, je me retrouvai assaillie par une véritable cacophonie.

Le fracas des pas, au-dessus et en dessous. D'innombrables chocs métalliques dans la cuisine issus de la valse des poêles et des casseroles servant à préparer le petit déjeuner. Des voix, des appareils électroniques, et comme fond sonore, les battements réguliers de dizaines de cœurs.

Je sentis mon ventre se nouer, et deux petites pointes me percer les lèvres. *J'y suis presque,* pensai-je avec soulagement lorsque nous sortîmes du jardin d'hiver pour nous diriger vers le grand escalier. Je n'avais plus que quelques minutes à tenir avant de laisser ma frénésie de sang reprendre le dessus.

— Leila, Dieu merci !

En entendant la voix de ma sœur, je poussai un grognement audible. Gretchen dévala l'escalier, à la fois soulagée et furieuse.

— Ses sbires disaient que tu étais trop mal en point pour qu'on vienne te voir, mais c'est un mensonge, parce que tu sembles aller très bien…

Je laissai échapper un nouveau son guttural et elle s'interrompit en plein milieu de sa phrase.

— Je rêve ou tu viens de grogner ? demanda-t-elle, incrédule.

Vlad me regarda, puis m'agrippa fermement les bras.

— N'approche pas, dit-il fermement à Gretchen.

C'était trop tard. Une douleur fulgurante me déchira de part en part et enclencha un bouton dans mon esprit qui fit disparaître la petite sœur que j'aimais. Je ne vis plus à sa place que le moyen de soulager mes souffrances, une masse de chair facile à dominer.

S'ensuivirent alors quelques secondes de grand flou. Je gesticulai, puis un ineffable soulagement s'empara de moi lorsque ce nectar, délicieux à en mourir, commença à me couler dans le gosier et à éteindre le brasier à côté duquel les flammes étaient un plaisir. Après l'avoir avalé jusqu'à la dernière goutte, je me rendis compte que quelqu'un criait la même question paniquée en boucle.

— Qu'est-ce qu'elle a, qu'est-ce qu'elle a, qu'est-ce qu'elle a ?

— Rien.

La voix de Vlad. Elle acheva de dissiper les derniers lambeaux de folie qui m'entouraient encore, tout comme le calme dont il faisait preuve et qui parvint à pénétrer les couches brisées de mes émotions. Il se tenait dans mon dos, et ses bras m'entouraient avec une force implacable pour m'empêcher de faire du mal à Gretchen ou aux autres personnes présentes. Soulagée, je m'affaissai contre lui, et ma vision recouvra enfin toute sa clarté.

Gretchen semblait figée sur la première marche de l'escalier, les yeux écarquillés et l'air si dévastée que j'eus peur qu'elle s'évanouisse.

— Tout va bien, dis-je.

Ma voix était rauque, mais au moins je ne grognais plus comme un animal enragé.

— « Tout va bien » ? répéta-t-elle. Comment est-ce que tout irait bien, tu as essayé de me tuer !

Je n'avais aucune réponse à cela. Gretchen s'assit d'un seul coup, comme si on l'avait tirée vers le bas, puis s'enfouit la tête entre les mains.

— J'ai compris. Il a été obligé de te transformer parce que ton état était trop grave pour que tu guérisses. C'est pour ça qu'ils refusaient qu'on te voie.

Elle avait cessé ses cris hystériques, et sa voix n'était plus à présent qu'un murmure. Des tiraillements, d'une nature différente des précédents, me crispèrent alors les intestins. Je n'avais même pas eu l'occasion de lui dire que j'avais eu l'intention de devenir un vampire à plus ou moins long terme. Elle l'avait appris quand j'avais voulu l'égorger.

— Je comprendrais que tu… ne puisses pas l'accepter, commençai-je.

Elle releva vivement la tête, les yeux d'un bleu brillant.

— Tu te trompes. Tu m'as sauvée, mais moi, je n'ai pas pu te rendre la pareille. Je suis vraiment désolée, dit-elle d'une voix brisée, et elle se mit à pleurer.

Des larmes me montèrent aussi aux yeux. Elle avait courageusement encaissé la mort de notre mère, mes pouvoirs cauchemardesques, ma tentative de suicide, ainsi que mon départ lorsque j'avais cru que rompre les liens avec ma famille était la meilleure chose à faire. Elle avait ses défauts, mais j'aurais dû savoir qu'elle serait capable de tout supporter, même cela.

—Arrête. Si tu ne m'avais pas extirpée de la voiture avant qu'elle explose, je serais vraiment morte.

Vlad me lâcha alors.

—Tu as sorti Leila de la voiture ?

Gretchen se crispa en entendant la sécheresse de sa voix.

—Oui, après qu'elle a coupé ma ceinture de sécurité. Elle était mal en point et j'avais peur d'aggraver son état en la déplaçant, mais la voiture allait exploser.

—Tu as été super, lui répondis-je.

Lâche-la un peu, pensai-je à l'intention de Vlad, avant de me rappeler qu'il ne pouvait plus lire dans mes pensées.

—Emparez-vous d'elle, ordonna-t-il en me désignant d'un signe de la tête.

—Quoi ? m'exclamai-je.

Sans me laisser le temps de développer ma pensée, deux gardes que je n'avais pas remarqués m'immobilisèrent avec un regard vaguement contrit.

—C'est pour la sécurité de ta sœur, expliqua Vlad en se dirigeant vers Gretchen.

Cette dernière semblait avoir envie de prendre ses jambes à son cou, mais elle le laissa approcher sans bouger.

—Tends la main, lui dit-il avec la même brusquerie.

Elle obéit, hésitante. Vlad lui prit le poignet et sortit un couteau en resserrant sa poigne lorsqu'elle tenta de se dégager.

—Vlad, dis-je sur un ton menaçant.

Sans même me regarder, il s'entailla la main, et son sang tomba sur la paume de ma sœur.

—Bois, ordonna-t-il, pour que tout le monde sache que tu fais partie des miens.

Gretchen regarda le sang avec dégoût, puis fixa Vlad droit dans les yeux.

— Je suis ta belle-sœur, ce n'est pas déjà le cas ?

Il répondit avec un sourire aussi froid qu'aimable.

— Pas dans le monde des vampires.

Gretchen tourna la tête vers moi.

— C'est quoi le piège ?

Je me rappelai avoir posé exactement la même question à Vlad dans une situation aussi irrévocable.

— Si tu acceptes, et qu'un jour tu le trahis, il te tuera, résumai-je franchement.

Elle ricana, pas le moins du monde impressionnée.

— Comme s'il ne le ferait pas si je le trahissais maintenant. L'avantage, par contre, c'est que si j'accepte et que quelqu'un me cherche des noises, il aura affaire à Vlad, non ?

Les yeux de ce dernier prirent un éclat vert.

— C'est tout à fait cela.

Elle regarda sa main et la plaqua contre sa bouche, comme si elle préférait le faire rapidement pour ne pas se dégonfler.

— Beurk, dit-elle en léchant les taches rouges.

Je fermai les yeux. Gretchen n'était plus une enfant, et elle avait pris librement cette décision. Néanmoins, une chose m'inquiétait : c'était un nouveau pas qui l'éloignait du monde des humains. *Sans parler de la crise que va faire papa quand il l'apprendra.*

— La vache, on dirait du speed liquide, marmonna-t-elle.

Éberluée, elle vit ses égratignures et ses bleus disparaître, comme s'ils étaient effacés par une gomme invisible.

— Mais qu'est-ce qui se passe ici ?

La voix furieuse de mon père fendit l'air comme une machette. J'eus honte du spectacle que j'offrais : couverte de sang et immobilisée par deux armoires à glace... Cet afflux d'émotions fit sortir mes canines.

Ce qui, bien entendu, était la pire chose qui pouvait arriver.

— Non, murmura mon père.

Il me regarda fixement, les traits déformés par l'horreur, puis descendit les marches aussi vite que le lui permettait sa jambe handicapée.

— Que lui avez-vous fait ? rugit-il à l'intention de Vlad.

Ce dernier lui adressa un regard cinglant et s'approcha de moi pour me prendre dans ses bras. Les gardes reculèrent en s'inclinant.

— Dites une seule des choses qui sont en train de vous passer par la tête et je vous prive de la capacité de parler pendant une semaine.

Mon père en resta bouche bée. Je m'agitai dans les bras de Vlad. Ce n'était pas non plus comme cela que j'avais imaginé annoncer la nouvelle à mon père.

— Repose-moi, je me sens tout à fait bien.

— L'aube est là, répondit-il en continuant à fusiller mon père du regard.

— Bon, d'accord, je vais être crevée, mais ça ne veut pas dire…

Ma bouche cessa de fonctionner, et tous les muscles de mon corps l'imitèrent. Je sombrai dans l'inconscience avant le battement de cœur suivant de mon père.

Chapitre 40

Je me réveillai si brutalement que je sursautai. J'avais été plongée dans un sommeil de plomb, et d'un seul coup, je me retrouvais debout et affamée, cherchant de la nourriture du regard.

— Là, dit Vlad en me montrant le tiroir ouvert dans le mur.

Je me jetai sur la poche qu'il contenait et l'ouvris avec une férocité digne du requin des *Dents de la mer*. Une fois le carnage terminé, j'avais du sang qui me dégoulinait du visage, des mains et de la poitrine. Je ne me rendis compte que j'étais en train de me lécher goulûment que lorsque j'entendis le rire de Vlad, qui me sortit de ma transe.

— Je dois dire que ça me donne des idées.

Gênée par mon comportement, je trouvai la force d'arrêter de me nettoyer les doigts comme un chat dérangé. Vlad s'assit sur le matelas, le dos contre le mur et les jambes étendues avec nonchalance. Il s'était changé depuis le matin, et même si son pantalon noir et sa chemise violette étaient immaculés, il ne me fallut qu'une inspiration pour deviner d'où il venait.

— Tu es retourné aux oubliettes.

Il me répondit avec un sourire sombre.

— Je vais vraiment demander à ce que les gardes utilisent du désodorisant, finalement.

Après un dernier coup de langue, je me passai la main dans les cheveux.

—On avait dit que je chercherais Cynthiana à ma manière.

—Comme tu dormais, j'avais du temps à tuer.

Son ton était léger, mais je sentis une once d'irritation frôler mes émotions. Je soupirai.

—Je sais que tu n'as pas l'habitude de te justifier, mais c'est ça, le mariage. Personnellement, je n'ai pas l'habitude de me réveiller avec une faim incontrôlable. Comme ça, on traverse tous les deux une phase d'ajustement.

Un sourire d'une autre nature se dessina sur ses lèvres.

—La tienne ne durera qu'une semaine. La mienne, toute ma vie.

—Si tu voulais une femme qui ne discute jamais tes choix, rétorquai-je avec un rire sec, il ne fallait pas m'épouser.

Une autre chose titilla mes émotions et les traversa comme une langue de feu sensuelle. Une odeur plus riche et plus chaude emplit la pièce, un mélange d'épices frémissantes et de feu de bois.

—Je sais. Mais c'est toi que je voulais, pas la soumission.

Sa voix plus rauque éveilla certaines réactions dans mon entrejambe. Je déglutis, et mes canines s'allongèrent, motivées par un désir d'une tout autre sorte. Il était si impeccable dans ses vêtements sur mesure, si détendu adossé ainsi contre le mur… mais ses émotions disaient tout à fait autre chose. C'était peut-être moi qui étais couverte de sang et débraillée, mais la véritable créature sauvage de la pièce se tenait en face de moi.

Et c'était exactement comme cela que je l'aimais.

Je secouai la tête pour en évacuer les pensées explicites qui commençaient à s'y former. J'avais un assassin à traquer, mais aussi un père traumatisé à calmer. Je n'avais pas de temps à consacrer à une partie de jambes en l'air, car Vlad aimait faire traîner les choses.

— J'ai besoin d'une douche, dis-je d'une voix qui paraissait haletante, même si je n'avais plus besoin de respirer.

Son sourire se fit dangereusement charnel.

— Après.

— Vlad, franchement, on a tellement de choses à faire...

— Tu te rappelles m'avoir dit que tu n'accepterais pas de passer toujours derrière les autres ? m'interrompit-il de sa voix soyeuse. Eh bien moi non plus.

Il se plaça près de moi en un éclair et enclencha l'un des boutons incrustés dans le tiroir. Un nouveau sachet de sang en sortit, comme d'un distributeur automatique. Sans me laisser le temps de parler, Vlad l'écrasa contre sa poitrine et s'inonda de coulées écarlates.

Ma faim explosa avec une telle férocité qu'elle annihila ma conscience. Je me jetai sur lui sans la moindre honte. Il arracha mes vêtements avec sauvagerie, mais je n'en ressentis pas la moindre gêne, car j'en fis de même avec les siens pour ne pas perdre une seule goutte de ce précieux liquide, et lorsqu'il me plaqua contre le mur et qu'il me tira les jambes pour les enrouler autour de sa taille, j'étais positivement ravie. Ensuite, tout s'effaça, à part le goût du sang sur sa peau et la délicieuse rudesse de son corps plongeant dans le mien, encore et encore, jusqu'à ce que l'extase qui me ravageait me fasse oublier même ma faim.

Lorsque j'émergeai de la salle de bains, entièrement vêtue, il était 22 h 15. Vlad était déjà rhabillé et il m'attendait, car je lui avais demandé d'aller se doucher ailleurs. Sinon, nous aurions perdu encore plus de temps, ce qui ne l'aurait d'ailleurs pas dérangé le moins du monde. Shrapnel ne pouvait aller nulle part, Cynthiana ne savait pas encore qu'elle avait été démasquée, et Vlad avait dit que notre lune de miel avait déjà été assez gâchée comme cela.

— Avant de commencer avec Shrapnel, il faut que je voie mon père, lui dis-je. Il est furieux. Tu peux rester dans les parages, au cas où ma fringale me reprendrait ?

Vlad, qui était en train de siroter un peu de vin, reposa son verre.

— Beaucoup d'humains qui connaissent l'existence des vampires ont du mal à accepter la transformation d'un proche. Cela peut entraîner plusieurs sentiments : la peur, l'éloignement, l'impuissance… Pour une personne qui a l'habitude de tout contrôler, comme ton père, ces sentiments sont souvent exacerbés.

Cette déclaration, aux termes minutieusement étudiés, me mit mal à l'aise. Généralement, Vlad était direct, jusqu'à en être parfois brusque. Il y avait anguille sous roche.

— Arrête tes minauderies, que s'est-il passé ?

— Il refuse de te voir et il tient absolument à partir avec Gretchen, répondit-il en redevenant lui-même. Je possède d'autres maisons où ils seraient en sécurité, mais je refuse de les laisser partir sans ton accord.

Malgré ma nouvelle force surhumaine, je dus tout de même m'asseoir, car mes genoux ne daignaient plus me porter.

— Gretchen refuse elle aussi de me voir ?

Peut-être m'étais-je trompée quant à sa réaction…

— Non, ta sœur insiste pour rester, ce qui a encore plus déterminé ton père à l'emmener.

Vlad m'adressa un regard blasé.

— Il ne s'en rend pas compte, mais il essaie de maîtriser la situation alors qu'il n'en est plus du tout capable. Il t'aime encore. Si ce n'était pas le cas, ta transformation ne le ferait pas réagir de manière aussi émotionnelle.

Je ne répondis pas, trop occupée que j'étais à méditer sur l'incohérence de l'existence. Pendant mon enfance, nous déménagions en permanence à cause du métier de mon père, et personne ne se demandait à quel point ces bouleversements pouvaient être traumatisants. Désormais, c'était mon mode de vie qui l'arrachait à l'existence qu'il s'était construite. « *C'est moche le karma* », avait dit Cat, mais je n'avais pas envie que mon père récolte ce qu'il avait semé. Je ne voulais que son bonheur et sa sécurité.

— Laisse-le partir, mais attends demain matin. D'abord, je veux avoir l'occasion de parler à Gretchen.

Ma voix était douce, mais ferme. Je comprenais ce besoin de partir, ne serait-ce que pour se prouver que l'on en était capable. Quant à Gretchen, mieux valait qu'elle parte avec lui. Vu mon état actuel, j'aurais trop peur de lui faire du mal. De plus, la situation ne pouvait désormais qu'empirer.

Je me levai et adressai un sourire en coin à Vlad.

— Maintenant, voyons si je peux localiser la garce avec qui tu sortais.

Je pensais que nous retournerions aux oubliettes et que je retrouverais l'essence de Cynthiana en touchant Shrapnel, mais ce fut à la salle d'armes que Vlad me mena. Il me tendit un poignard en argent dont le manche filigrané était orné d'un motif celtique.

— C'était le sien, expliqua-t-il.

Il me semblait familier et, avec un petit rire, je me rappelai presque immédiatement pourquoi.

— C'est vrai. Je l'ai touché le jour où j'ai examiné tes autres armes. Juste après avoir entraperçu la femme à qui il avait appartenu, j'ai commencé à me vider de mon sang.

C'était exactement le but du sort de Cynthiana, mais elle n'avait pas prévu que Vlad serait là pour me ranimer.

Ni que Maximus en ferait de même la première fois que je m'étais connectée à elle. Désormais, je n'étais plus humaine, et cela suffisait à me protéger.

« *C'est moche le karma.* » Décidément, Cat avait visé dans le mille avec cette phrase.

Je retirai mon gant droit et touchai l'élégant poignard. À ma grande surprise, j'eus un réflexe de recul. Le métal m'irritait la peau à la manière de multiples piqûres d'orties.

— C'est… bizarre. Ça vient de l'argent ?

Je sentis l'amusement de Vlad pénétrer mes émotions.

— Tu t'y feras. Tous les vampires passent par là.

J'essayai d'oublier cette sensation désagréable pour me focaliser sur l'essence de l'arme. Au bout de quelques minutes de concentration, des images en noir et blanc se formèrent.

Nous arrivâmes devant ma porte, mais lorsque Vlad fit mine de partir après m'avoir souhaité bonne nuit, je le retins par la manche.

— Attends.

Je sortis la dague de mon manteau et la lui tendis par la lame.

— C'est pour toi, murmurai-je.

Il la prit avec un petit sourire.

— Qu'est-ce que c'est ? Un cadeau de Noël précoce ?

— Ai-je besoin d'un prétexte pour t'offrir quelque chose ? répliquai-je gaiement.

Il lança l'arme en l'air et la rattrapa.

— Parfaitement équilibrée. Merci, Cynthiana. C'est adorable.

Il se pencha vers moi et frôla ma bouche de ses lèvres chaudes. Je le retins lorsqu'il recula.

— Reste, murmurai-je contre sa bouche.

Il se dégagea en fronçant les sourcils.

— Un membre de ma lignée a disparu. Je ne veux pas attendre le matin pour partir à sa recherche.

— Je suis désolée, mon chéri, bien sûr que non, répondis-je en me retenant de lui dire qu'il pouvait envoyer quelqu'un à sa place.

Il rangea le poignard dans son manteau.

— Bonne nuit, Cynthiana.

— Bonne nuit, Vlad.

Je le regardai partir et masquai ma frustration sous un sourire au cas où il se retournerait. Il ne le fit pas. Il ne se retournait jamais, et ses visites étaient de moins en moins fréquentes. J'avais trois cents ans, et je savais parfaitement ce que cela voulait dire : il se lassait de moi.

Mon sourire se crispa. Cela faisait trop longtemps que je vivais sans la protection qui m'était due, et il était hors de question que je perde ma place au côté d'un vampire aussi puissant. Malgré les risques, l'heure était venue d'employer des moyens plus persuasifs pour garder Vlad auprès de moi. Si je prenais mes précautions, il ne se douterait jamais de la raison de son regain d'affection.

Le lien qui me rattachait à ce souvenir se brisa et je revins à la réalité. Je serrais si fort le poignard que la lame m'avait entaillé la paume. Je regardai Vlad en sentant un soupçon persistant grossir en moi.

— Est-ce que Cynthiana s'est installée avec toi peu de temps après t'avoir fait ce cadeau ?

Il arqua les sourcils.

— Il me semble, oui. Pourquoi ?

— Simple question. Tu savais qu'elle trempait dans la magie ?

Il haussa les épaules.

— Je savais qu'elle en faisait un peu, mais comme c'est interdit par les lois des vampires, elle savait qu'elle courrait trop de risques en s'y intéressant trop sérieusement.

— Ou alors elle cachait bien son jeu.

Peut-être n'était-ce pas une coïncidence s'il avait invité Cynthiana à s'installer avec lui peu de temps après qu'elle eut décidé d'utiliser « des moyens plus persuasifs » pour l'empêcher de la quitter ? Si c'était le cas, cela voulait dire que nous étions face à une sorcière de gros calibre qui était peut-être encore plus dangereuse que Vlad et moi l'avions soupçonné.

Chapitre 41

Je regardai le couteau avec une méfiance accrue. À présent que j'étais une vampire, une crise cardiaque ou une hémorragie me blesseraient toujours, mais n'auraient plus d'issue fatale. Mais si Cynthiana était une sorcière puissante, il était possible que son sort ait de quoi tuer aussi les vampires.

— Garde-moi à l'œil pendant que je tripote le poignard, OK?

Vlad fronça les sourcils, inspira, puis m'adressa un sourire si aimable que j'aurais dû me méfier.

— Pourquoi ?

— Parce que si ton ex est plus puissante qu'on ne le pensait, il y a un risque que son sort me pousse à me planter l'arme, ha ha, dans le cœur.

J'avais ri pour lui indiquer combien cette possibilité me paraissait improbable, mais en vain. Le visage de Vlad s'assombrit, mais il garda son charmant sourire.

— Tu dois être la personne la plus cruelle que j'ai jamais rencontrée, dit-il tranquillement.

— Pardon ? m'exclamai-je, interloquée.

— Ma première épouse s'est suicidée. Il m'a fallu des siècles pour m'en remettre et oser aimer à nouveau, et pourtant, tu ne comptais pas me dire que tu allais peut-être te tuer devant mes yeux.

Son ton badin disparut, remplacé par de la colère pure. Et ce n'était rien par rapport à la fureur qui s'empara de mon esprit avec la violence d'un barrage qui explose. Le choc fut tel que je reculai même d'un pas.

— Vlad, je…

— Tais… -toi.

Des flammes jaillirent de ses mains et montèrent jusqu'à ses épaules, puis tout son corps se retrouva nimbé d'un halo orange. J'aurais pu croire qu'il essayait de m'impressionner, mais je savais, par le tourbillon de ses émotions, qu'il n'était pas maître des événements.

— J'ai essayé de te laisser agir selon ce que te dictait ta conscience, parce que je respecte ton courage, mais tu vas trop loin, déclara-t-il dans une nouvelle gerbe de flammes. Tente encore une fois de mettre sciemment ta vie en danger et je te jure que je t'enferme.

Avant que j'aie eu le temps de lui répondre ce que je pensais de cet ultimatum, il disparut, ne laissant derrière lui qu'une odeur de fumée.

— Salut, petite.

Je levai la tête et vis Marty dans l'embrasure de la porte de ma cellule. Je n'avais pas remarqué qu'il l'avait ouverte. Je m'étais enfermée moi-même parce que je ne voulais surtout pas faire de mal à quiconque si j'étais prise d'une fringale. De plus, la cellule était dotée de ce formidable système de distribution de plasma. En théorie, l'idée de noyer mes frustrations dans le sang était répugnante. En pratique, c'était l'équivalent vampire d'un festin d'alcool et de crèmes glacées pour vaincre la déprime.

— Maximus avait raison à propos de Vlad, dis-je sombrement. Tu l'as entendu me menacer de m'enfermer ?

L'expression compatissante de Marty me servit de réponse.

— Je ne sais pas ce que je vais faire, continuai-je en tapotant le matelas pour l'inviter à s'asseoir. J'aime Vlad, mais par moments, il est si archaïque… Tu imagines sa réaction si je lui disais qu'il n'avait plus le droit de risquer sa vie pour sa lignée ?

— Il n'écouterait pas, répondit Marty en s'installant à côté de moi.

— Tout juste. En quoi est-ce différent des risques que je suis prête à prendre pour traquer la garce qui a failli me tuer trois fois, et qui a réussi la quatrième ?

— Il est machiste ? proposa Marty.

— Exactement.

Je le regardai et vis alors l'ironie sur son visage.

— Quoi ?

— Tu es bien la seule que ça surprend, petite. Tu as épousé un psychopathe qui a survécu à la brutalité ambiante de son enfance en se montrant encore plus brutal. Si tu ajoutes à cela sa transformation en vampire et plusieurs siècles de lutte pour le pouvoir chez les morts-vivants, tu obtiens le salopard déjanté et cruel dont tu es tombée amoureuse.

Il me tapota amicalement le genou.

— Tu pensais vraiment qu'une telle personne laisserait sa femme affronter ses ennemis à sa place ? Son surnom, c'est Vlad l'Empaleur, pas Vlad l'Émasculé.

Ce trait me fit pouffer.

— Je n'essaie pas d'affronter ses ennemis à sa place.

— De son point de vue, si, et pire encore, tu es prête à mourir pour cela. Comme tu l'as déjà fait une fois, bébé vampire, ajouta-t-il avec un nouveau tapotement.

Je m'appuyai contre lui et posai la tête sur son épaule.

— Qu'est-ce que je suis censée faire ? Le laisser me dicter chacune de mes actions parce qu'il est vieux jeu à la sauce médiévale ? Je n'ai pas signé pour ça.

— Non, tu as signé pour pire encore, répliqua-t-il avec un rire sec. Pour le mariage.

— C'est malin, rétorquai-je, mais ma voix ne portait aucune rancœur.

Au fond de moi, je savais qu'il avait raison. J'avais épousé un dragon, et je devais donc accepter le fait qu'il crache parfois du feu, mais je n'allais pas renoncer. Notre relation allait durer très longtemps, et il était donc temps d'arrêter de pleurer sur les obstacles que je rencontrais et de serrer les dents pour continuer à avancer.

J'embrassai Marty sur la joue.

— Merci.

Il grogna.

— Pour quoi ? Je t'avais dit de ne pas te lier à lui, et je pense toujours que tu as commis une erreur.

— Merci pour ton amitié.

Je me levai, pleine d'une détermination renouvelée. Vlad était peut-être un salopard déjanté et cruel, mais il était mon salopard déjanté et cruel, et nous allions surmonter cette épreuve ensemble.

— Puisque tu écoutais aux portes, tu sais où il est allé ? Non, attends, laisse tomber. Je le sais déjà.

Je descendis l'escalier étroit, fronçant le nez à mesure que l'odeur s'amplifiait. Quand on contrariait un homme moderne, il allait calmer ses nerfs au bar le plus proche. Un vampire maniaque de l'empalement et disposant en outre de ses propres oubliettes, par contre, penchait plutôt vers une autre solution.

— Salut, dis-je au garde qui me regardait approcher avec méfiance. Pouvez-vous aller dire à Vlad que j'aimerais lui parler ?

Le garde s'inclina, visiblement soulagé que je ne force pas le passage, puis il pinça quelque chose sur son col et dit quelques mots en roumain. Ah, les merveilles de la technologie… Moi, par contre, j'aurais besoin d'une combinaison intégrale en caoutchouc pour pouvoir porter un micro sans le faire griller.

Grâce à mes nouveaux sens surdéveloppés, j'entendis la réponse, mais vu qu'elle était elle aussi en roumain, je ne fus pas plus avancée pour autant.

— Attendez ici, dit-il dans un anglais laborieux.

Je ne répondis pas, me demandant si cela voulait dire que Vlad venait en personne ou s'il envoyait quelqu'un me chercher.

Une dizaine de minutes plus tard, Vlad apparut. Ses vêtements, sa peau et ses cheveux portaient une fine couche de cendres. Son allure souleva ma curiosité, car les flammes n'avaient aucune prise sur lui. Cela assombrissait son teint et lui donnait l'air encore plus dangereux, comme si l'expression de son visage n'était pas assez intimidante sans cela.

— Quoi ?

Un seul mot, d'une sécheresse étudiée pour me faire tourner les talons, tout en m'interdisant l'accès à ses émotions. Je me redressai et pris une allure résolue. S'il n'avait pas voulu me voir, il ne serait pas venu.

— J'ai trouvé une solution satisfaisante pour toi comme pour moi, annonçai-je.

Il arqua un sourcil. Je regardai le garde de façon explicite.

— Tu veux vraiment faire ça ici ?

Il crispa les lèvres, puis me passa sous le nez et s'engagea dans l'escalier. Je le suivis jusqu'au couloir qui formait l'accès principal au sous-sol. Il s'arrêta et se retourna.

— Quoi ? répéta-t-il sur un ton toujours aussi abrupt, mais moins sec.

Je me rapprochai de lui et commençai à épousseter ses vêtements. Il se raidit, mais ne fit rien pour me repousser.

— Vu ton humeur, j'en déduis que tu n'as toujours pas arraché le moindre aveu à Shrapnel, déclarai-je calmement. C'est un dur, et si ça se trouve, elle lui a même jeté un sort pour l'empêcher de te dire où elle est.

Il suivait le moindre de mes mouvements des yeux tout en restant lui-même parfaitement immobile.

— Cela m'a traversé l'esprit.

— Je n'en doute pas, répondis-je en passant la main dans ses cheveux pour en faire tomber la cendre. Tu as beaucoup plus d'expérience que moi pour ce genre de choses.

Son sourire était si froid qu'il aurait pu transformer la vapeur en glace.

— Si c'est la flatterie ta solution, ne te fatigue pas. Tu ne te serviras pas du poignard pour te connecter à elle. Je m'en suis déjà débarrassé.

Je continuai à l'épousseter.

— Aucun problème.

Il fronça les sourcils devant tant de complaisance.

— Et tu ne le feras pas non plus en touchant Shrapnel.

—Je n'en ai aucune envie, répondis-je avec désinvolture. Je me passerai fort bien de revivre psychiquement tes techniques d'interrogatoire, merci beaucoup.

Il me saisit les poignets et m'attira contre lui.

—Arrête de mentir, Leila. Tu n'as pas renoncé et nous le savons tous les deux.

Son visage n'était qu'à quelques centimètres du mien. La cendre assombrissait sa petite barbe et ses lèvres étaient crispées. Je levai les yeux sans me laisser intimider par la férocité de son regard.

—Il suffit que Shrapnel résiste pendant quelques jours pour que Cynthiana se rende compte qu'il a été démasqué et qu'elle s'enfuie. Il le sait, et toi aussi. Mais elle a vécu ici, et son ancienne chambre doit être remplie d'objets portant son essence, et qui ne me feront courir aucun risque mortel. Si tu tiens vraiment à tout faire pour assurer ma sécurité, enchaîne-moi avant que j'en utilise un pour tenter d'établir une connexion.

Il haussa les sourcils à cette suggestion.

—T'enchaîner?

Je lui adressai un sourire espiègle.

—Allez, je suis sûre que tu en rêves.

—Chaque jour un peu plus, maugréa-t-il sur un ton sinistre, mais ses barrières mentales se fissurèrent alors et j'entrevis ce qu'il ressentait.

De la colère, bien sûr. De la frustration également. Mais derrière tout cela, je vis un soupçon de compréhension. Si quelqu'un pouvait comprendre l'acharnement que je mettais à abattre un ennemi, c'était bien Vlad.

Il poussa un soupir âpre.

—J'y ai pensé également, mais dans sa chambre, tu risques de voir des choses auxquelles tu n'as pas envie d'assister.

L'idée de revivre des scènes de Vlad faisant l'amour à une autre femme m'emplit d'une colère noire. Jamais je ne m'étais considérée comme jalouse, mais visiblement, c'était le cas. Je me forçai à repousser ce sentiment et à le remplacer par ce que j'avais de plus froid et de plus cruel en moi.

— Dans ce cas, je n'en apprécierai que plus le moment où tu la tueras.

Il me lança un regard pénétrant, opposant ces paroles à certains aspects de ma personnalité que lui seul pouvait voir. Je ne détournai pas les yeux. S'il pensait que je parlais à la légère, il se trompait.

Enfin, il inclina la tête, un sourire furtif sur les lèvres.

— Il se trouve que j'ai des chaînes en réserve.

Chapitre 42

J'étudiai l'ancienne chambre de Cynthiana avec une curiosité cynique. C'était donc là qu'avait logé la sorcière.

Comme pour toutes les pièces du château de Vlad, la décoration était opulente. L'ambiance était résolument féminine, avec des teintes lilas et crème, des draperies en dentelle, de fragiles décorations en cristal et un balcon donnant sur le jardin. Des fleurs séchées reliées par de minuscules fils d'or embellissaient la cheminée et parfumaient la chambre d'une agréable fragrance naturelle. J'étais plus que soulagée de ne pas y trouver l'odeur de Vlad, grâce à la diligence de ses employés.

— Vous avez rompu depuis quand ?

Ma voix était calme et ne trahissait rien du conflit qui faisait rage en moi. Je prenais un plaisir mesquin à constater que Vlad avait installé son ancienne maîtresse deux étages en dessous de sa chambre, dans l'aile réservée aux invités. D'un point de vue plus pratique, je cherchais également quel objet serait le plus imprégné de son essence.

— Cela fait quelques années.

Je lui adressai un regard blasé.

— Tu fais semblant de ne plus t'en souvenir pour me faire croire qu'elle ne comptait pas pour toi ? Dans ce cas, pourquoi n'as-tu rien changé dans sa chambre depuis son départ ?

Il croisa les bras, et les chaînes en argent posées sur son épaule tintèrent.

— Si elle avait encore la moindre importance à mes yeux, je ne t'aurais pas épousée. Cette chambre n'a pas été utilisée depuis car je n'ai pas eu d'autre maîtresse que toi après elle, et que tu dormais avec moi.

Je détournai la tête, attirée malgré moi par le lit. Un tissu très fin en enveloppait les montants avant de retomber sur le sol en cascades élégantes. Que verrais-je si je le touchais ? Cynthiana avait un avantage de plus de trois siècles sur moi. Peut-être Vlad avait-il été plus heureux dans ses bras que dans les miens…

— Leila.

Je le regardai avec un air presque coupable. Je m'aperçus alors que mes canines étaient sorties et que j'avais tellement grincé des dents que je m'étais ouvert la lèvre.

— Désolée, je ne sais pas ce qui me prend, marmonnai-je en léchant le sang pour éviter qu'il tombe sur l'épais tapis blanc.

— Ne t'excuse pas.

Je ne lus aucune réprobation sur son visage, et les émotions qui passèrent sur les miennes avaient la douceur apaisante du satin.

— Tous les vampires sont exagérément possessifs par nature.

Je pouvais donc mettre ma jalousie bouillonnante sur le compte de ma transformation ? Adjugé !

Vlad commença à m'entourer les poignets avec les chaînes. Vu à quel point il était plus fort que moi, je doutais de l'utilité de cette précaution, même si Cynthiana était parvenue à ajouter une espèce de hara-kiri vampirique à son piège mental, mais si cela le rassurait…

— Tu n'en gardes pas pour plus tard ? plaisantai-je.

Le regard dont il m'enveloppa me fit oublier le contact déplaisant de l'argent sur mes poignets.

— Quand je t'attacherai, j'utiliserai de la soie, et je te laisserai les mains libres parce que j'aime les sentir sur ma peau.

Pas « si ». « Quand ». Malgré l'érotisme latent de cette promesse, le fait de me retrouver enchaînée dans la chambre de son ex aurait dû refroidir mon ardeur. Mais au contraire, je ressentis tout le désir que Vlad faisait généralement naître en moi, assorti d'un besoin viscéral d'affirmer qu'il était à moi sur les lieux mêmes où une autre avait eu l'outrecuidance de le toucher.

Exagérément possessive ? Oui, cela ne faisait aucun doute.

— Si tu me laisses les mains libres, demandai-je d'une voix rauque, quel est l'intérêt de m'attacher ?

Son sourire mutin me fit autant d'effet que la vague de chaleur qui submergea mes émotions et me fouetta de milliers de lanières sensuelles. Vlad se pencha vers moi et son menton râpeux me frotta la joue.

— Pourquoi te le dire ? Les actes sont mille fois plus éloquents.

Je fermai les yeux et inspirai son parfum épicé. Je savais désormais à quoi j'allais consacrer le reste de ma soirée… Mais chaque chose en son temps.

Il recula et continua à enrouler les chaînes autour de mes avant-bras jusqu'à ce qu'ils soient pris jusqu'aux coudes. Si mon sang avait encore circulé dans mes veines, mes mains auraient été ankylosées. Il termina son œuvre en collant mes bras immobilisés le long de mon corps avec une nouvelle chaîne. Les seules choses dont j'étais encore capable à partir de la taille étaient de mordre et de remuer les doigts.

Satisfait de son travail, il laissa tomber le reste des chaînes et se dirigea vers le lit. Je me crispai, mais il se contenta de prendre la lampe de la table de nuit.

— Doucement, me dit-il en me la tendant.

Peut-être pensait-il que je n'avais jamais rien touché d'aussi joli ? Je posai les doigts de la main droite autour du pied en cristal… qui se brisa aussitôt en mille morceaux.

— Qu'est-ce que j'ai fait ? m'exclamai-je.

Avec un regard sardonique, il épousseta les éclats sur ma main.

— Tu n'as pas encore l'habitude de ta nouvelle force. En attendant, traite tout ce que tu empoignes comme si c'était un œuf, et surtout, ne touche pas d'humain.

Je regardai les éclats étincelants et grimaçai. Cela me donnait une autre raison de ne pas prendre ma sœur dans mes bras pour lui dire au revoir.

— Les fleurs séchées, sur la cheminée, elles étaient à elle ? demandai-je en cherchant ce que je pouvais mettre en miettes sans que cela coûte une fortune.

— Oui, c'est elle qui les a cueillies, répondit Vlad en en prenant une poignée sans se soucier des dégâts qu'il causait à l'ensemble.

Je me convainquis sans mal qu'il n'y avait rien de mesquin à se réjouir de voir un souvenir de Cynthiana démoli. Elle m'avait tuée, après tout.

Vlad me tendit les fleurs et je les caressai. La plupart d'entre elles se désintégrèrent immédiatement. J'en conclus que j'utilisais encore trop de force, mais quelque chose frémit dans celles qui avaient résisté.

Te voilà, pensai-je avec une satisfaction sombre… Puis le décor de la chambre s'évanouit.

Je me promenais dans la prairie, ajoutant de nouvelles fleurs au tas déjà conséquent dans mon panier. Le personnel de

Vlad ne verrait aucun inconvénient à en planter de nouvelles dans le jardin adjacent à ma chambre, mais je devais prendre soin de ne pas réunir tous les ingrédients du sort au même endroit, au cas où quelqu'un reconnaîtrait la signification de ces fleurs particulières.

C'était un beau jour de printemps, mais cela n'égayait pas du tout mon humeur. Il ne s'était écoulé que six mois depuis le dernier sort, mais Vlad recommençait déjà à se montrer distant. J'arrachai une poignée de lilas et l'endommageai dans mon courroux. N'importe quel homme serait déjà irrévocablement fou amoureux de moi, mais même après avoir répété sept fois le sort, j'avais le plus grand mal à retenir Vlad.

Le problème venait bien entendu de la raison même pour laquelle il était un protecteur si inestimable : son pouvoir. C'était pour cela que je m'étais donné tant de mal pour attirer son attention, et aussi pour cela qu'il était presque immunisé contre mes sorts. Je n'osais pas utiliser une magie plus puissante sur lui. Il voyait les fleurs comme un passe-temps typiquement féminin, mais des ingrédients de magie noire éveilleraient forcément ses soupçons. Ce que me feraient les Gardiens des Lois ne serait rien à côté de sa colère s'il découvrait que je lui avais jeté un sort.

J'attrapai une nouvelle poignée de lilas et refusai de réfléchir à ce qu'il adviendrait de moi s'il me démasquait. Cela n'arriverait pas si je restais sur mes gardes, et de toute façon, je n'avais pas le choix. La plupart des vampires étaient sous la protection d'un Maître. Certains étaient même suffisamment puissants pour assurer leur propre protection. Les autres, dont je faisais partie, les vampires sans Maître et aux facultés médiocres, devaient se défendre comme ils le pouvaient. Après la mort de mon Maître, mes amants m'avaient donné la protection que tant de vampires tenaient pour acquise. Lorsque cela ne suffisait pas, la magie faisait le reste. Le jour où j'avais été transformée, j'avais juré que jamais je ne serais à nouveau sans défense, quel qu'en soit le prix. J'avais assez souffert, dans mon existence de paysanne écossaise, de la domination des Anglais. Repoussant ces souvenirs, j'étudiai le contenu de mon panier. Si j'augmentais la dose de mauve, j'arriverais peut-être à prolonger les effets du sort...

Lorsque je revins à la réalité, je regardai les fragments de fleurs séchées dans ma main, partagée entre la colère et l'incrédulité.

— Sais-tu ce que c'est ?

Vlad haussa les épaules.

— Du lilas, des coquelicots, de l'amarante...

— Les ingrédients d'un sort, l'interrompis-je. Le lilas pour faire naître l'amour, le coquelicot pour un amour sincère, la mauve pour un amour dévastateur, le pavot bleu pour rendre l'impossible possible, l'amarante pour un amour éternel... tu vois où elle voulait en venir ?

— Je ne l'ai jamais aimée.

Sa voix vibrait de vigueur. Je souris d'un air résolu.

— Oui, et elle s'agaçait que ta puissance empêche son sort de fonctionner correctement. D'un autre côté, vous êtes restés près de trente ans ensemble, donc tous ses efforts n'ont pas été totalement vains.

Vlad ouvrit la bouche... et pas un mot ne sortit. C'était la première fois que je le voyais muet, mais il venait de découvrir qu'il avait été manipulé, ce qui n'était agréable pour personne. Étant donné l'envergure de son arrogance, il devait même être totalement abasourdi.

— Essaie de la trouver, finit-il par articuler.

À cet instant précis, je n'aurais pas voulu être à la place de Cynthiana, même pour tout l'or du monde.

Je caressai de nouveau les fleurs séchées. Le souvenir du jour où elle les avait cueillies était plus diffus, ce qui me permit de l'écarter pour me focaliser sur son essence.

Là. Comme un poisson au bout d'un hameçon. Je me concentrai, mais chaque fois que je remontais ma ligne, il n'y avait rien au bout. J'insistai, encore et encore, et mon horloge interne m'indiquait impitoyablement le passage du temps à mesure que mes échecs se multipliaient. Dix minutes. Vingt. Trente. Quarante.

— Leila, arrête.

Vlad fit tomber les vestiges de fleurs de ma main. Je les regardai s'éparpiller sur le sol.

— Je ne sais pas pourquoi je n'y arrive pas. Avant, je parvenais au moins à l'apercevoir avant d'être victime de son sort. Maintenant, il n'y a plus rien du tout.

— Cela fait à peine un jour que tu es une vampire, répondit Vlad en commençant à me détacher. Chacune des cellules de ton corps a subi un changement radical. C'est déjà remarquable que tu puisses utiliser tes pouvoirs aussi tôt.

— Remarquable… Ça me fait une belle jambe.

J'avais des raisons d'être dépitée. Même si la nouvelle de l'incarcération de Shrapnel ne sortait pas du château, Cynthiana ne tarderait pas à subodorer ce qui s'était passé et à disparaître. Il faudrait peut-être des années pour qu'elle ose pointer de nouveau le bout de son nez. Shrapnel finirait par craquer, cela ne faisait aucun doute, à condition qu'il ne soit pas sous le coup d'un sort lui interdisant de révéler où se cachait sa maîtresse, mais cette dernière se serait déjà évaporée depuis longtemps. J'avais à présent toute l'éternité devant moi pour la retrouver, mais ce n'était pas le cas de mon père et de ma sœur. Je ne pouvais pas leur demander de rester cachés pendant des années à attendre que nous l'attrapions, mais s'ils reprenaient leur vie normale, ils constitueraient des cibles extrêmement tentantes.

Peut-être était-il déjà trop tard. Cynthiana devait probablement attendre des nouvelles de Shrapnel…

— Je sais comment l'avoir, dis-je, prise d'une inspiration soudaine. Envoie Sandra à la librairie pour qu'elle y dépose un nouveau message dans lequel Shrapnel donne rendez-vous à Cynthiana à une heure et à un endroit précis.

Vlad termina de détacher la dernière chaîne.

— Elle n'est pas assez naïve pour tomber dans un piège aussi grossier.

— Naïve ? Peut-être pas. Mais arrogante ? Tu peux en être certain, répliquai-je. Cette femme t'a ensorcelé sous ton propre toit tout en sachant que tu la tuerais si tu la démasquais. Elle doit vraiment être très, très sûre d'elle pour avoir osé faire ça.

Il serra les lèvres en m'entendant mentionner à nouveau la manipulation dont il avait été victime. Je continuai comme si de rien n'était.

— Je comprends mieux pourquoi elle me déteste tant. Tu disais que les vampires étaient possessifs à l'extrême. Tu m'as offert plus en quelques mois que tout ce que tu lui as accordé en trente ans, et encore, sous influence magique. Pourtant, je t'ai quitté parce que cela ne me suffisait pas. Je suis sûre qu'elle a demandé à Adrian de préparer la bombe avant même que Shrapnel lui dise où j'étais.

Il serra les lèvres au point qu'elles devinrent blanches, puis il sourit d'un seul coup.

— Je sais pourquoi tu me provoques, mais tu ne me pousseras pas à agir imprudemment pour satisfaire mon orgueil froissé.

— Tu ne le ferais pas, répondis-je en soutenant son regard. Mais elle, si. Je suppose que la nouvelle de notre mariage a dû arriver jusqu'à elle, et je te parie qu'elle doit être littéralement verte de rage.

Vlad me regarda longuement.

— Peut-être, finit-il par admettre.

Je ne pus m'empêcher d'observer une nouvelle fois le lit. En toute honnêteté, je ne pouvais pas reprocher à Cynthiana d'être folle de jalousie. La seule pensée des heures, des jours – des années, même ! – que Vlad avait passés dans ses bras, dans cette chambre, me poussait bien au-delà de l'instinct possessif des vampires. D'ailleurs, je ressentais un tel besoin de réduire le lit en miettes à coups d'éclairs que des étincelles commencèrent à se former au bout de ma main.

Vlad regarda mes doigts, puis mon visage. Avant que j'aie eu le temps de dire quoi que ce soit, des flammes jaillirent sur le lit.

J'en restai bouche bée. Au cours des quelques secondes qu'il me fallut pour la refermer, le cadre en bois s'était voilé sous l'effet de la chaleur, et il ne restait plus des draps, des oreillers et du matelas qu'un tas de cendres fumantes. La délicate senteur florale de la chambre avait cédé la place à l'odeur âcre de la fumée et de la mousse brûlée.

Les émotions à la fois tendres et violentes qu'il partagea alors avec moi m'expliquèrent son geste. Cela n'avait rien à voir avec sa colère contre Cynthiana. Il avait simplement voulu détruire cet objet qui me faisait si mal.

Je ne dis rien. Lui non plus. Les mots n'étaient pas nécessaires.

Chapitre 43

Je me réveillai aussi brutalement que les cinq jours précédents. En moins d'une seconde, je sortis du coma profond et bondis sur mes pieds. La seule différence, c'était que pour une fois, je pensais à autre chose qu'à ma faim.

— Elle a marché ? demandai-je aussitôt.

Vlad se trouvait près du tiroir incrusté dans le mur. Il me tendit la poche de sang sur laquelle je n'avais pas sauté immédiatement.

Je n'y prêtai pas attention, en dépit de mes canines qui venaient de s'allonger d'un seul coup et de mon estomac qui semblait s'ouvrir et se fermer comme un poing. Quatre jours plus tôt, Sandra avait laissé un message à l'intention de Cynthiana, dans lequel Shrapnel lui disait où il souhaitait la rencontrer. Le lendemain, le propriétaire de la librairie, ensorcelé lui aussi pour le forcer à trahir Vlad, avait parcouru plus de cent kilomètres en voiture pour passer un appel qui ne transiterait pas par le relais que Vlad surveillait. Aujourd'hui, pendant que je dormais, Sandra était passée à la librairie pour vérifier si l'*Odyssée* contenait bien le message en question.

— Alors ? insistai-je.

— Oui et non.

Il se caressait le menton, l'air absent, mais ce tic ne le prenait que lors des moments de profonde réflexion.

— Elle accepte de le rencontrer demain à 19 heures, mais elle a changé le lieu. Elle demande que cela se passe dans le métro de Bucarest.

Je n'avais jamais emprunté le métro de la capitale, car je craignais de toucher les gens avec ma main droite, mais le problème posé par ce changement de programme sautait aux yeux.

— Elle a choisi l'heure de pointe dans un lieu public très fréquenté.

Le rendez-vous que nous lui avions fixé aurait dû se dérouler dans un entrepôt d'une ville peu peuplée. Facile à encercler et à peu près isolé des curieux. Cynthiana avait dû s'en apercevoir. Visiblement, Vlad et moi avions tous les deux raison à son propos. Elle serait peut-être assez arrogante pour venir, mais pas stupide au point de ne pas prendre de précautions.

— Cela présente de nombreuses difficultés, à commencer par le fait que l'endroit sera impossible à sécuriser, expliqua-t-il avec un bref sourire sardonique. Plusieurs membres du gouvernement roumain appartiennent à ma lignée, mais je ne peux tout de même pas faire fermer le métro. Même Mencheres ne serait pas capable de figer des milliers d'usagers et des dizaines de trains pour l'attraper.

— Et si le réseau se retrouve d'un seul coup grouillant de vampires, cela lui mettra la puce à l'oreille et elle prendra la fuite, soupirai-je. Que fait-on maintenant ? On essaie de localiser l'appel du libraire ?

Vlad continua de se caresser le menton.

— C'est déjà fait. Il a appelé d'un téléphone acheté pour l'occasion, ça ne nous a menés nulle part. Il ne nous reste que le métro.

— Elle a précisé quelle station ?

Il ricana.

— Non, mais c'est évident.

L'allusion m'échappa, mais je ne relevai pas.

— Vlad, si elle t'aperçoit, elle s'enfuira. D'ailleurs, après les trente ans qu'elle a passés avec toi, je suis sûre qu'elle connaît la plupart des vampires de ta lignée, et aussi tes alliés. Si elle reconnaît quelqu'un, tu peux être sûr qu'elle s'évaporera.

Il ne discuta pas ces arguments.

— Après demain, elle comprendra que Shrapnel s'est fait prendre. Je mettrai sa tête à prix, mais cela prendra du temps de l'attraper. Je sais que c'est difficile, mais le métro est notre seule chance.

— Oui, dis-je fermement, c'est vrai, mais tu oublies un détail capital.

— Lequel ? demanda-t-il en dressant un sourcil.

— Moi.

— Tu ne vas pas recommencer, maugréa-t-il.

— Je suis le choix qui s'impose. Elle ne sait pas à quoi je ressemble, ni quelle est mon odeur. Même si j'étais juste à côté d'elle, elle ne se sentirait pas menacée.

— À juste titre. Elle a trois cents ans de plus que toi.

Son ton était cinglant, mais je n'allais pas le laisser me distraire en prenant sa remarque personnellement.

— Quand on s'est rencontrés, tu as insisté pour que j'apprenne à maîtriser mon pouvoir électrique pour l'utiliser en combat, et tu as eu raison. Il m'a sauvé la vie et m'a permis de tuer des vampires bien plus vieux que moi. Mais surtout, tu n'arrêtes pas de dire « je » alors que tu n'es pas le seul concerné. Cynthiana a tué mes amis forains, elle a organisé mon enlèvement, et c'est son sort qui m'a fait perdre mon humanité alors que je n'étais pas encore prête à franchir le pas. Si j'étais le genre de personne à ne pas réagir à tout cela, tu ne m'aimerais pas, parce que tu n'es pas comme ça.

Son regard était plus intense qu'un rayon laser.

— Tu veux que j'abandonne ma vengeance au profit de la tienne ?

— Non, répondis-je en me régalant d'avance de ce que j'allais lui dire. On te surnomme Vlad l'Empaleur, pas Vlad l'Émasculé. Tout ce que je te demande, c'est de me laisser la localiser moi-même dans le métro. Ensuite, soit je la force à se trahir, soit je la prends en filature pour te donner son adresse. D'une manière ou d'une autre, c'est toi qui t'empareras d'elle, mais elle saura – et moi aussi – que j'aurai participé à sa chute.

Il garda le silence pendant un long moment.

— Tu ne connais même pas son visage, dit-il finalement.

Ce n'était pas le refus catégorique que je craignais. Je sentais que la victoire était proche.

— Ne t'en fais pas pour ça. J'en ai vu assez pour la reconnaître.

Je ne me souvenais pas de la dernière fois où je m'étais retrouvée entourée d'autant de gens. Peut-être mon snobisme typiquement américain m'avait-il poussée à croire qu'un métro roumain ne serait pas beaucoup plus bondé que les grands cirques dans lesquels j'avais travaillé ; ou peut-être l'impression de foule était-elle amplifiée par l'environnement souterrain. En tout cas, en traversant les quatorze quais de la *Gara de Nord*, je dus lutter contre une désagréable impression de claustrophobie.

Au moins, je n'avais pas à m'inquiéter d'électrocuter les usagers qui me frôlaient en entrant ou sortant des nombreux métros qui passaient. Sous mon tailleur-pantalon, je portais une combinaison intégrale. Elle était conçue pour les plongées en eau très froide, son caoutchouc était donc d'une épaisseur accrue. J'avais caché l'endroit où elle dépassait de mon col avec une écharpe en soie et j'avais camouflé ma cicatrice sous une couche conséquente de fond de teint.

La combinaison produisait des couinements agaçants à chacun de mes pas, mais je sentais qu'elle allait devenir un élément clé de ma garde-robe. C'était la première fois depuis mes quatorze ans que je pouvais fendre la foule sans craindre d'électrocuter quelqu'un. J'aurais volontiers pris un inconnu dans mes bras juste pour le plaisir, si cela n'avait pas risqué de trop attirer l'attention sur moi.

Bien entendu, la proximité de ces milliers de personnes posait un autre problème : ma faim. Tout autour de moi, d'innombrables artères regorgeaient du succulent nectar qui me faisait désormais l'effet d'une drogue. En temps normal, j'aurais été lentement réhabituée à la présence des humains jusqu'à ce que je sois en mesure de maîtriser mes pulsions. Me promener dans le métro à l'heure de pointe, cela équivalait à se jeter à l'eau pour voir si l'on pouvait nager sans bouée. Plus d'une fois, mes canines sortirent d'elles-mêmes, et je dus les cacher avec un gobelet. J'étais heureuse que Vlad m'ait suggéré d'emporter cet accessoire.

Mais l'odeur déplaisante qui régnait dans la gare m'aidait à dominer ma faim. La masse des gens et les différents tunnels émettaient toutes sortes d'odeurs. La puanteur de certaines zones du métro valait presque celle des oubliettes de Vlad. Lorsque j'entrai pour la première fois dans les toilettes publiques, je manquai de vomir.

Dans un grincement strident, le train de la ligne M1 s'arrêta à quai. Tout en sirotant mon café, j'observai le flot de voyageurs qui descendaient et qui montaient en me concentrant spécialement sur les femmes. Je ne remarquai ni cheveux noisette en cascade, ni peau un peu trop laiteuse, et les seules vibrations que je ressentais provenaient de l'électricité des rails. Je regardai ma montre. 18 h 59.

Il était presque l'heure, je passai donc au quai suivant de l'arrêt Basarab.

Eh oui, Vlad avait une station de métro à son nom. C'était pour cela qu'il avait dit que le lieu de rendez-vous fixé par Cynthiana était évident. Le quai de la ligne M1 était peint en un mélange insipide de blanc et de gris, mais celui de la M4 avait des murs orange, un sol en granit noir et des néons jaune vif. J'avais l'intuition que c'était là que je trouverais Cynthiana. Si ces couleurs vives me faisaient penser à Vlad, cela ferait certainement la même impression à notre ennemie.

Nous avions un point commun, après tout.

Un nouveau crissement assourdissant annonça l'arrivée d'un train sur la ligne M4. Je m'adossai à une colonne et laissai mes cheveux me tomber sur le visage pour observer discrètement les voyageurs. Cette femme brune, là, c'était peut-être elle ? Non, elle avait un bouton, et les vampires étaient immunisés contre l'acné. Peut-être cette autre fille avec une casquette de base-ball… Non, une veine battait délicieusement à son cou.

Mes canines jaillirent de nouveau et je jurai dans ma barbe. Je comprenais ce que ressentaient les adolescents victimes d'érections intempestives. Feignant de boire une gorgée de café, je mobilisai ma volonté pour remettre mes dents en place… Et je sentis alors ce que je cherchais : une aura, invisible mais puissante, semblable à une nuée de parfum, et qui se dirigeait droit vers moi.

Mon gobelet toujours devant le visage, j'en cherchai la source. Pas là, pas là… Ici. Oui, j'aurais reconnu entre mille cette masse de cheveux bruns, sans même parler de la grâce de ses mouvements, qui lui donnait l'allure d'une ballerine au milieu d'un troupeau de taureaux déchaînés.

De ma main gantée, j'actionnai le micro caché sous mon écharpe.

— Elle est là, murmurai-je.

Puis je la regardai franchement, curieuse de découvrir la femme qui avait tant bouleversé ma vie. Si on l'étudiait attentivement, son visage était plein de défauts. Elle avait la bouche trop grande, le nez à peine trop long et des pommettes si hautes qu'elles semblaient artificielles. Mais l'ensemble donnait une impression de beauté difficilement oubliable. Elle n'était pas jolie dans le sens classique du terme, mais elle avait quelque chose de saisissant qui attirait le regard.

Ce fut pour cela que je reconnus Cynthiana, même si notre dernière rencontre n'avait duré que quelques secondes. Je comprenais désormais pourquoi elle avait concocté un sort qui empêchait qu'on la localise ou que je voie son visage, nous interdisant ainsi de faire appel à un dessinateur qui nous aurait permis de l'identifier plus tôt. Sans qu'elle le veuille, il m'avait également empêchée de voir qu'elle était la vampire brune que j'avais vue dans les gradins lors de la dernière performance de Dawn et de Marty, le soir de l'explosion.

Cynthiana leva alors la tête et me regarda droit dans les yeux.

Chapitre 44

Aussi naturellement que possible, je détournai le regard en feignant de sourire à quelqu'un. *Une vampire rencontrant une amie, pas de quoi s'affoler.* Sentant toujours ses yeux sur moi, je me mis à marcher dans la direction dans laquelle je regardais. J'espérais que le décapage que j'avais subi avait éliminé jusqu'à la dernière trace de l'odeur de Vlad sur ma peau. Je choisis une personne au hasard et la saluai en roumain comme si nous étions de vieilles connaissances.

Je sentis deux coups rapprochés dans le dos, si violents que je me retournai d'un bond, renversant du café sur l'homme qui se trouvait à côté de moi. Il poussa un juron et je reçus deux nouveaux coups secs dans la poitrine.

Je baissai les yeux et vis un liquide argenté couler de deux trous dans ma veste. Avant même que mon cerveau comprenne qu'on m'avait tiré dessus, mon instinct prit les commandes. En moins d'une seconde, je bondis dans les airs et heurtai le toit du tunnel. Une plaque de béton explosa à côté de ma tête et je me retournai aussi vite que possible avant que la pesanteur me ramène dans la foule. Plusieurs personnes s'écroulèrent en amortissant ma chute, et dès que je touchai le sol, les hurlements commencèrent.

La forêt de jambes qui m'encerclait m'empêchait de distinguer quoi que ce soit, ce qui voulait dire que le tireur ne me voyait pas lui non plus. Je n'avais toutefois aucune intention de me cacher derrière des innocents. Les balles en argent liquide pouvaient s'avérer mortelles pour un vampire, mais Vlad avait insisté pour que j'enfile un gilet pare-balles. Les gens qui m'entouraient étaient en revanche totalement exposés. Je commençai à ramper pour m'extirper de la cohue. Je constatai alors avec incrédulité que j'avais encore mon gobelet à la main, et je m'en débarrassai. Tout en rampant, j'actionnai le micro sous mon écharpe. Je n'avais pas vu qui m'avait tiré dessus, mais je le devinais aisément.

— Je suis repérée, dis-je rapidement. Et elle tire avec des balles en argent.

Je sortis de la foule et me redressai. Mon regard se porta presque instinctivement sur Cynthiana. Elle se tenait au milieu des usagers terrifiés et rangeait son arme dans sa poche comme si de rien n'était. Elle devait croire que les balles en argent m'avaient tuée et que mon cadavre se faisait piétiner dans la cohue.

La voix de Vlad résonna fortement dans mon oreillette.

— Ne l'attaque pas. Va à la station Crangasi, on te retrouve là-bas.

Cynthiana se retourna, soit parce qu'elle avait senti ma présence, soit parce qu'elle avait entendu Vlad malgré le vacarme ambiant.

Elle me regarda fixement pendant une seconde qui dura une éternité. Je ne sais pas ce qui me prit alors : je frottai ma main trempée de café sur ma joue. Sous l'effet du liquide et du tissu de mon gant, l'épaisse couche de maquillage qui masquait ma cicatrice s'effaça. Ses yeux bleu foncé virèrent au vert émeraude et elle grogna en montrant les dents.

— Toi !

Je m'attendais à ce qu'elle ressorte son arme, ou bien à ce qu'elle se précipite sur moi, car elle semblait aussi furieuse que je l'étais. Ces deux options me convenaient. Si elle me fonçait dessus, je pourrais l'éloigner de la foule, et si elle me tirait dessus, cela lui éviterait au moins de toucher des innocents. Mais Cynthiana ne fit ni l'un ni l'autre. Elle leva les mains et cria quelque chose dans une langue que je ne connaissais pas.

Comme s'ils étaient mus par des fils invisibles, tous les usagers se figèrent net, puis se retournèrent pour se diriger vers moi, les mains tendues comme des griffes et l'air hostile. Par-dessus les têtes, je vis la grimace de Cynthiana se muer en un sourire satisfait, puis elle s'engouffra dans le tunnel du métro.

Étouffant un juron, je commençai à me frayer un chemin à travers la foule en faisant de mon mieux pour ne pas blesser les gens à mesure que je les écartais. On ne me témoignait pas la même considération. Les personnes ensorcelées me tiraient les cheveux, me bourraient de coups de poing, et une femme, qui s'était agrippée à ma jambe, alla même jusqu'à me mordre alors que je la traînais derrière moi dans ma course. Je tentai pour la première fois d'utiliser la domination mentale des vampires pour qu'ils me laissent passer, mais sans succès. Soit je ne le faisais pas correctement, soit le sort de Cynthiana était trop puissant pour moi. Je parvins à me dégager, mais cela me coûta ma veste, mon écharpe et plusieurs morceaux de mon pantalon restés entre les griffes de ma « mordeuse ». Je quittai précipitamment les lieux avant que le reste de la foule se joigne à la mêlée.

Tout en courant en direction de la station Crangasi, j'actionnai le micro accroché à mon cou.

— Elle est partie dans le tunnel de la ligne M1, criai-je avant de pousser un grognement de dépit en voyant que le fil avait été arraché dans la bagarre.

Sans la moindre hésitation, je fis demi-tour et m'élançai à la poursuite de Cynthiana. Je n'avais aucun moyen d'avertir

Vlad et, si je ne la suivais pas, elle parviendrait peut-être à nous échapper avant que les hommes de Vlad arrivent au métro.

Soudain, un bruit strident me perça les tympans et une lumière m'aveugla. Un train m'arrivait dessus à toute allure. Je bondis sur le muret du tunnel et continuai d'avancer aussi vite que possible en me collant à la paroi. Une fois le dernier wagon passé, l'appel d'air manqua de m'entraîner dans son sillage, mais grâce à ma force surnaturelle, je restai solidement ancrée au mur. Je sautai sur les voies et repris ma course en illuminant l'obscurité de la lueur verte de mes yeux.

Sans ma vision améliorée, j'aurais manqué l'encoche sur les rails marquant l'entrée d'un autre tunnel. Il y faisait nuit noire et les murs dégoulinaient d'un liquide qui formait une flaque saumâtre devant l'entrée. C'était certainement l'un des nombreux passages inusités qui constituaient le labyrinthe souterrain du métro. À la place de Cynthiana, où serais-je allée ?

J'aperçus alors une empreinte de pied boueuse qui me décida. Je traversai les voies et m'enfonçai dans l'étroite entrée en grimaçant à cause de l'odeur, qui suggérait que des sans-abri y avaient vraisemblablement élu domicile. Il n'était plus question de repérer Cynthiana à l'odeur, même si je remarquai une étrange senteur terreuse dans cette puanteur. Était-ce elle ? Si c'était le cas, il fallait qu'elle change de parfum.

J'accélérai ma course en entendant des bruits au loin, comme une nuée de grattements sauvages. Les hommes de Vlad avaient-ils investi la galerie depuis l'autre bout ? Peut-être l'avaient-ils capturée ? Le tunnel faisait une fourche, je ne voyais donc rien. Mais au cas où Cynthiana m'attendait avec son arme dirigée droit sur ma tête, je me baissai de quelques dizaines de centimètres et jetai un coup d'œil à l'angle.

Des centaines d'yeux brillants me regardaient. Les grattements s'intensifièrent, accompagnés de petits cris stridents lorsqu'une masse de poils gris et de dents acérées se précipita sur moi.

— Garce ! hurlai-je dans le tunnel.

Cynthiana avait d'autres tours dans son sac. Cette fois-ci, elle avait ensorcelé tous les rats du métro pour qu'ils m'attaquent.

Surmontant ma révulsion, je fonçai droit sur eux. *Les vampires sont immunisés contre la rage*, psalmodiai-je en moi-même tandis que les rongeurs, par dizaines, se jetaient sur moi comme si j'étais recouverte de viande. J'en écrasai plusieurs dans ma course, mais les autres s'accrochaient à moi avec leurs dents et leurs griffes effilées. Tout mon corps était à l'agonie, à l'exception de mon torse, protégé par mon gilet en Kevlar. Quelques rongeurs tombèrent après avoir grignoté le caoutchouc de ma combinaison et mordu ma peau chargée d'électricité, mais d'autres prirent aussitôt leur place.

J'avais envie de danser sur place pour tenter de décrocher ces créatures répugnantes, mais je continuai ma course et me contentai de repousser ceux que j'arrivais à atteindre. Si Cynthiana avait pensé pouvoir me vider un chargeur de balles en argent dans la poitrine pendant que je me laissais distraire par son vilain petit sort, elle se trompait.

Ce fut grâce à cet entêtement à regarder droit devant moi que je les vis. De grandes silhouettes collées au mur du virage suivant, tellement noircies par la saleté qu'elles semblaient se fondre dans le béton. Je reniflai cet étrange effluve terreux, prégnant malgré la puanteur des rats et l'odeur de mon propre sang. Je cessai de courir, et elles durent deviner que je les avais repérées, car elles émergèrent alors de leur cachette. La dizaine qu'elles étaient.

Elles semblaient humaines, mais leurs yeux étincelaient d'une lueur anormale. Il ne s'agissait pas du vert des vampires, et elles n'avaient pas de canines, mais la vitesse avec laquelle elles se déplaçaient ne pouvait être que surnaturelle. Quand elles se précipitèrent sur moi, la bouche ouverte à s'en décrocher la mâchoire, je compris à quoi j'avais affaire.

Des goules, me dis-je avec désespoir. Et les goules mangeaient les gens… y compris les vampires.

Chapitre 45

Toujours assaillie par les rats, j'arrachai mon gant droit. Une fine lanière blanche sortit de ma main et grossit jusqu'à atteindre le sol. Les goules la regardèrent sans éprouver la moindre peur, ce qui n'était pas forcément une bonne chose. Si elles vivaient dans ces tunnels et m'attaquaient dans le seul espoir de faire un bon repas, elles abandonneraient dès qu'elles verraient que j'étais plus coriace que prévu. En revanche, si Cynthiana les avait ensorcelées, elles s'acharneraient, comme les rats, jusqu'à ce qu'elles soient toutes mortes.

Ou que moi je le sois.

Je n'eus pas le temps de leur demander quelle était leur motivation. Trois d'entre elles se précipitèrent sur moi aussi vite que des hyènes. Je fis claquer mon fouet et tournai sur moi-même, augmentant la tension en sentant la résistance de leurs corps. J'entendis alors plusieurs bruits sourds, et la décharge d'électricité poussa même les rats à battre momentanément en retraite. Ils revinrent presque aussitôt à l'assaut, mais j'eus le temps de voir que j'avais décapité deux des trois goules. La troisième gisait par terre et essayait de recoller ses jambes à ce qui restait de son torse.

Avec un rugissement, leurs congénères se ruèrent sur moi. Je fis tourner le fouet autour de moi comme un grand lasso, et le courant trancha tout ce qui avait eu l'imprudence d'approcher. Deux nouvelles goules s'écroulèrent sans vie sur le sol, où les attendait déjà un tas de plus en plus gros de rats, car jamais mon corps n'avait envoyé autant d'électricité d'un coup. Je fis claquer le fouet en direction d'une autre goule et la coupai en deux. La meute m'encerclait désormais avec plus de méfiance, mais leur regard vide indiquait que mes agresseurs n'agissaient pas de leur propre volonté. Ils continueraient à m'attaquer, quelles qu'en seraient les conséquences. S'il ne s'était pas agi d'un combat à mort, j'aurais admiré l'étendue des pouvoirs de Cynthiana. Et Vlad qui l'avait prise pour une magicienne du dimanche...

Deux autres goules tentèrent de me sauter dessus, mais mon fouet les décapita avant qu'elles m'atteignent. Il n'en restait que quatre, et grâce à ma nouvelle force de vampire, mon bras n'était même pas fatigué. Les rats tombaient raides morts à mesure qu'ils parvenaient à déchirer ma combinaison. Cette dernière était désormais à ce point en lambeaux qu'elle laissait passer l'électricité comme une passoire. Sentant les corps des rongeurs craquer sous mes pieds, je passai à l'offensive et me ruai sur les goules au lieu de reculer. Mon fouet se déchaîna dans leurs rangs, mais aussi parmi les rats qui continuaient à me sauter dessus de toutes parts.

Seule une goule était encore debout. Une fois à portée de tir, je fis claquer victorieusement mon fouet, mais le coup crépita à l'impact. Au lieu de couper la goule en deux, il sembla lui rebondir dessus. Mon adversaire regarda son torse, comme pour confirmer qu'il était toujours en un seul morceau, puis il étira les lèvres en un rictus impossible, aussi effrayant que la gueule d'un serpent.

Et merde. Je secouai la main droite, comme pour y faire descendre plus de courant, mais les pâles éclairs qui en sortaient encore vacillèrent, comme la lumière d'une lampe torche dont les piles agonisent. Je me retournai, prête à prendre la fuite, mais à l'autre bout du tunnel, j'entendis l'écho d'autres grognements, suivis de nouveaux effluves d'air moisi.

Ma retraite était coupée.

La goule rescapée se dirigea vers moi. Paniquée, je ne trouvai d'autre idée que de la bombarder de rats. Ils rebondirent sur son corps massif, aussi inefficaces sur elle qu'ils l'avaient été sur moi. Comme pour me démontrer la futilité de mes projectiles, elle en attrapa un au vol, lui arracha la tête avec les dents et la recracha dans ma direction. Derrière elle, deux autres goules se mirent à bouger. La première sautillait sur une jambe, et l'autre rampait sur un tapis de cadavres de rats, car je l'avais amputée à partir de la taille.

Contre une seule goule, j'avais une chance, mais pas contre plusieurs. La peur m'immunisait à la douleur que m'infligeaient les rats que je n'avais pas pu électrocuter et qui continuaient à me dévorer vivante. Les goules ne tarderaient pas à se joindre au festin. Je n'avais jamais été aussi puissante, mais je n'en restais pas moins toujours incapable d'empêcher ma propre mort.

Je me redressai et balançai les rats accrochés à mes pieds. Je n'allais pas leur offrir leur repas sur un plateau. Avant de me manger, il faudrait déjà m'attraper.

Mais alors que j'entamais mon premier pas, le tunnel s'illumina d'une lueur orange. J'aurais pu prendre peur, mais je n'avais jamais rien vu d'aussi bienvenu.

— Leila, baisse-toi ! tonna Vlad.

Je plongeai par terre et me retrouvai nez à nez avec des centaines de rats, morts ou vivants. Un instant plus tard, un brasier jaillit dans le tunnel, recouvrant tout ce qui se trouvait à plus d'un mètre du sol. Les flammes passaient au-dessus de ma tête en vagues fulgurantes. Je mis mes bras sur ma tête et enfonçai encore plus mon visage dans la masse répugnante de rongeurs. Je préférais encore cela à l'incendie qui se déchaînait avec la force d'une centaine de geysers.

Quelques secondes plus tard, je sentis des mains se refermer sur mes bras. Pensant que la goule rampante avait fini par arriver jusqu'à moi, j'essayai de me débattre, mais je me rendis compte que les mains étaient brûlantes comme un poêle. Elles retirèrent mes bras de ma tête. Je ne résistai pas, et lorsqu'un coup de pied dégagea les rats qui m'entouraient, je n'hésitai pas à m'asseoir en dépit du rugissement continu des flammes.

Vlad se pencha vers moi. À l'exception d'un périmètre de soixante centimètres autour de nous, le tunnel était envahi de flammes du sol au plafond, et leur crépitement était si féroce qu'il couvrait tous les autres bruits. Il me prit dans ses bras et s'engagea dans le mur orange et rouge.

Les flammes s'écartèrent devant Vlad, comme des rideaux tirés par des mains invisibles. J'en profitai pour ôter à coups de poing les derniers rats qui me grignotaient encore en les faisant tomber dans la fournaise. Lorsque nous arrivâmes à la porte fermée qui marquait le bout du tunnel, il n'en restait que quelques-uns hors de ma portée.

Vlad ouvrit la porte et, toujours en me portant, pénétra dans un tunnel beaucoup plus petit qui était peut-être un local technique abandonné. Là, ce ne furent pas des flammes qui nous accueillirent, mais les hommes de Vlad. Et une intruse.

Quatre vampires immobilisaient Cynthiana, ce qui pouvait paraître imprudent, vu que sa véritable force résidait dans sa magie, mais un coup d'œil me suffit pour voir pourquoi Vlad ne craignait pas qu'elle ensorcelle ses hommes. Elle ne pouvait plus dire un mot. Sa bouche était remplie d'une énorme masse d'argent dont les éclats lui perçaient les joues.

— Où as-tu trouvé ce bâillon ? demandai-je.

Il me reposa et fit tomber les rats encore accrochés à mon dos avant de les écraser sous son pied.

— J'ai fait fondre des couteaux en argent et je les ai enfournés dans sa bouche.

Certains jours, j'adorais son côté obscur.

— Pourquoi ne m'as-tu pas attendu à la station Crangasi ? demanda-t-il en me prenant par les épaules à présent qu'il avait éliminé les derniers rats.

— Elle a ensorcelé les passants pour qu'ils m'attaquent, et l'un d'entre eux a arraché mon micro. Je ne pouvais pas te dire par où elle était partie, alors je l'ai suivie.

— Pourquoi ? demanda-t-il avec encore plus d'insistance.

Je clignai des yeux.

— Parce qu'elle allait s'échapper.

Il serra les doigts, et je sentis une vague de frustration, ainsi qu'une autre émotion beaucoup plus forte, me submerger.

— Quand j'ai entendu les goules t'attaquer, je n'avais plus qu'une crainte : ne pas arriver à temps. Combien de fois devrai-je te répéter que tu comptes beaucoup plus que n'importe quelle vengeance à mes yeux ? Je peux vivre sans vaincre mes ennemis, mais je ne peux pas vivre sans toi.

Sans me laisser le temps de répondre, il me serra contre lui et me donna un baiser dévastateur. J'oubliai que j'étais couverte de sang, de poussière et de poils de rat. Je me moquais que tout le monde nous regarde, je me moquais de tout. Je lui rendis son baiser, tellement soulagée d'être encore là pour le faire. À présent que le combat était terminé, toute la peur que j'avais contenue se libéra, et je pensai à tout ce que j'avais failli perdre. Vlad avait raison. Les ennemis allaient et venaient, les batailles étaient gagnées ou perdues, mais rien ne comptait plus que ce que l'on avait. Tout le reste était remplaçable.

Lorsqu'il rompit enfin notre étreinte, j'avais les joues trempées de larmes.

—Je t'aime, murmurai-je.

Il les essuya et me répondit avec un sourire sardonique.

—Moi aussi, je t'aime, et c'est pourquoi je compte bien t'enfermer à double tour dès que nous arriverons à la maison.

—Ce ne sera pas nécessaire, rétorquai-je avec un petit rire sanglotant. Je serai ravie de ne plus bouger un orteil.

Je touchai alors mon gilet pare-balles, le seul de mes vêtements qui n'était ni grignoté, ni déchiré.

—C'était une bonne idée, mais je ne vaux rien comme agent infiltré. Cynthiana a commencé à me tirer dessus dès qu'elle m'a aperçue.

Le sourire qu'il m'adressa me rappela le feu qui était partie intégrante de sa personnalité : attirant et mortel, dévorant et vif comme l'éclair.

—C'est la détermination qu'elle a mise à te tuer qui l'a trahie. En ensorcelant les goules pour qu'elles te massacrent, elle s'est privée de sa seule retraite, et elle ne pouvait plus m'échapper.

Je me retournai et regardai Cynthiana avec une froideur dont je ne me serais jamais crue capable.

—Si on la ramenait à la maison ? J'espère que tu as fait préparer son pieu.

Chapitre 46

Quelques-uns des hommes de Vlad restèrent sur place pour s'assurer que les goules qui avaient survécu aux flammes ne tentaient pas de gagner les stations de métro pour y tuer des usagers innocents. Avec les autres, nous regagnâmes le château en hélicoptère. Dès l'atterrissage, je suivis mon mari aux oubliettes, où Cynthiana avait été conduite sous bonne escorte. Après ma mésaventure cauchemardesque avec les rats, je rêvais d'une bonne douche, mais il était hors de question que je n'assiste pas à ce qui allait suivre.

Vlad fit enchaîner Cynthiana au grand monolithe, puis fit venir Shrapnel pour l'installer à côté de sa maîtresse. Même si son ancien lieutenant avait fait de son mieux pour me tuer, j'éprouvai de la pitié en voyant son chagrin lorsqu'il aperçut Cynthiana. Cette dernière, par contre, semblait se désintéresser complètement des malheurs de son amant. Elle le regarda même avec une expression agacée.

— Il n'était rien d'autre qu'un pion pour toi, n'est-ce pas ? dis-je, dégoûtée.

Elle ne répondit pas, bien entendu. Elle avait été capturée, bâillonnée avec des lames en argent, et ce qui l'attendait avait de quoi faire frémir, mais Cynthiana restait insoumise. Elle m'adressa un regard typiquement féminin, destiné à me rabaisser sans avoir besoin de dire un seul mot, mais je lui répondis simplement par un sourire qui dévoila mes nouvelles canines. J'étais peut-être maculée de sang, de poussière et de poils de rat, mais malgré toute sa morgue, cette vampire vieille de plusieurs siècles n'arrivait pas à la cheville de mes anciens camarades de classe en termes de mépris.

— Est-ce que je t'ai dit combien j'étais heureuse de te revoir ? ronronnai-je. Mais je suppose que tu ne te souviens pas de notre première rencontre, n'est-ce pas ?

Vlad me regarda avec un air presque aussi étonné que celui de sa prisonnière. Il avança vers cette dernière et arracha l'argent qui lui emplissait la bouche.

— Essaie seulement de prononcer la moindre formule magique et je te promets que ce que je te ferai subir te fera sombrer dans la folie avant l'aube.

Cynthiana regarda longuement Vlad sans rien dire, puis tourna des yeux dédaigneux vers moi.

— Je ne vois pas du tout de quoi tu parles, mon chou. Je ne t'avais jamais vue avant ce soir.

— Je comprends que tu ne t'en souviennes pas. Tu n'avais d'yeux que pour une jeune fille qui s'appelait Dawn et qui se produisait sous mon nom de scène. Tu l'as prise pour moi, et c'est pour ça que tu as déclenché l'explosion dès que tu l'as vue entrer dans notre caravane.

Cynthiana m'observa alors avec une intensité calculée.

— Tu avais caché ta cicatrice sous tes cheveux et ton chapeau, finit-elle par dire.

— Une vieille habitude. Maintenant, voyons quel est ton pire péché.

Avec un peu de chance, cela nous mènerait à un complice éventuel. Je m'approchai du monolithe, mais elle recula autant que ses chaînes le lui permirent.

— Ne me touche pas.

Sans répondre, je lui attrapai le bras de la main droite. Elle ne reçut qu'une faible dose d'électricité. J'avais épuisé mes réserves contre les goules qu'elle avait jetées sur ma route.

La salle disparut pour céder la place à une pièce qui lui ressemblait étrangement, car elle n'était constituée que de murs de pierre. Elle avait un aspect familier, mais ce que je vis ensuite me fit oublier tout le reste. Lorsque ce décor s'effaça et que je revins à la réalité, je retirai vivement ma main.

— Tu es une vraie malade, soufflai-je.

— Qu'y a-t-il ? demanda aussitôt Vlad.

Je regardai Cynthiana avec dégoût.

— Elle avait besoin d'un sort pour se protéger contre le feu, mais elle n'était pas assez puissante pour y arriver sans s'abandonner à la magie la plus noire.

Et cette magie avait demandé un prix innommable : la vie d'un nouveau-né. J'avais revécu des scènes horribles au fil des ans, mais je n'avais jamais rien vu d'aussi inhumain.

— Un sort contre le feu ? répéta Vlad. Tu pensais que ce serait la seule défense dont tu aurais besoin contre moi ?

Elle ne répondit pas. Vlad soupira.

— Je te connais, Cynthiana. Tu n'oserais jamais te dresser contre moi sans un protecteur puissant, alors dis-moi de qui il s'agit. Si tu refuses, je le découvrirai de toute façon, et tu subiras les pires tourments que tu puisses imaginer.

Elle détourna les yeux.

— Je n'ai pas de protecteur.

Vlad éclata de son rire effrayant et froid.

— Bien sûr que si. Tu l'as même trahi lui aussi, parce qu'il voulait récupérer Leila en vie.

Qu'est-ce qui pouvait le pousser à penser cela ? Dans tous les messages qu'elle avait adressés à Shrapnel après l'attentat, elle avait exigé qu'il me tue.

Je me remémorai alors les paroles de Hannibal lors de mon enlèvement. « *Tu vaux trois fois plus vivante que morte.* » Cynthiana voulait ma mort, ce qui donnait raison à Vlad. Elle agissait pour le compte de quelqu'un, par intermittence en tout cas.

Elle me regarda. Je m'étais attendue à lire le plus profond mépris dans ses yeux, mais pas de la peur. Après les menaces de Vlad, pourquoi donc avait-elle peur de moi ? J'avais déjà fait tout ce qui était en mon pouvoir, même si son pire péché, aussi répugnant soit-il, ne nous avait rien appris d'utile…

— Vlad, attends, dis-je alors.

La pièce aux murs de pierre me rappelait quelque chose.

— Shrapnel t'a dit tout ce qu'il savait sur mes pouvoirs, entamai-je lentement pour donner corps à l'idée qui germait dans mon esprit. Mais tu en sais plus sur mon compte, n'est-ce pas ? Tu sais par exemple que je peux retracer l'essence des gens en touchant la peau de quelqu'un.

Elle écarquilla les yeux, et son odeur devint celle d'un fruit pourri. Je savais ce que cela signifiait. Les oubliettes en étaient remplies. C'était le parfum de la peur.

Vlad le remarqua lui aussi. Son visage perdit son amabilité glaçante et devint dur comme du granit.

— Dis-moi son nom.

La douceur avec laquelle il prononça ces quatre mots était bien plus menaçante que des cris.

Je m'approchai de Cynthiana en observant la lueur de haine et de peur dans son regard.

— Tu sais ce que j'ai entendu la première fois que je me suis connectée à toi ? Tu disais à Shrapnel : « Je ne sais pas à quel point elle comptait pour lui, mais de notre point de vue, elle est moins dangereuse morte. » À l'époque, poursuivis-je avec un petit rire, Shrapnel pensait que tu voulais parler de Vlad, mais il s'agissait en fait de ton nouveau protecteur, n'est-ce pas ? Il s'intéressait à moi et tu voulais déjà le doubler.

Je regardai alors Shrapnel.

— Cynthiana est revenue dans ta vie à peu près au moment où je suis arrivée dans celle de Vlad, n'est-ce pas ?

Son visage se crispa de douleur, mais il ne répondit pas. Peut-être essayait-il encore de la protéger… mais il était plus probablement sous l'effet d'un sort. Peut-être l'avait-elle forcé à trahir Vlad et à essayer de me tuer ?

Vlad s'approcha de moi et posa sa main brûlante sur mon bras, mais sans me regarder. Ses yeux étaient fixés sur Cynthiana.

— Ton protecteur doit être puissant, sinon tu ne t'intéresserais pas à lui. C'est aussi l'un de mes ennemis, car personne d'autre n'oserait se servir de l'une de mes ex-maîtresses pour en enlever une autre. Cela réduit fortement les candidats, d'autant plus qu'il s'intéressait à Leila avant que Shrapnel te parle de ses capacités.

La liste était minuscule, en effet. Seul un nom y figurait, et même si cela semblait impossible, tout concordait, y compris l'ordre qu'avait reçu Hannibal de me ramener morte ou vive. Ce n'était pas la première fois qu'un vampire agissait de la sorte avec moi, et même si Cynthiana me préférait morte, son protecteur n'était pas du même avis.

Le plus drôle, c'était qu'à part Vlad et Maximus, tout le monde pensait que mes capacités s'étaient envolées lorsque Hannibal m'avait enlevée. Soit le protecteur de Cynthiana avait misé sur le fait qu'elles étaient revenues… soit il avait une autre raison de vouloir me garder en otage.

Un seul vampire avait deviné les sentiments que Vlad avait pour moi, avant même que mon mari les admette. C'était le même vampire qui avait essayé d'utiliser mes capacités contre Vlad avant que je le connaisse. C'était même ce qui avait précipité notre rencontre... mais Mihály Szilágyi avait trouvé la mort dans les flammes il y avait plusieurs mois de cela.

Enfin, c'était ce que nous supposions.

Je fis un autre pas vers elle. Cynthiana se débattait, toutes canines dehors. Ses yeux lançaient des éclairs émeraude et elle m'abreuvait de menaces aussi hargneuses que futiles.

— Fais-la taire et empêche-la de bouger, dis-je calmement.

À peine avais-je fini ma phrase que Vlad lui tenait déjà la mâchoire de sa poigne inflexible. Il projeta son autre bras contre la taille de la prisonnière avec une telle force que j'entendis plusieurs côtes se briser. Contrairement au jour où Shrapnel m'avait pulvérisé la cage thoracique, sa douleur ne durerait que les quelques secondes qu'il faudrait à ses os pour qu'ils se ressoudent. Sauf si elle continuait de gigoter, bien entendu.

Je fermai les yeux et la touchai, heureuse de ne pouvoir revivre qu'une seule fois les pires péchés des gens, puis je fis passer ma main droite sur sa peau pour essayer d'y localiser d'autres essences.

Là, sur son bras. Une trace récente imprégnée de colère. Je reconnus tout de suite la marque de Vlad. Ma main reprit son exploration et en trouva une autre à l'arrière de sa nuque. Elle ne me rappelait rien, je continuai donc. Je lui caressai le visage sans prêter attention à ses grognements menaçants.

Une personne qui l'aimait avait laissé une empreinte sur son front. Avec un pincement au cœur, je reconnus l'essence de Shrapnel.

Malgré mes efforts, je ne trouvai rien d'autre sur le haut de son corps. Ce ne fut qu'en arrivant à son poignet que je la sentis. La trace d'une essence très familière, laissée par une personne si menaçante qu'elle avait marqué sa peau de manière permanente.

Je rompis le contact et ouvris les yeux.

— C'est lui, annonçai-je simplement à Vlad en croisant son regard.

Ses yeux semblèrent se remplir de flammes vertes et une rage aussi dévastatrice qu'une coulée de lave se déversa sur mes émotions.

— Mais que dois-je faire pour le tuer ? marmonna-t-il.

Il lâcha Cynthiana et s'éloigna. Lorsqu'il revint devant le monolithe, il avait retrouvé son sourire aimable, et sa colère s'était muée en détermination inflexible.

— Dis-moi quels sont tes liens avec Mihály Szilágyi. Tu peux commencer par me raconter comment il a bien pu survivre à ce cataclysme.

— Je crois que je connais la réponse, dis-je en la regardant sans la moindre pitié. Brûle quelque chose sur elle.

Des flammes embrasèrent brutalement les jambes de Cynthiana. Elle hurla et commença à se débattre. Shrapnel se mit à hurler lui aussi pour supplier Vlad d'arrêter. Mon mari attendit que la chair de ses mollets et de ses cuisses soit carbonisée pour éteindre l'incendie.

Je regardai les jambes de Cynthiana commencer à cicatriser grâce au pouvoir surnaturel des vampires, et les dernières pièces du puzzle se mirent alors en place.

— Ce sort de protection contre le feu, il n'était pas pour toi, mais pour Mihály Szilágyi, le seul vampire à la fois aussi puissant que Vlad, et aussi déterminé que toi à le tuer.

Je tournai les yeux vers Vlad.

— C'est pour cette raison qu'il n'a pas hésité à déclencher l'explosion quand il était pris au piège sous la montagne. Il savait que si tu le retrouvais, sa seule chance de s'en sortir, c'était de feindre la mort. Comme il l'avait déjà fait plusieurs siècles auparavant.

— « Le coup le plus rusé que le diable ait jamais réussi, ça a été de faire croire à tout le monde qu'il n'existait pas », récita Vlad dans un murmure.

Puis il sourit à Cynthiana.

— Maintenant, mon chou, dit-il de sa voix la plus affable, tu vas me dire où il est.

Achevé d'imprimer en mai 2014
Par CPI Brodard & Taupin - La Flèche (France)
N° d'impression : 3004517
Dépôt légal : mai 2014
Imprimé en France
81121203-1